ENQUÊTES & SUSPENSE

Aux Éditions Alain Bargain

Dans la collection

® ENQUÊTES ET SUSPENSE :

Françoise Le Mer
- Colin-maillard à Ouessant
- La Lame du Tarot
- Le Faucheur du Menez-Hom
- L'Oiseau noir de Plogonnec
- Blues Bigouden *à l'Île-Chevalier*
- Les Santons de Granite rose
- Les Ombres de Morgat
- Le Mulon rouge de Guérande
- L'Ange de Groix

Michèle Corfdir
- Le Crabe
- Mortel Hiver sur le Trieux
- Chasse à corps à Bréhat
- Larmes de fond ou le retour du crabe
- Vent contraire à Loguivy-de-la-Mer
- Herbes amères à Belle-Isle-en-Terre
- Il court, il court, le furet des Abers

Chaix d'Est-Ange
- La filière d'Arradon
- La petite dame de Locminé
- Ratissage dans le golfe
- L'Écluse de Malestroit
- Copie conforme à Larmor-Baden
- Les Truands de Saint-Goustan
- Coup de barre à Étel
- Vilaine affaire à La Roche-Bernard

Gisèle Guillo
- Dernier rendez-vous à Vannes
- Du Léman au Morbihan *(épuisé)*
- Tempête à Quiberon
- La Belle de Carnac
- Le Saigneur de Quimper
- Vol de pigeons à Arradon

Anne-Soizic Loirat
- Lorient l'interdite

Simone Ansquer
- Téviec, le Secret

Anne-Solen Kerbrat-Personnic
- "Mi Amor" à Rochefort

Martine Le Pensec
- Onde de choc sur Fermanville
- Angoisse sur Penmarc'h
- Lumière noire sur la Penfeld

Lise Tiffanneau-Midy
- Sortie de route en Anjou

Serge Le Gall
- La secte de l'Aven
- Sables mouvants à Bénodet
- La Douarneniste et le Commissaire
- Corps-mort à l'Île-de-Batz
- Traque noire à Audierne
- Fugue mortelle en RÉ
- Le moine rouge de Carantec

Christophe Chaplais
- Pâté de Corbeau aux amandes amères
- Le calisson jusqu'à la lie
- Farz aux herbes de Portsall
- Addition salée au Croisic
- Salade russe aux noix de Grenoble

Philippe-Michel Dillies
- Meurtres à Monnaie
- Chasse à Tours
- Train d'enfer pour Saint-Pierre-des-Corps
- Les roses noires de Chartres
- Du raisiné à Vouvray

Patrick Bent
- Erquy profite le crime
- Le macchabée du Val-André
- Saint-Cast priez pour eux !
- Hécatombe à Saint-Malo

Jean-Jacques Gourvenec
- Chasse au congre à Lannilis
- Scénario macabre à Saint-Pabu
- Sortilèges au Conquet

Firmin Le Bourhis
- La neige venait de l'Ouest *(épuisé)*
- Les Disparues de Quimperlé
- La Belle Scaëroise
- Étape à Plouay
- Lanterne rouge à Châteauneuf-du-Faou
- Coup de tabac à Morlaix
- Échec et tag à Clohars-Carnoët
- Peinture brûlante à Pontivy
- En Rade à Brest
- Drôle de chantier à Saint-Nazaire
- Poitiers, l'affaire du Parc

ENQUÊTES & SUSPENSE

Aux Éditions Alain Bargain

Dans la collection

ENQUÊTES ET SUSPENSE :

Solenn Colléter
- Lettres de sang sur la Côte Sauvage

Annie Le Coz
- Les Maudits de Kérogan
- Plumes sèches à Beg-Meil
- Quimper sonne les cloches
- "Caval" à Saint-Guénolé

Marie-Françoise Marchal
- Frissons en Morbihan *(épuisé)*

Jean-Pierre Bathany
- Camaret au Vitriol
- Double Je Nantais
- Été show à La Baule

Alex Nicol
- Mystères en Finistère
- Ça bombarde chez les Bigoudens
- Mise en Bière à Sainte-Marine

Bernard Morin
- Trahison à Guerlédan

Jacques Caouder
- L'Occise des Landes
- L'Évadée de Brennilis
- Le Mort de Brest-Les Abers
- La Troménie noire
- Rumeurs mortelles à St-Renan *(épuisé)*

Stéphane Jaffrézic
- Chili-Concarneau
- Ville bleue et beaux dégâts

Jean-Pierre Le Marc
- Matin rouge au Guilvinec
- Soirées noires à Penmarc'h
- Double vie à Loctudy
- Signes de sang à Lesconil

Cédric Labb
- Les Démons du Midi
- Les Muses de Savoie

Jean-Pierre Farines
- Brume sur la Presqu'île

Patrice Rousseau
- Le faussaire de Pont-l'Abbé *(épuisé)*

Jérôme Lucereau
- Anévrisme
- Chef-d'œuvre meurtrier à Lorient
- L'affaire Callac *(épuisé)*

René Le Clech
- Baston chez les voileux

Jean-Luc Le Pache
- Bréhat-culpa *(épuisé)*

Philippe Lepeuple
- Samba ni loi en pays nantais
- Poulets de Brest *La mauvaise farce (épuisé)*

Bruno Ségalotti
- Filouteries en Côtes-d'Armor *(épuisé)*
- La Phalange de l'Argoat
- Breizh Connection *(épuisé)*

Yves Horeau
- Une retraite pas très spirituelle *(épuisé)*

Luc Calvez
- Le fils du Tigre
- Les Graffeurs du Ponant

Michel Renouard
- La Java des voyous
- Les castrats de Bombay
- Requiem sur le campus
- Le bouillon de minuit
- La farine du Diable
- La Vénus de Malifeu

Jean-Christophe Pinpin
- Qui voit Groix voit sa croix
- Qui voit Sein voit sa fin
- Qui voit Ouessant voit son sang
- Qui voit Belle-Ile voit son île *(épuisé)*
- Qui voit Molène voit sa peine
- Toulouse au bout du siècle
- Traque à Hoëdic *(épuisé)*

L'Ange
de
GROIX

POL'art® Aux Éditions Alain Bargain

Dans la collection ***POL'ART*** *:*

Serge Le Gall

- Sombre dessein à Pont-Aven
- Meurtres du côté de chez Proust
- Eaux-fortes à Sainte-Marine

Loïc Gourvennec

- Le râle du basson

Yves Horeau

- Monsieur Butterfly

Renée Bonneau

- Nature morte à Giverny *(épuisé)*
- Séquence fatale à Dinard *(épuisé)*
- Sanguine sur la Butte

Stéphane Jaffrézic

- Toiles de fond à Concarneau
- Le Rubis de Châteauneuf-du-Faou

Françoise LE MER

L'Ange de GROIX

Collection

ENQUÊTES & SUSPENSE

Quadri Signe - Editions Alain Bargain
125, Vieille Route de Rosporden - 29000 Quimper
E-mail : editions.alain.bargain@wanadoo.fr
Site Internet : perso.wanadoo.fr/editions.bargain

À Michel

REMERCIEMENTS :

- À Christianne Fraval mon amie, Alain, Monique, Carl, Caroline, Fred, Sylvie, Gwendoline, Morgane et toute l'équipe des Éditions Alain Bargain.

I

— Et sachez, enfin, qu'on ne ressort jamais indemne de ce type d'expérience…

Le docteur Vincent Lambertin se tut. La gorge sèche, il profita de ce moment de répit pour se servir un verre d'eau de l'une des bouteilles mises à la disposition des conférenciers. C'était au tour de Simon de parler, de raconter à ce public la façon dont sa vie avait basculé voilà vingt-huit ans à présent. Le docteur Lambertin, qui connaissait par cœur l'histoire du kinésithérapeute, accorda une oreille distraite à son ami et ausculta leur nouvel auditoire.

La petite salle de réception prêtée par la mairie était bondée. Elle pouvait, au juger, contenir une centaine de personnes environ. Des Groisillons ? Des touristes pour la plupart ? Difficile de trancher. Les visages, attentifs, se tournaient vers Simon. Alors qu'il balayait le public du regard, Vincent Lambertin remarqua, au troisième rang, un homme corpulent dont les mimiques, très expressives, semblaient prendre à témoin l'assemblée qui, et pour cause, ne faisait aucun cas de lui. Il ponctuait le discours de Simon de hochements de tête désabusés, souriait parfois avec condescendance ou se bornait à lever les yeux au ciel.

Un drôle de client… ne put s'empêcher de juger le docteur Lambertin. À chaque conférence qu'il donnait, il y en avait toujours un ou deux comme ce quinquagénaire à la barbe bien taillée, content de lui et confortablement assis dans la vie. Lorsque viendrait le moment des questions, cet homme-là ne les ménagerait pas de ses sarcasmes… Mais Vincent Lambertin et ses deux compagnons avaient l'habitude de susciter des réactions vives, voire hostiles. Pouvait-il en être autrement d'ailleurs ?

De l'autre côté de la salle, le médecin sentit un regard se poser sur lui. Tournant la tête, il croisa les yeux d'une jeune femme au visage doux et grave. Un calepin posé sur les genoux, elle prenait des notes. Vincent Lambertin cessa là son examen empirique sur la nature humaine et se concentra sur l'intervention de Simon.

Abrité derrière ses sempiternelles lunettes fumées, cet homme réservé s'exprimait à haute et intelligible voix :

— J'ai été déclaré physiquement mort durant trente ou quarante secondes tout au plus. Mais aux frontières de l'au-delà, notre estimation du temps est abolie… Ces quelques secondes volées à l'éternité comptent, pour ma part, plus que mes cinquante-trois années d'existence… Comme vous l'avouait tout à l'heure le président de notre association, on ne se remet jamais totalement d'une expérience de mort imminente, ou NDE, si vous préférez.

Au moment où ma conscience a brutalement réintégré mon corps, lorsque les médecins urgentistes, à force d'opiniâtreté, ont réussi à me ramener à la vie, j'ai compris aussitôt que mon acte désespéré était vain… Comment vous expliquer… Le suicide n'est pas une solution… Même si nous n'envisageons pas d'autre issue que celle de mettre un terme à nos jours, c'est lors de notre court passage sur terre, et uniquement là, que nous devons trouver la clef de nos problèmes, aussi insolubles soient-ils. C'est ce que m'a révélé le bain d'amour pur dans lequel j'ai été plongé un trop bref instant… Tout se trouve dans l'homme, mais à quantité infinitésimale… Voilà le message que je voulais faire passer…

Un peu intriguée, Jeanne jeta un coup d'œil de biais à son ami. Simon avait beaucoup insisté sur le suicide, ce soir. Connaissant les dons que son compagnon avait acquis après sa NDE, elle sut d'instinct qu'il s'adressait à une personne particulière de l'assistance…

Elle jaugea le public. Ce jeune homme, au dernier rang, qui essuyait les verres de ses lunettes… il paraissait troublé… Était-ce lui qui avait des idées suicidaires ? Ou peut-être cette fille, assise près du gros monsieur qui considérait Simon comme s'il se fût agi d'un débile mental… Elle avait une petite mine chiffonnée.

Mais Jeanne n'eut pas le loisir de mener plus avant son investigation. Simon lui tendait déjà le micro. Elle serait la dernière à intervenir ce soir-là.

— Bonsoir Mesdames, bonsoir Messieurs, fit-elle en s'éclaircissant la voix. Je m'appelle Jeanne Le Coïc, j'ai quarante-six ans, j'exerce la profession de secrétaire à Hennebont et j'ai vécu, moi aussi, une expérience de mort imminente à l'âge de vingt-quatre ans à la suite d'un accouchement qui s'est mal passé.

D'un timbre où perçaient encore, malgré le temps, des inflexions chargées d'émotion, Jeanne raconta à son tour sa peu banale aventure. À l'instar de ses deux amis, cette femme, à la physionomie agréable et énergique, entama son témoignage par l'évocation de la phase de décorporation qui devait la marquer pour le restant de sa vie.

— J'ai senti ma conscience s'échapper de mon corps. Je flottais et je considérais mon corps inerte, au-dessous de moi, tandis que l'équipe médicale s'échinait à me ranimer. L'une des infirmières a crié : « il n'y a plus de pouls, elle nous lâche… Appelez Philippe ! » Tout le monde s'agitait autour de mon enveloppe charnelle. Moi, j'étais bien, sereine, libérée de la peur et de la souffrance. J'ai traversé les murs de cette chambre aussi facilement que dans un rêve. Mais ce n'était pas un rêve. Jamais je n'ai été aussi lucide qu'à ce moment-là. Extralucide même, je dirais... Mon esprit, qui flottait toujours au plafond de ce couloir où je voyais mon mari faire les cent pas, pouvait pénétrer toute chose, toute matière, un peu à la manière d'un zoom. Sauf que j'étais moi-même ce zoom... C'est très difficile à expliquer... Voyant le visage angoissé d'une infirmière qui sortait précipitamment de ma chambre, mon mari a été pris d'une crise de panique. Personne ne voulait rien lui dire. J'ai tenté de le calmer, mais il ne m'entendait pas. Il a agressé alors une aide soignante qui passait dans le couloir en poussant son chariot, la sommant de lui avouer la vérité sur mon état. Pourquoi lui refusait-on l'entrée de ma chambre alors que le bébé était né ? Jean-Marc, mon mari, hurlait. L'aide soignante ne s'est pas laissée démonter. C'était une femme brune, aux joues rebondies. À cet instant-là, elle pensait à l'anniversaire de son petit garçon. Elle se demandait si elle aurait le temps, après son service, de passer chez le marchand de cycles pour chercher le vélo rouge qu'elle avait commandé. J'ai revu cette femme par la suite, devant deux personnes dignes de foi qui ont consigné par écrit mon témoignage. Ahurie, elle a corroboré les faits...

Une onde de murmures parcourut la salle où se disputaient scepticisme, connivence ou simples commentaires entre voisins. Les trois conférenciers, accoutumés à ces réactions naturelles, attendaient simplement que le silence s'installât à nouveau.

Le docteur Lambertin esquissa un sourire encourageant à l'adresse de Jeanne qui poursuivit alors le récit de son incroyable aventure :

— Ma conscience se trouvait toujours dans le couloir auprès de mon mari lorsque je me suis sentie aspirée par une force inouïe. C'était une sorte d'entonnoir géant dont les parois sombres, faites de fumée, avaient pourtant la consistance de la matière… Il est très difficile pour moi de vous expliquer cela car rien de tel n'existe dans notre monde…

— Ni dans l'au-delà d'ailleurs ! persifla alors une voix masculine dans l'assemblée.

Le public se retourna vers le fauteur de troubles et, par des « chut ! » sévères, l'incita à plus de courtoisie. Toutefois, le docteur Lambertin jugea utile d'intervenir, lui aussi, rappelant aux auditeurs que leur propos à tous trois n'était pas de faire du prosélytisme mais de leur rapporter une expérience unique et personnelle. Puis il invita Jeanne à reprendre le cours de son exposé :

— Tu disais, Jeanne, que tu te trouvais dans un immense entonnoir…

— Oui, reprit la femme. À l'inverse de vous deux, je n'ai pas été projetée dans un tunnel, mais le résultat est le même. À l'intérieur du tube où je tournoyais à une vitesse inouïe, j'ai aperçu soudain une lumière blanche. Elle grandissait au fur et à mesure que je m'approchais d'elle. J'étais très attirée par cette lueur étincelante, mille fois plus vive que la clarté du soleil. Cependant, elle n'éblouissait pas et je pouvais la regarder en face… Elle n'irradiait que de l'amour, la quintessence de l'amour, je dirais… Je voulais tant pénétrer dans cette lumière ! À son contact, mon esprit s'est éveillé… Je touchais tous les secrets du monde, connaissait le pourquoi et le comment de la création… Et puis, l'être de lumière — je ne peux l'appeler que par ce nom — m'a demandé ce que j'avais fait de ma vie… Je communiquais avec lui par télépathie. J'ai vu alors mon passé défiler devant moi, les moments de tristesse, de doute ou de joie, des choses aussi que j'avais oubliées. L'être de lumière les considérait avec bienveillance, sans me juger. C'est moi seule qui faisais mon autocritique… Je ressentais ce que mes proches avaient pu éprouver à mon contact, le bien comme le mal… J'étais aussi les autres… Puis derrière l'être de lumière sont apparus mon père et la grand-mère qui m'avait élevée. Je me sentais si heureuse en leur présence ! Papa, toujours par télépathie, m'a signifié alors que je ne pouvais pas poursuivre le chemin avec eux. Il fallait que je retourne sur terre où je n'avais pas terminé ma mission. Ma petite-fille avait besoin de moi. J'étais si partagée ! Mais je n'ai pas eu le choix. La lumière s'est éloignée emportant avec elle ma grand-mère et mon père. Avec une incroyable violence, j'ai réintégré mon corps, retrouvant par là-même mes souffrances et une nostalgie de l'extase perdue. Voilà…

Dès que Jeanne Le Coïc se tut, les rumeurs reprirent dans l'assemblée avec son cortège de bruits familiers : raclements de chaises, toussotements de fumeurs, apartés et apostrophes. Le docteur Lambertin se leva et se dirigea vers Jeanne qui lui tendit le micro.

— Mesdames, Messieurs, un instant d'attention, s'il vous plaît… Je sais bien qu'il se fait tard, mais si vous avez des questions à nous poser ou des témoignages à apporter, n'hésitez pas…

L'invite était trop tentante : l'homme à la barbe bien taillée et à l'embonpoint bourgeois fut le premier à se mettre debout et à demander la parole.

Vincent Lambertin sut d'instinct que la joute orale serait de haute lice…

— Monsieur ! attaqua d'entrée le quinquagénaire en s'adressant au conférencier. Comme tout le monde ici, j'ai entendu ce soir et sans broncher, un tissu d'inepties. Vous vous targuez du titre de docteur… Je suppose qu'il faut comprendre docteur en parapsychologie ?

Le mépris qu'affichait l'individu à son encontre stimula les défenses de Vincent Lambertin.

— Non, Monsieur, réfuta-t-il calmement. Je suis docteur en médecine. Ancien interne des Hôpitaux de Paris, j'étais jusqu'à mon accident de voiture, chef du service de gastro-entérologie au CHU de Nantes. Si j'ai quitté par la suite ce poste, ce n'est pas par obligation mais par choix. Cette réponse vous convient-elle, Monsieur ?

Un instant déstabilisé, l'intervenant ne s'en laissa pas pour autant conter… Les regards étaient tournés vers lui… Il s'agissait de ne pas perdre la face devant cet hurluberlu…

— Je suis moi-même médecin et libre-penseur, ajouta-t-il non sans fierté. Et d'abord, permettez-moi une lapalissade : étant donné que vous êtes en vie, vous ne pouvez avoir entraperçu qu'un aspect du processus de mort !

Devant cette évidence, le docteur Lambertin ne put qu'acquiescer d'un hochement de tête. Cette petite victoire ragaillardit son contradicteur. Satisfait, il émit un claquement de langue avant de poursuivre :

— Je ne mets pas en doute votre bonne foi, concéda-t-il alors. Mais tous trois, vous avez été victimes d'hallucinations. Quant à vous, docteur Lambertin, en tant que médecin, vous n'ignorez pas que l'arrêt des fonctions vitales et notamment de la respiration entraîne une diminution de la quantité d'oxygène distribuée au cerveau ? Il suffit d'entendre les rescapés d'accidents de plongée qui ont ainsi subi une augmentation rapide du niveau de CO2. Retournez donc au cinéma revoir *Le Grand Bleu* ! L'anoxie, l'oxygénation insuffisante du cerveau, provoque des visions similaires à vos NDE !

— Je ne nie pas ce fait, approuva Vincent Lambertin. Mais à lui seul, il ne suffit pas à expliquer la totalité de notre expérience…

— Votre extase ? ironisa alors le même détracteur. Parlons-en et cessez donc de vous réfugier derrière une mystique à trois francs six sous ! Vous n'êtes pas sans savoir que le cerveau d'un mourant sécrète massivement des molécules endorphines. Ces substances, voisines de la morphine et produites naturellement par notre chimie organique en période de stress, masquent la douleur immédiate et sont responsables de l'espèce de béatitude que vous avez décrite. D'ailleurs, je ne vous poserai qu'une seule question : qui est Dieu ? Si tant est qu'il existe, bien évidemment…

Le docteur Lambertin haussa les épaules, impuissant.

— Comment voulez-vous que je vous réponde…

— Ah bon ! jubila son interlocuteur devenu le point de mire du public. Vous l'ignorez ? À vos dires, vous l'avez pourtant côtoyé de très près ! Demandez-vous alors pourquoi – et je ne me fonde que sur votre brillant exposé – les membres de votre nouvelle secte, selon la religion à laquelle ils appartenaient, ont vu dans l'au-delà Jésus-Christ, Allah, Bouddha, Vishnu et *tutti quanti* ! Au mieux, ceux qui, je suppose, n'avaient aucune idée préconçue sur le sujet, parlent comme vous trois d'une lumière blanche, source d'amour divin…

— Qu'essayez-vous de prouver ? l'interrompit Vincent Lambertin avec un brin d'humeur.

— Ce que je prouve ? reprit l'autre. Tout simplement que vos cerveaux, face à la peur qu'engendre l'imminence de la mort, se sont déconnectés en se réfugiant dans un monde de fantasmes construits à partir de croyances conscientes ! Vos NDE ne sont que purs phénomènes pathologiques de dépersonnalisation, proches de la schizophrénie…

— Monsieur ! l'interpella alors Simon de sa voix douce. Regardez-moi un instant, s'il vous plaît…

Le conférencier ôta, tout en parlant, ses lunettes fumées, laissant entrevoir un regard blanc comme celui des statues…

— Je suis aveugle de naissance. Si je vous affirmais que ma chambre est peinte en "cardon", vous la visualisez ?

— Non… répondit le médecin… Je ne connais pas cette teinte. Quel intérêt, d'ailleurs ?

— Soit ! sourit Simon avec bienveillance. Et si je vous précise que le "cardon" est un mélange de deux couleurs franches : le "zémilat" et le "birien", vous voyez mieux ?

— Vous vous fichez de moi ? grommela l'homme.

— Loin de moi cette intention, Monsieur. Je désirais simplement vous prouver que pour moi, l'orange, le rouge ou le jaune ne sont que purs concepts… Ces couleurs n'existent pas plus que le cardon, le zémilat et le birien. Or, durant ma NDE, lorsque mon esprit s'est échappé de mon corps, un trop court instant, j'ai vu… Je garde un souvenir ébloui du bleu du ciel, des champs verts, des formes aussi que je n'avais jamais pu les saisir dans leur intégralité… Les choses n'avaient de sens pour moi que si je les palpais… Vous comprenez ? Une étude américaine a eu lieu d'ailleurs, portant sur des gens aveugles comme moi qui ont vécu la même expérience. Je ne suis pas un cas unique…

— Hallucination collective ! se défendit leur détracteur avant de se recaler sur sa chaise, bougon.

Au deuxième rang, une vieille dame se leva alors et demanda la parole.

— Madame, Messieurs, interpella-t-elle les conférenciers, d'une voix intimidée, moi aussi, j'ai été ramenée à la vie après un infarctus. Pourquoi est-ce que je ne conserve aucun souvenir comme ceux que vous décrivez ? Pour moi, la mort n'est qu'un trou noir.

Jeanne se chargea de répondre à la vieille femme. Elle n'avait, hélas, aucune explication à lui apporter.

Puis d'autres mains se levèrent. Face à la seule et véritable énigme de l'existence, les questions se bousculaient. Jeanne glissa un mot à l'oreille de Simon, son voisin de gauche. Le jeune homme à lunettes qu'elle avait déjà remarqué au dernier rang désirait intervenir. Elle l'invita donc à s'exprimer.

— Vous parlez tous les trois de NDE heureuses, bredouilla-t-il. Dans votre association, n'avez-vous pas rencontré de cas où ce genre d'expérience se serait mal passée ?

— Si, lui répondit Simon. On ne peut pas le nier. Les NDE négatives sont rares, mais elles existent. Pour ma part, je n'ai rencontré personne à en avoir subi de telle, mais les statistiques américaines montrent que 4 % parmi les cas recensés ont très mal vécu cette aventure. Visions apocalyptiques de l'enfer selon un schéma fortement ancré dans la religion ou sentiment de désolation… Quoi qu'il en soit, ces NDE ne sont jamais méritées. Il ne s'agit pas de punition divine… Un seul lien, peut-être, unirait ces malheureux cas, ajouta Simon après une seconde de réflexion… Il semblerait, en effet, que ces personnes refusaient de lâcher prise et luttaient contre leur destin.

C'est alors que la jeune femme au visage grave qu'avait remarquée le docteur Lambertin leva la main pour intervenir.

Vu le nombre de pages qu'elle avait griffonnées sur son calepin au cours de la soirée, le médecin pensa avoir affaire à une journaliste.

— Oui ? Madame ou Mademoiselle du second rang… ? Vous avez une question ?

— Un commentaire plutôt… entama-t-elle d'une voix posée. C'est à propos de la dernière intervention. J'avoue ma déception… J'étais prête à adhérer à ces contes de fées pour grandes personnes, mais là franchement… Si l'au-delà se résume à la vision manichéenne du Bien et du Mal… Si certaines âmes sont condamnées aux tortures infernales… prions tous pour que Dieu s'autodétruise dans les trente secondes !

Cette remarque provoqua quelques rires étouffés. Le docteur Lambertin ne savait que rétorquer à la jeune femme qu'il pressentait angoissée malgré sa désinvolture affichée.

La réponse aurait demandé beaucoup de temps et de réflexion…

Nonobstant, cette fausse note dans le chœur des anges sonna l'heure de la retraite. Certains auditeurs, après un bref salut de la tête à l'adresse des conférenciers, s'entretenaient par petits groupes. D'autres quittaient déjà la salle.

Les chuchotements et bavardages gagnaient en décibels, tant et si bien que Vincent, Jeanne et Simon levèrent la séance après un mot de remerciement au public.

Tandis que la salle se vidait, Vincent et Jeanne rangeaient leurs documents éparpillés sur la table. Immobile, Simon attendait que sa compagne en eût terminé.

Un léger sourire errait sur ses lèvres. Comme elle passait derrière lui, Jeanne lui déposa un baiser sur le sommet de son crâne dégarni.

— À quoi rêves-tu, mon champion ?

— Je pensais au garçon de tout à l'heure… Celui qui m'a posé une question sur les NDE négatives… Il nous attend dehors… Quelque chose me dit que nous ne sommes pas prêts d'aller nous coucher…

Fataliste, Jeanne se contenta de soupirer. Il ne lui serait pas venu à l'esprit de mettre en doute l'affirmation de Simon. La récognition des évènements dont jouissait son compagnon ne l'étonnait plus. Et souvent même, ils s'en amusaient tous deux en public, lançant parfois : « quel est le comble pour un aveugle ? C'est d'être voyant… »

— Bon, mes cocos ! lança joyeusement le docteur Lambertin… Je vous laisse jouer les prolongations ! Quant à moi, je vais me prendre une petite bière en solitaire avant de regagner l'hôtel.

— Que tu crois ! répondit Simon, malicieux. À mon avis, il faudrait alors une sortie de secours… Elle est jolie, non, la fille qui n'a pas cessé de t'observer pendant la conférence ?

Vincent Lambertin, pour le coup, laissa retomber ses papiers sur la table et se pencha vers Simon dont le regard vide fixait sa nuit.

— Je ne m'y ferai jamais, je pense… Par moments, je me demande si tu n'as pas ta paire d'yeux de rechange cachée derrière le crâne ; tu sais, comme les robots des enfants…

Simon se renversa contre le dossier de sa chaise et éclata de rire, de ce rire large et puissant, si commun, aux aveugles… Le médecin hocha la tête et considéra son ami avec affection.

*

En ce premier week-end automnal, l'air avait considérablement fraîchi. Descendant les quelques marches de l'hôtel de ville, Vincent reboutonna sa veste. Au pied de l'escalier, le jeune homme que reconnut aussitôt le médecin grillait une cigarette. Vincent le salua, mais l'autre ne chercha pas à l'accoster.

Simon et Jeanne n'étaient pas encore sortis.

« Diable d'homme », se dit le docteur en repensant aux prédictions de son ami. Machinalement, il balaya du regard la petite place de l'église paroissiale. Deux adolescents, tels des apprentis chevaliers, faisaient hennir leurs montures modernes, avec cette naïveté courante de croire que le boucan produit était proportionnel à la puissance de leurs cylindrées… Des portes ouvertes des cafés, s'échappaient les volutes indistinctes de conversations étouffées, de fumée et de musique avant de s'élever, moribondes, dans la nuit insulaire. Calfeutrés derrière la vitrine d'un restaurant, quelques couples finissaient de dîner tandis que d'autres goûtaient au simple plaisir de s'attarder un peu dehors.

C'est avec une certaine satisfaction que Vincent Lambertin ne reconnut personne. Il se sentait fatigué et avait besoin d'un moment de solitude. Il s'engagea dans la ruelle qui conduisait à la place où il avait retenu une chambre, heureux de constater que Simon, "le grand Manitou", comme il se plaisait à l'appeler, n'était pas infaillible…

— Monsieur ! sollicita soudain une voix derrière lui.

« Et zut… », ne put s'empêcher de penser le médecin en se retournant. La jeune femme au visage grave qu'il avait déjà remarquée lui faisait face à présent. Une constatation incongrue lui parasita un instant l'esprit. Debout, elle était grande, presque aussi grande que lui…

— Excusez-moi de vous déranger, Docteur… J'ai assisté à votre conférence…

Le docteur Lambertin songea à l'inanité de cette entrée en matière. Évidemment qu'elle était présente si elle avait posé une question ! Il la laissa parler, peu enclin ce soir-là à fournir d'autres efforts. Ainsi qu'il l'avait deviné, elle était bien journaliste, s'appelait Hanna Baron et souhaitait une interview en particulier.

— Je désirerais écrire un article de fond sur les NDE, expliqua-t-elle.

— Soit ! concéda le médecin. Mais cela peut attendre demain… Je suppose que vous dormez sur l'île et que vous ne rentrerez pas chez vous cette nuit à la nage ? J'ai une chambre au "Triskell". Alors, disons… 8 heures 30, pour le petit-déjeuner…

Et il tourna les talons, abandonnant sur place une jeune femme quelque peu déconfite. Tout en se dirigeant vers son hôtel, Vincent se reprochait son ton sec et son manque de courtoisie. Pourtant, les relations qu'il avait pu entretenir avec des journalistes étaient en général amènes. Cette pauvre fille faisait les frais de sa propre fatigue…

Au lieu de s'engager dans l'étroit couloir qui menait directement aux chambres, le docteur poussa la porte du café attenant d'où s'échappait un air de folklore irlandais. Il s'installa au comptoir près d'un homme âgé qui, tel un petit garçon, quémandait le droit d'obtenir "le dernier pour la route".

— Tu as assez bu comme ça, Jos… Même si tu n'as pas ton vélomoteur… Je n'ai pas envie de me faire enguirlander par ta Thérèse demain ! Et pour vous, Monsieur ? Qu'est-ce que je vous sers ?

— Une pression, s'il vous plaît…

Le client louchait à présent sur la bière de Vincent Lambertin.

— Elle est belle ! s'exclama-t-il avec la seule sobriété qui lui restât… J'ai toujours aimé les blondes !

Attentif aux manœuvres opérationnelles de ce fin stratège, le cafetier ne s'en laissa pas pour autant conter…

— Attention Jos ! Je te vois venir ! Laisse Monsieur tranquille ! Même si on t'offre la tournée, je ne te servirai pas… Pas même dans tes rêves !

Le vieux coula un regard pitoyable d'épagneul breton à son bourreau puis sortit, souriant gentiment à son monde intérieur et prenant l'étranger pour témoin :

— C'est fou ça ! Je suis venu ici sans un rond, et me voilà complètement saoul !

Vincent Lambertin hocha la tête, méditant la parole du philosophe. Puis, comme celui-ci continuait à couver sa blonde mousseuse avec les yeux de Chimène, le médecin résolut de botter l'arrière-train de Pavlov, responsable de tous ces maux : il but sa bière d'un trait et déposa sa monnaie sur le zinc.

Dégoûté par tant de légèreté, le vieux Jos dodelinait de la tête.

— C'est pas vrai, ça ! Une jolie blonde ! Sans vouloir vous vexer, M'sieur, j'suis sûr que vous êtes pas une affaire au lit…

L'exégète du houblon fut aussitôt remis à sa place par le cafetier. D'un signe de la main, Vincent Lambertin salua son nouveau copain qui boudait toujours, demanda sa clef et, par une porte à l'intérieur du bar, monta à l'étage.

Simple mais coquette avec ses murs lambrissés lasurés de blanc, sa chambre lui convint tout à fait. Aussitôt, Vincent se dirigea vers la fenêtre qu'il ouvrit. La pièce donnait sur une petite place. Nul commerce, excepté le café-hôtel du Triskell, ne venait colorer la quiétude de la nuit. Face à lui, une maison bourgeoise retint son attention. Elle possédait un grand charme malgré la peinture écaillée de sa façade et de ses volets clos. Cette demeure devait dormir depuis longtemps, abritée derrière ses grilles d'où s'échappait un foisonnement de branches et d'herbes folles. À gauche de la place, la lumière acidulée du distributeur d'un établissement bancaire focalisait le regard de quelque noctambule papillon…

Une silhouette sortit du café. À pas menus, elle traversa la place. Vincent reconnut le fameux Jos. Il marchait droit, honneur oblige… Arrivé à l'angle de la rue, il se retourna. Son expression madrée n'échappa pas au médecin, tandis que le bonhomme vérifiait que l'on ne se préoccupait plus de lui. Sûr de son fait, il releva un vieil engin motorisé que le malin avait planqué au pignon de la belle au jardinet dormant et s'enfuit dans la nuit en pétaradant…

Vincent Lambertin, qui ne cessait de s'arrêter de fumer, s'autorisa une cigarette. Après deux bouffées coupables mais bienfaitrices, il sortit de la poche de sa veste la carte postale maintes fois manipulée… Elle représentait une valeur sûre du patrimoine touristique groisillon : la pointe des Chats. Le médecin ne s'attarda pas à admirer le paysage idyllique de la photographie. Au dos de la carte, il relut les quelques lignes qu'il connaissait pourtant par cœur, tant il les avait disséquées, mâchées mot à mot, s'en était nourri, sans pour autant en être rassasié. Comme à chaque fois, une sensation de manque lui noua l'estomac. Le mystère de sa vie résidait dans cette écriture vive et élégante, calligraphie qu'il aurait reconnue entre toutes… Celle de Caroline… Or, il était tout bonnement impossible que sa femme eût pu écrire cette carte, pas plus que les autres. Ou alors, il devenait fou ; ce qui ne manquerait pas de réjouir certains de ses détracteurs…

La vue brouillée par toutes les fatigues accumulées, Vincent Lambertin réprima un sanglot, serra contre lui la dernière carte reçue comme s'il eût bercé un tout petit enfant…

II

Les yeux encore ensommeillés, Vincent Lambertin ouvrit ses volets, se demandant comment l'insomniaque qu'il était devenu avait pu dormir aussi longtemps. Une lumière laiteuse investit la pièce. C'est alors qu'il l'aperçut, à la terrasse de l'hôtel, unique cliente attablée devant une tasse fumante. Le médecin grommela son déplaisir, espérant que la journaliste n'eût pas la fâcheuse pensée de lever la tête vers lui. Un coup d'œil à sa montre-bracelet le rassura. Il prendrait le temps de se doucher, comme convenu. Alors qu'il se dirigeait, serviette sur l'épaule, vers la salle de bain commune, Vincent se demanda d'où venait l'idée, généralement acquise, qu'une femme, par définition, est toujours en retard…

Soufflant sur son thé trop chaud, Hanna Baron craignait, quant à elle, d'avoir raté son rendez-vous. Les médecins, d'ordinaire, se targuent d'être ponctuels. Peut-être le docteur Lambertin était-il déjà sorti et reviendrait-il la surprendre après son jogging matinal ?

Du bout des lèvres, la journaliste goûta son breuvage à l'amertume délicieuse. Elle résista à la tentation de croquer le croissant qui la défiait dans sa panière. Elle aurait l'air malin si la bouche pleine, il lui fallait déglutir un bonjour professionnel… Hanna mit alors à profit ce moment de solitude pour réviser son futur entretien. Le sujet l'intéressait fort, mais elle savait intuitivement qu'elle ne pourrait pas bombarder l'homme de questions… À première vue, Vincent Lambertin ne lui semblait pas commode. Et il n'était pas du tout tel qu'elle se l'était représenté. Pourquoi, d'ailleurs, avait-elle imaginé un spécimen viril sorti tout droit de la série *Urgences* ? Grand, brun, athlétique, charmeur… C'était idiot de sa part ! La jeune femme fit alors un examen de conscience, rapide et léger comme une toilette de chat… Elle, qui se croyait intelligente, n'échappait pas aux lieux communs qui dictent de curieuses lois naturelles ; à savoir qu'à quarante ans un professeur de médecine, svelte, élancé et beau se transforme à soixante en un bonhomme rondouillard, petit, sévère et barbichu…

Hanna Baron se pardonna très vite ses fantasmes de midinette en mordant à belles dents dans l'unique objet de désir qu'elle eût à portée de main.

— Excusez mon retard, Madame, fit aussitôt une voix derrière elle. Déconfite, Hanna se leva pour accueillir le médecin.

— Je… postillonna-t-elle.

— Je vous en prie… Prenez le temps d'avaler votre bouchée, concéda l'odieuse voix, magnanime.

À présent frais et dispos, Vincent Lambertin s'installa en face de la jeune femme dont le regard dépité le surprit. Il en attribua la cause au fait qu'elle l'avait attendu et réitéra donc ses excuses. L'intervention enjouée de l'hôtelier venant prendre la commande du médecin, sauva la journaliste d'un embarras exponentiel…

Puis très vite, contrairement à d'autres idées préconçues qu'elle s'était forgées, Vincent Lambertin réussit à la mettre à l'aise. Un comble pour un reporter censé l'être !

Il lui demanda avec gentillesse si elle avait des attaches sur l'île.

— Mon père est originaire de Groix, expliqua-t-elle. Ma grand-mère vit encore ici. J'ai passé sur le "caillou" les meilleures vacances de mon enfance. À cause du métier de papa qui est attaché d'ambassade, j'ai voyagé de par le monde. À force, quand on est gamine, ce n'est pas rigolo…

— Tiens ! C'est curieux ça ! l'interrompit le médecin.

— Quoi donc ?

— Rien… Non rien, je vous assure… se ravisa-t-il. Juste une coïncidence, c'est tout.

Devant l'expression soudain attristée du docteur, Hanna craignit avoir commis quelque bourde. Elle décida donc de reprendre les rênes de la conversation :

— Docteur, je suis vos interventions dans la presse depuis quelques mois… Le compte rendu du colloque auquel vous avez participé l'an dernier à Paris m'a particulièrement intéressée… Excusez ma question si elle est indiscrète… Mais vous animez des conférences un peu partout, dans les grandes villes de France… pourquoi donc avez-vous choisi Groix ?

Vincent Lambertin sourit devant l'incrédulité de la jeune femme.

— Oh ! Si c'est tout le mystère qui vous préoccupe, je peux vous le dévoiler. Vous qui êtes un peu groisillonne, vous connaissez certainement Lucie Sauveterre ?

— La vedette locale de notre caillou ? s'étonna Hanna. Personnellement, je ne l'ai jamais rencontrée… Et pour cause… Cette dame n'a pas dû quitter son lit depuis une vingtaine d'années. Mais ma grand-mère lui rend visite, de temps à autre. La sœur aînée de Lucie, aujourd'hui décédée, était sa meilleure amie d'enfance. Lucie Sauveterre est-elle l'une de vos parentes ?

— Non, mais j'ai reçu un courrier d'elle l'année dernière… Plus exactement de sa nièce à qui elle dictait son message, étant donné que Lucie se trouve dans l'incapacité physique de tenir un stylo… Sa lettre m'a profondément troublé… Depuis, nous correspondons régulièrement. C'est elle qui a tenu à ce que je vienne ici donner une conférence. Comme, à présent, je suis son chevalier servant, ajouta le médecin en mimant une révérence, j'obéis à ses ordres !

Hanna Baron fronça les sourcils tout en buvant une gorgée de thé. L'intérêt de la vieille dame pour Vincent Lambertin pouvait se comprendre… Mais compte tenu de l'aura toute particulière qui enveloppait cette femme hors du commun, son insistance à faire venir à Groix le médecin devait revêtir un dessein caché…

— J'ai rendez-vous avec elle en fin d'après-midi, avoua alors Vincent Lambertin, j'ai hâte de la rencontrer.

— C'est bizarre, ne put s'empêcher de répondre la journaliste. On dit qu'elle ne reçoit que le matin, entre dix et douze heures. Sa pitoyable vie est réglée comme du papier à musique. Si elle fait pour vous une exception, c'est que…

— N'employez pas cet adjectif pour qualifier sa vie, l'interrompit le médecin en éludant ainsi la réflexion de la jeune femme. L'existence de Lucie est tout sauf pitoyable ! Ce serait lui faire offense que de penser cela d'elle !

— Oh ! Moi, vous savez, répliqua Hanna un peu vexée, je ne suis pas très versée dans les bondieuseries, les mystères insondables et tutti quanti ! Je suivrais plutôt le précepte d'Épicure quand il écrit :

« *Tant que nous existons la mort n'est pas, et quand la mort est là nous ne sommes plus.* » Circulez ! Il n'y a rien à voir ! Si vous préférez…

Tout en repoussant sa tasse vide, Vincent sourit à la jeune femme.

— Permettez-moi, Madame, de soulever ici une contradiction à votre encontre. Pourquoi donc l'agnostique que vous prétendez être s'intéresse-t-elle à mes travaux sur les NDE ?

— Nous dirons qu'il s'agit d'une curiosité intellectuelle, répondit Hanna d'une moue boudeuse. Et puis, le paranormal et le questionnement mystique si prisés par le *New Age* des années soixante-dix sont à nouveau dans l'air du temps… Il suffit de considérer le succès mondial du Da Vinci Code et de tous les petits satellites qui gravitent péniblement autour de lui ! Si j'y vais aussi de ma plume et que je fasse chorus à cette littérature écrite à l'eau bénite, le journal qui m'emploie sera ravi de publier mon papier. Voilà…

Le docteur Lambertin se cala contre le dossier de sa chaise et observa, songeur, son interlocutrice. Sa première impulsion aurait été d'envoyer paître cette fille qui n'affichait que mépris et scepticisme à l'égard de son travail. Puis il se ravisa. Son intuition, en éveil, l'avertissait qu'il devait, au contraire, collaborer avec elle… Qui plus est, la brutalité de sa franchise cachait, à son avis, une certaine forme de désespoir. Il fut alors persuadé que ce n'était ni l'argent ni la gloire qui la motivait…

— Vous êtes bien, comme tous les Français d'ailleurs, l'enfant de Descartes, se contenta-t-il de répondre. Mais n'oubliez pas que, moi aussi, je suis avant tout un scientifique…

Puis changeant de sujet, le médecin sortit de sa poche une carte postale écornée qu'il présenta à la journaliste.

— Vous connaissez cet endroit, je suppose ? Voudriez-vous m'y conduire ? Si ce n'est pas trop loin, nous pourrions marcher tout en bavardant…

— Ah ! Le phare de la pointe des Chats ? Si sept kilomètres à pied ne vous font pas peur, aller-retour j'entends…, eh bien, allons-y !

*

* *

La randonnée possède bien des vertus… C'était en tout cas la réflexion du docteur Lambertin tandis qu'il suivait son guide. Comme, en effet, marcher tout en prenant des notes relèverait de l'exploit sportif, la jeune femme avait rangé son calepin dans un petit sac à dos et devisait de choses et d'autres. Ils empruntaient chemins et sentiers intérieurs en direction du sud-est, contournant des champs de seigle ou de blé noir, bornés çà et là de halliers touffus où croissaient à l'envi prunelliers et parfois des asperges sauvages.

Le ciel, sans être éclatant, avait pris cette douce blancheur automnale et Vincent écoutait, amusé, les histoires de la grand-mère d'Hanna. Un étonnant personnage, semblait-il, qui avait traversé, sans broncher, bien des affres mais dont le "drame", aux dires de sa petite-fille, se résumait à son exil forcé... Le médecin apprit ainsi que l'île se partageait en deux : à l'ouest Pirvisy, à l'est Primiture. Or, Mélanie, il y a soixante ans de cela, avait dû quitter son village natal de Quelhuit pour épouser un gars de Locmaria, situé en Primiture...

— Je crois que vous exagérez un peu ! N'allez pas me dire que votre grand-mère se sent à l'étranger à l'autre bout de son caillou alors que bien des Groisillons ont dû abandonner leur île pour trouver du travail !

— Eh si ! Aussi bizarre que cela puisse vous paraître, c'est ainsi ! Ma grand-mère est indécrottable à ce sujet ! Selon elle, à Pirvisy, ce sont des purs, des durs au mal, des marins quoi... En revanche, à Primiture, elle ne voit que des paysans qui exhibent leurs richesses pour narguer ceux de Pirvisy et qui pactisent avec les touristes. Mélanie sort directement du XIXe siècle. Je l'aime beaucoup !

Vincent Lambertin rit de bon cœur et cette gaîté nouvelle éclaira son visage, illumina son regard brun. La journaliste, tout en cheminant à ses côtés, le détaillait. Il pouvait avoir, se disait-elle, une quarantaine d'années. Ses cheveux, déjà grisonnants, le vieillissaient, mais ses traits fins et lisses corrigeaient cette première impression.

Ils arrivèrent à Kerohet. Le médecin ralentit son allure, attentif au charme des maisons. Là où sur le continent la toponymie aurait égrené les noms de ses hameaux, la société insulaire, en revanche, se plaisait à dénombrer ses villages sans afféterie mais avec cette conviction profonde de tenir l'intégralité du monde dans son microcosme. Si le docteur Lambertin, au cours de sa promenade, avait relevé quelques erreurs architecturales égarées çà et là, il existait malgré tout une unité groisillonne. Petites et trapues comme pour mieux résister aux tempêtes, les maisons des villages, blanches ou grises, ne pavoisaient pas aux couleurs du bourg. Cependant, sous leur apparente réserve, se cachaient de véritables coquettes qui auraient fait tourner la tête de quelque peintre amoureux. Un peu à la manière des jeunes filles d'antan qui, faraudes, ne pouvaient arborer qu'un ruban neuf, tout tenait dans le détail de ces façades charmantes. Un fin liseré assorti au bleu, au vert ou au jaune des volets fardés soulignait l'encadrement des fenêtres et des portes. La teinte choisie était encore rappelée par un cache-moineaux de bois coloré, griffe de cette île. Des rideaux de dentelle arachnéenne, légers comme des cils, achevaient la toilette des ensorceleuses. Et même si certaines de ces maisons ne pouvaient s'enorgueillir d'un jardinet, qu'à cela ne tienne, elles paraient leurs façades d'un tablier de roses trémières haut perchées sur leur tige et qui tanguaient, langoureuses, happant par là même le regard du promeneur…

Une question de la journaliste arracha Vincent Lambertin à sa contemplation :

— Vous comptez rester ici quelques jours ?

— Oui. J'ai pris une semaine de congé. Je suis un peu fatigué, je l'avoue.

Tout en reprenant leur marche, Hanna Baron arracha au passage quelques brins d'aneth sauvage qu'elle frotta contre ses paumes pour en exalter la senteur anisée.

— Hier, durant la conférence, je n'ai pas bien compris une chose… Vous étiez, n'est-ce pas, chef du service de gastro-entérologie au CHU de Nantes ? Est-ce par choix que vous auriez quitté ce poste ? Cela m'a semblé bizarre… Sans vouloir vous vexer, reprit-elle, quand un médecin obtient un tel plan de carrière, il ne lâche pas si facilement prise.

Après un instant de réflexion, Vincent Lambertin lui répondit :

— Vous avez sans doute raison et je conçois votre étonnement… Après mon accident de voiture, quand j'ai décidé de changer de vie et demandé à être rattaché au CHU en tant que simple contractuel, mes confrères m'ont considéré comme un animal étrange… Entre eux, je le sais, ils ont même parlé de séquelles dont j'aurais tu la gravité… Mais rassurez-vous ! ajouta-t-il en riant, vous ne vous promenez pas en compagnie d'un fou !

— Loin de moi cette pensée ! J'aimerais tout de même savoir en quoi consiste exactement votre travail aujourd'hui.

Vincent Lambertin expliqua alors à la jeune femme l'accord qu'il avait passé avec la direction du centre hospitalier.

Moyennant un salaire, correct mais sans plus, il continuait à travailler le matin dans son ancien service, sous les ordres d'un nouveau patron. L'après-midi, en revanche, il bénéficiait d'un local où il avait carte blanche pour soigner gratuitement les “blessés de la vie”.

— Vous pouvez préciser ?

— Oh ! Tous les laissés pour compte… et ils sont nombreux. Ceux qui, de façon générale, ne bénéficient pas ou plus de la Sécurité Sociale. Les immigrés clandestins, les SDF ou les chômeurs en fin de droits… Je soigne les pathologies de la rue et les hématomes de l'âme. Il m'est arrivé aussi de m'improviser vétérinaire quand une personne s'inquiétait pour sa seule richesse : son chien.

— C'est respectable, commenta Hanna, et je vous admire…

Vincent Lambertin s'arrêta et, de son regard doux,

scruta la journaliste. Un sourire sceptique errait sur ses lèvres.

— Non… Je vois que vous ne comprenez pas… C'est moi qui dois tout à ces gens ! Ce sont eux qui me sauvent…

— De quoi ? fit-elle, incrédule. Vous avez un crime à expier peut-être ? ajouta-t-elle sur le ton de la plaisanterie.

— Un crime tel qu'on l'entend, non… Je ne suis ni pire ni meilleur qu'un autre. Mais avant mon accident et l'expérience de mort imminente qui en a découlé, j'étais quelqu'un de différent. Gentil sans doute, mais mondain et carriériste surtout.

— Et depuis ? ponctua la journaliste.

— Ma gentillesse mièvre s'est transformée en compassion. C'est plus inconfortable mais tellement plus riche aussi… J'essaie, je dis bien "j'essaie" de faire concorder mes actes avec mes pensées.

— Et votre femme a approuvé ce changement radical de vie ? osa la journaliste sur la pointe des pieds.

Vincent Lambertin se tut et leva les yeux au ciel. Un faucon crécerelle en chasse guettait sa proie au-dessus d'un taillis. Son vol immobile avait quelque chose d'irréel, comme un point de suspension dans le temps.

Le médecin observa le prédateur jusqu'au moment où l'oiseau plongea. Hanna pensa qu'il ne l'avait pas entendue.

— Ma femme, ou plutôt ma compagne, m'a quitté un an avant mon accident, de sorte que ce problème ne s'est pas posé…

— Oh ! Je suis désolée… Pardonnez mon indiscrétion.

— Mais non… Vous n'avez pas à vous excuser, reprit l'homme à la voix teintée d'une mélancolie soudaine. J'ai une large part de responsabilité dans son départ. Comme je vous le disais tout à l'heure, à l'époque je ne vivais que pour ma carrière. Il est arrivé ce qui devait arriver… Je suis rentré un soir de l'hôpital, tard comme d'habitude… Caroline n'était plus là… Ses affaires non plus. J'ai seulement trouvé une lettre d'explication sur la table du salon. Elle avait rencontré un autre homme et partait le rejoindre. Voilà…

— Vous n'avez pas essayé de la retrouver ? C'est une façon un peu… heu… cavalière de quitter quelqu'un. Non ?

Le médecin mit les mains dans ses poches et haussa les épaules. La tristesse qui voila son regard parlait pour lui de sa douloureuse expérience. Prise de remords, la journaliste réitéra ses excuses. Cette histoire ne la concernait pas et elle le lui dit. Vincent Lambertin prit alors une longue inspiration.

— Avant tout, il n'y a pas de bonne recette pour quitter l'autre, je crois… Quelle que soit sa façon d'agir, on fera mal de toute manière. Et il faut parfois accepter d'endosser le costume du méchant. En ce qui concerne Caroline, elle a agi comme elle l'a pu. Si… Bien évidemment, j'ai appelé et harcelé tous ses amis et connaissances. Ils ont semblé aussi abasourdis que moi… Elle n'avait fait part de ses intentions à personne.

Alors qu'il se retournait vers la journaliste, le médecin, stupéfait, remarqua ses yeux gonflés de larmes. Il se traita de balourd. Les histoires tristes ne convenaient pas à une jeune femme. Et ses déboires conjugaux devaient raviver chez elle une expérience similaire sans doute.

Vincent s'obligea donc à chasser ses ombres et s'efforça à plus de légèreté.

— Regardez, en face. La mer. C'est par là ?

— Oui, on y arrive.

Après avoir traversé un champ en friche, ils découvrirent de hauts buissons, puis le phare de la pointe des Chats. Une haie indisciplinée de tamaris échevelés par la force des vents en occultait la base. Comme il s'approchait de lui, Vincent Lambertin se fit la réflexion qu'il n'en avait jamais vu de tel. Sa petitesse avait quelque chose d'émouvant. C'était une maisonnette à la blancheur immaculée, flanquée d'une tourelle surmontée d'un dôme rouge et rond semblable à un mamelon.

La douceur maternelle qui se dégageait de cette sentinelle marine semblait incompatible avec sa fonction. Et pourtant… L'œil des Chats veillait sur ce monde mouvant noyé d'ombres.

L'homme et la femme gagnèrent la crique attenante. La particularité géologique du lieu saisit le médecin. Nulle carte postale n'aurait su rendre cette vibration de la lumière sur les galets, luisants et argentés comme des étincelles lunaires. Vincent Lambertin se baissa pour en recueillir un au creux de la main. Du micaschiste. Il déposa ce trophée au fond de sa poche.

— Vous aimez les pierres ? Suivez-moi.

Hanna entraîna son compagnon vers la mer. Les roches, très basses à cet endroit, paraissaient tirer leur interminable langue minérale afin de laper l'eau au loin. On aurait dit une immense coquille d'huître sauvage. C'est alors que la jeune femme désigna du doigt au médecin une roche improbable… L'illusion était parfaite et Vincent crut un instant admirer l'image d'un océan prise par satellite. Devant ses yeux s'étalait le microcosme d'une mer pétrifiée. Les plis d'un bleu profond du glaucophane se mêlaient à ceux, vert turquoise, de l'épidote.

La journaliste lui apprit alors que Groix était l'unique réserve minéralogique de France. Puis elle lui reparla de la carte postale qu'il lui avait présentée à l'hôtel. Était-il satisfait ? Se rendre sur les lieux de la photographie correspondait-il à ses attentes ?

Face à la mer, Vincent s'assit en tailleur sur le

rocher. Hanna l'imita. Il sortit de sa veste un paquet de cigarettes et en proposa une à sa compagne.

Toutefois, le vent ne lui permit pas d'allumer son briquet, et, après plusieurs essais infructueux, il s'y résigna.

— C'est gentil à vous de m'avoir conduit ici. Honnêtement, je pense que je n'espérais rien de précis de cette promenade… Si ce n'est bien sûr, corrigea-t-il, le bonheur d'avoir pu contempler tout cela… Mais…

Vincent ne termina pas sa phrase. Hanna accueillit son silence. Alors que la jeune femme ne s'y attendait pas, il se retourna soudain vers elle.

— J'aimerais vous parler… À vous, en tant que personne. Pas à la journaliste. C'est idiot, mais je ressens le besoin de me confier à quelqu'un qui ignore tout de ma vie…

— Tout ce que vous me direz ici restera entre nous. Promis…

Le docteur Lambertin, en proie à un conflit intérieur, mit pourtant un certain moment avant de se décider. Puis, la révélation tomba, tout à trac, pesante comme un boulet…

— J'ignore si je vous ai précisé que j'ai eu mon fameux accident de voiture il y a deux ans. C'était un 30 juin. Après une longue journée épuisante à l'hôpital, je rentrais chez moi et je me suis bêtement assoupi au volant. Ma voiture a percuté un platane et vous connaissez la suite… Je vous ai avoué aussi que

Caroline, ma femme, m'avait quitté douze mois auparavant…

Attentive, Hanna hocha la tête.

— Cela fait donc trois ans que Caroline a déserté ma vie, poursuivit le médecin d'une voix altérée. Or, malgré sa décision, malgré son départ, elle continue de m'écrire… Oh ! Pas très souvent… Des cartes postales, uniquement. J'en possède neuf en tout. Celle que je vous ai montrée tout à l'heure est la dernière. Je les reçois à des dates symboliques : Noël, le 14 mars, anniversaire de notre rencontre, il y a maintenant douze années de cela, et le jour de mon propre anniversaire…

— Qu'elle vous écrive toujours prouve simplement qu'elle ne vous a pas oublié… Sans doute, vous aime-t-elle encore…

Le visage soudain torturé du médecin peina la journaliste.

— Vous ne comprenez pas ! C'est tout bonnement impossible que Caroline m'écrive !

— Et pourquoi pas ? s'exclama la journaliste.

— Mais parce qu'elle est morte…

Une gifle n'aurait pas eu plus d'effet sur la jeune femme que cette confidence.

Elle tressaillit, en proie à une violente émotion. Puis, d'instinct, elle s'écarta de cet homme comme s'il représentait un danger. Exsangue, elle fut incapable de prononcer un mot. Afin de se donner une contenance, elle frotta l'une contre l'autre les paumes de ses mains, glacées.

Le médecin l'interrogeait du regard, mais elle évitait de croiser ses yeux.

— Qu'avez-vous ? Vous ne vous sentez pas bien ? J'ai l'impression que vous allez avoir un malaise.

Il voulut la prendre dans ses bras mais Hanna esquiva son geste…

— Ma parole, on dirait que je vous fais peur ! Qu'est-ce que…

Vincent Lambertin ne termina pas sa phrase. Il venait de comprendre l'apparente répulsion de la journaliste à son égard…

— Nom d'une pipe… Vous n'êtes tout de même pas en train d'imaginer que je vous ai amenée ici pour libérer ma conscience ! Vous croyez que j'ai tué ma femme ? C'est ça ?

Le corps d'Hanna parla pour elle quand elle se mit à pleurer, libérant ainsi sa trop vive émotion.

— Je ne sais pas, bredouilla-t-elle en fouillant dans son sac.

Le médecin lui tendit son propre mouchoir.

— Sans vouloir vous vexer, je vous trouve particulièrement impressionnable pour une journaliste ! déclara-t-il, mi-moqueur, mi-attendri.

— Comment savez-vous alors qu'elle est morte ? balbutia Hanna tout en se mouchant.

Vincent Lambertin se leva. Le vent s'engouffrait

dans sa veste. Il scruta le ciel qui charriait à présent d'épaisses volutes boucanées. Le temps allait changer. Le vert de gris de l'eau l'attestait d'ailleurs. Il proposa donc à la journaliste de rentrer. Ils marchaient tous deux, côte à côte. Hanna commençait à apprivoiser le mutisme de cet homme étrange. Avant qu'il ne profère une parole essentielle, la méditation lui semblait nécessaire. C'était curieux… Peu de gens savent laisser le silence s'instaurer sans que l'autre en éprouve une sorte de malaise. Vincent Lambertin faisait pourtant partie de cette minorité… À quoi songeait-il ? Hanna n'aurait su le dire. Si les mots créent la réalité des choses, cherchait-il une façon de les lui expliquer ?

La vague intuition de la journaliste fut avérée quand, tout à coup, le médecin avisa une grenouille qui venait de surgir d'un fossé. Il s'arrêta et s'accroupit pour la regarder.

— C'est captivant une grenouille… Savez-vous qu'elle ne nous voit pas ?

— Pourquoi ? répondit Hanna, un peu dégoûtée. Elles sont aveugles, ces bestioles ?

— Non… Pas du tout. Mais votre réflexion est très intéressante. Si elles ne nous voient pas, d'après vous, elles sont forcément aveugles ! Or, ce n'est pas le cas. Ces animaux ont une vision sélective. Elles n'appréhendent que ce qui est nécessaire à leur survie, à savoir leur nourriture et leurs prédateurs. Elles n'ont pas conscience qu'on peut, aujourd'hui, découper leurs gambettes pour les faire frire avec de l'ail et du persil ! Donc, si elles ne nous voient pas, nous n'existons pas pour elles.

— Soit… concéda la journaliste, peu intéressée par la myopie des batraciens. Et alors ? Où voulez-vous en venir ?

— L'homme s'est choisi comme unique critère dans ce monde. Tout n'a de sens que par ce qu'il peut voir, entendre, comprendre. Nous ne sommes pourtant que des grenouilles fort prétentieuses ! D'ailleurs, ajouta-t-il en souriant, vous avez de très jolies jambes…

— Bien ! Mais en attendant de passer à la casserole, si vous éclairiez ma petite lanterne de luciole !

D'un air à présent dégagé, le médecin se remit à marcher. Il expliqua à la jeune femme que, pour lui, c'était l'œuvre de Copernic, soutenue plus tard par les travaux de Kepler et de Galilée, qui avait changé la perception de l'homme sur son environnement et ce, malgré l'anathème de l'Église que ces idées nouvelles avaient forcément bouleversée et qu'elle qualifiait d'élucubrations inspirées par Satan.

— Oui, et alors ? répliqua Hanna. On sait à présent qu'ils avaient raison…

— À présent oui ! Vous l'avez dit. Maintenant, vous êtes en mesure de concevoir que la révolution scientifique de ces dernières années sera jugée aussi ésotérique aux yeux du commun des mortels même si les spécialistes du cerveau sont unanimes quant à la véracité de cette découverte.

— Et quelle est-elle ?

— Nous la devons au docteur Colm Kelleher du *National Institute of Discovery Science*, répondit le médecin. Et elle a été vulgarisée en partie par le docteur Melvin Morse, professeur de pédiatrie à l'Université de Washington. Kelleher a découvert le rôle que jouait le lobe temporal droit, soit environ 15 % de notre cerveau. Si l'on devait localiser l'âme d'un individu dans son corps, ce serait là…

— L'âme ! L'âme ! objectiva la journaliste. Même les curés n'emploient plus ce mot ! Ils parlent "d'esprit".

— Soit !… Ce terme gêne tout le monde ou presque de nos jours. Si vous préférez "esprit", peu m'importe. Ce qui est essentiel est que cette zone est entièrement dédiée à l'idée que nous avons un Dieu…

— Je ne dois pas faire travailler beaucoup mon lobe temporal droit alors, plaisanta Hanna. D'après vous, c'est aussi la zone d'expériences mystiques, je présume ?

— Oui. Et Kelleher a démontré que ceux qui, comme moi et bien d'autres, ont vécu une aventure spirituelle consentie ou non, ont les transpons de leur ADN modifiées et ce, durablement. Les transpons sont des minuscules bouts de votre code génétique qui étaient auparavant considérés sans intérêt… Pour être bref, les choses encore inexpliquées naguère comme l'intuition, le sixième sens, les guérisons spontanées ou miraculeuses, les rêves prémonitoires, la clairvoyance, les transmissions de pensées… sont activées dans notre lobe temporal droit. Des observations au scanner du cerveau de moines catholiques et bouddhistes ont montré que cette partie du cerveau était même la plus active quand ils étaient plongés dans la prière ou la méditation. Eh oui ! Nous sommes encore à l'âge de pierre de l'expérience mystique.

Hanna Baron se tut, s'amusant à faire avancer d'un pied, puis de l'autre, un caillou rencontré en chemin. La jeune femme restait persuadée que ce vaste préambule était destiné à la préparer à entendre une confession du médecin qui dépasserait l'entendement… Elle l'attendait, à la fois curieuse et circonspecte. Cette confidence viendrait en son temps ; elle le savait.

Ils durent se ranger pour laisser passer un adolescent presque allongé sur son scooter afin d'en étudier, sans doute, l'aérodynamique… À son blouson clouté et son pantalon de skaï, le docteur Lambertin reconnut son "Fangio de la mob". Juste devant eux, le jeune garçon s'essaya à un dérapage fort mal contrôlé… Il repartit sans demander son reste, un peu plus droit, un peu moins vite…

Ils atteignaient les premières maisons du bourg lorsque Vincent Lambertin se tourna ver Hanna, obligeant la jeune femme à le regarder.

— Quand j'ai eu cet accident de voiture et que j'ai subi mon expérience de mort imminente, il s'est passé un événement si extraordinaire que je n'en ai parlé à personne, excepté à Simon… Et à vous à présent…

Hanna, aux aguets, avala sa salive.

— …Mon esprit flottait au-dessus de la carcasse de mon véhicule encastré dans un platane. Je ne sentais rien. J'étais juste un peu étonné… Puis, très vite, je me suis senti aspiré dans un immense tunnel, de la façon que j'ai décrite hier, durant la conférence. Au bout de cette sorte de boyau, il y avait cette lumière blanche qui m'attirait tant ! Contrairement à Simon ou à Jeanne, je n'ai pas pu plonger dans cette lumière blanche d'amour. Quatre présences me l'interdisaient. Il y avait ma mère, décédée voilà douze ans. Mon père aussi, qui était mort lorsque j'étais enfant. À leur côté, se tenait un jeune homme inconnu. Il me souriait avec beaucoup de sympathie. Pourtant, je reste persuadé de ne l'avoir jamais rencontré au cours de ma vie. Que faisait-il au milieu de mes proches ? Mystère…

— Peut-être un malade que vous avez opéré et qui serait décédé au cours de l'intervention ? suggéra la journaliste. Sa présence signifierait alors qu'il ne vous en voulait pas…

À peine eut-elle proféré ces mots qu'Hanna fut la première surprise à être entrée si facilement dans ce monde surnaturel auquel elle se sentait pourtant totalement étrangère.

Mais le docteur Lambertin ne releva pas cette incongruité. Tout à son récit, il réfuta l'hypothèse émise. Aucun de ses patients n'était décédé durant une opération chirurgicale. Et d'ailleurs, très physionomiste, il aurait remarqué ce visage peu banal.

— Je reçois des témoignages de personnes qui ont vécu la même expérience que moi, le cas se produit parfois. Cependant, à la différence, il s'agit le plus souvent de gens solitaires. Des âmes inconnues viennent alors les aider à franchir ce cap difficile, dans une sorte d'empathie universelle.

— Si on admet votre postulat, tout est possible, je suppose…, répondit Hanna. Mais vous parliez d'une quatrième présence dans ce tunnel…

— Oui, fit Vincent d'une voix sourde. Il s'agissait de Caroline, ma femme…

Sous le choc de cette révélation, Hanna tressaillit, prise d'un vertige. Tout ce qu'elle considérait du domaine de l'acceptable vacillait. Le médecin vivait peut-être parmi ses ombres, mais pas elle !

Le docteur Lambertin poursuivit, sans égard apparent pour sa raison.

— C'est pour cela que je sais que Caroline est morte ! On pourrait me prouver le contraire, je n'y croirais pas ! Je sais qu'elle est morte… répéta-t-il, buté. Et si j'ai accepté de venir à Groix et de participer à la conférence, c'est aussi dans le but de comprendre ce qui a pu lui arriver…

— Comment ? réussit à balbutier la journaliste.

— Je reçois toujours des cartes postales de Caroline, comme je vous le disais tout à l'heure. Or, il est impossible qu'elle me les ait expédiées ! Qui donc, alors, se prête à ce jeu stupide et cruel ? Et pourquoi ? La dernière carte en date représente un paysage de Groix. Elle porte le cachet de la poste de l'île. Les autres, en revanche, ont été choisies de façon délibérément neutre : une portée de chatons, un gros plan sur une abeille butinant une fleur d'ajonc, une recette de crêpes… Bref, aucun endroit identifiable. De plus, elles ont toutes été postées dans des lieux différents : Brest, Lorient, Paris, Bruxelles… Je n'ai donc que cette île comme début de piste.

— Vous pensez qu'une personne a imité son écriture ? C'est ça ?

Le docteur Lambertin, mains dans les poches, hocha la tête, désabusé. Il avoua à la journaliste que cette idée, bien sûr, l'avait effleuré, même s'il était certain de reconnaître la calligraphie élégante de sa compagne. Aussi s'était-il rendu dans deux cabinets d'expertise différents. Tous deux certifiaient, confrontation de textes à l'appui, qu'il s'agissait bien de l'écriture de Caroline…

— C'est à n'y rien comprendre, ajouta-t-il. Ma femme a écrit ces cartes mais ce n'est pas elle qui me les a expédiées, étant donné qu'elle est morte depuis au moins deux ans, date de mon accident de voiture. Je suppose donc que, pour une raison X, un individu l'a forcée à les écrire. Ensuite, il s'est débarrassé d'elle et l'a tuée…

— Oh ! murmura Hanna, profondément bouleversée. Il y a peut-être une autre explication, moins dramatique, celle-là. Avez-vous songé à faire analyser l'encre ? Si votre femme, sous la menace comme vous semblez le croire, est l'auteur de ces cartes, elle les aura rédigées les unes à la suite des autres, avec le même stylo ! Or, maintenant, il est possible de…

— Je l'ai fait ! la coupa le médecin avec une pointe d'agacement. Caroline a utilisé quatre stylos différents…

Hanna se tut mais plongea son beau regard clair dans celui du médecin.

Nul besoin de mots, se dit Vincent Lambertin. Cette jeune femme, ouverte et intelligente pourtant, n'accordait aucun crédit à sa thèse. S'il n'avait pas réussi à la convaincre, il en irait de même pour tout le monde…

Alors, pour la première fois depuis deux années, il connut le découragement. Que faisait-il sur cette île ? Sa quête était vaine, de toute façon… Vouée à l'échec. Sans l'amorce d'une preuve, d'un début de piste… Il courait après des chimères… Même sa mission lui laissait un arrière-goût amer dans la bouche. Rechercher le passé de Caroline n'était peut-être au fond qu'un prétexte, une façon de se dédouaner… Seule certitude : il n'avait pas réussi à rendre sa femme heureuse et, toute sa vie, il paierait cet échec au prix fort…

Une pression sur l'épaule le délivra du marasme dans lequel s'étaient englués ses sentiments. Il tressaillit légèrement au contact de cette main. Hanna Baron esquissait l'ébauche d'un sourire qui tenait davantage de la grimace.

— Votre histoire, Vincent, n'a ni queue ni tête. Elle dépasse l'entendement… Je tenais simplement à vous dire que, malgré tout, je vous crois…

III

— M'man, tu pourrais tout de même en toucher un mot à tante Lucie ? Non ? C'est ridicule d'avoir de l'argent qui dort sans en profiter ! Ce matin encore, un couple de touristes m'a demandé si elle n'était pas à vendre !

À observer le profil buté de sa mère qui raclait au-dessus de la poubelle les deux assiettes maculées des reliefs de leur déjeuner, Stéphane Sauveterre se dit que sa cause était perdue.

— Il n'en est pas question, Stéphane ! répondit la femme d'un air revêche. Tante Lucie est née dans la maison du bas... Cela lui ferait trop de peine de la savoir entre les mains d'étrangers ! Elle se réjouit à l'idée, qu'après sa mort, tu hériteras de son bien.

Excédé, le jeune homme leva les yeux au ciel. Il repoussa la tasse de café que sa mère venait de lui servir. Il s'était brûlé les lèvres.

— Combien de fois faudra-t-il te répéter, glapit-il. Je ne pourrai en aucune façon conserver cette foutue bicoque ! Si Tante Lucie ne m'en fait pas donation de son vivant, je serai obligé de la vendre, rien que pour payer les droits de succession ! Je ne suis que son petit-neveu ! Descendant en ligne indirecte, qu'ils appellent ça ! Tu sais à combien ils se montent ces droits ? Énorme ! C'est pas pour rien que, sous peu, pas un enfant du pays ne pourra vivre sur son île ! On nous a volé notre patrimoine, nous, les Bretons, et en plus, on est obligés d'aller bouffer dans la main de nos pilleurs ! Un comble !

— Parle moins fort ! semonça Hélène Sauveterre. Tante Lucie va t'entendre ! Elle a reçu trois visiteurs ce matin et elle est épuisée.

Stéphane ouvrit la bouche mais la referma aussitôt. Il hocha la tête, dépité. Du revers de la main, il essuya une larme de colère. Sa mère lui tournait le dos, occupée à rincer les assiettes sous un filet d'eau chiche. Il considéra cette femme qui lui avait donné la vie, s'efforçant à la neutralité. Certes, elle avait couvé un coucou… Il ne lui ressemblait guère. Déjà, petit, il lui trouvait l'air d'une bonne sœur défroquée. Silhouette et visage confits en bondieuserie… Cheveux d'un châtain terne tirés sur la nuque en un chignon serré. Sempiternels souliers plats et tailleurs gris… À la belle saison, elle s'autorisait une fantaisie et troquait son uniforme pour un chemisier blanc à col Claudine et une jupe bleu marine… Il se souvenait encore de son humiliation vis-à-vis de ses camarades lorsqu'elle venait le chercher à l'école… Et le pire était qu'il avait honte de sa propre honte. Il aurait tant voulu qu'elle soit comme la maman de Baptiste ou celle de Quentin ! Elles avaient de la couleur, de gros nénés, riaient fort et sentaient bon les fleurs, pas l'encaustique ni le savon de Marseille…

Par défi, Stéphane alluma une cigarette. Il était strictement interdit de fumer dans la maison. Il inhala une longue bouffée qu'il rejeta à petits traits…

— Dis-moi, maman, demanda-t-il d'un ton neutre, pourquoi ne m'as-tu jamais aimé ?

Hélène Sauveterre ne détourna pas le regard de son évier. Tout au plus, marqua-t-elle un léger arrêt dans sa tâche domestique.

— Tu es ridicule, Stéphane… Poser une telle question à sa mère quand on est un homme ! Éteins plutôt ta cigarette ou va la fumer dehors. Tante Lucie a suffisamment de misères comme cela sans être obligée de mourir asphyxiée !

La mère de Stéphane tressaillit lorsque la porte de la cuisine claqua.

*

* *

En cette fin d'après-midi, le docteur Lambertin avait tenu à descendre à Port-Tudy pour saluer ses amis, Simon et Jeanne, qui repartaient sur le continent.

Tandis que Jeanne s'attardait à la capitainerie, les

deux hommes s'étaient installés à la terrasse d'un café. Simon, de cette manière, éviterait, au calme, la cohue et les embarras de l'embarquement. L'endroit offrait par ailleurs un autre avantage au médecin. En effet, après avoir téléphoné chez Lucie Sauveterre à qui il devait rendre visite, Vincent Lambertin, peu sûr des explications de la nièce de la vieille dame quant au trajet à suivre, avait finalement accepté la proposition d'Hélène Sauveterre. Son fils Stéphane viendrait le chercher.

Attablés face à face, les deux amis savouraient une bière. Le vent avait chassé les nuages et la lumière mordorée de ce début de crépuscule adoucissait les couleurs vives du port.

— Raconte-moi, Vincent. Qu'observes-tu ainsi ?

Le médecin sortit aussitôt de sa rêverie pour s'intéresser à son vis-à-vis. Derrière ses lunettes fumées, le visage ouvert de Simon semblait aspirer la vie tout entière.

— C'est fou ça ! Comment sais-tu que je regardais quelque chose ?

— Je le sens !… Alors ?

— Oh ! Trois fois rien, répondit le médecin en s'étirant. Juste un goéland. Il me fait un effet bizarre…

— Ce n'est pas rien ! riposta Simon en se pencha vers lui. Décris-le-moi, s'il te plaît.

Vincent Lambertin se plia de bonne grâce aux exigences de l'aveugle.

— C'est un vieux goéland, certainement. D'une laideur repoussante… Son plumage est d'un brun sale. On a l'impression qu'il est bossu. Il n'arrête pas de faire les cent pas devant notre table. Son œil jaune lance des éclairs méchants. Il me fait penser à un chef pirate sur le pont de son navire et qui rumine un mauvais coup.

— Ah ! C'est merveilleux ! ponctua Simon. Merci pour tout ! Je garderai cette jolie image de l'île.

Le contentement manifeste de son ami peina un peu Vincent, même s'il se refusait, par respect pour lui, de le prendre en pitié.

Plus loin, sur les quais, Jeanne sortait de la capitainerie. Le médecin lui fit signe et en avisa Simon.

— J'ai quelque chose à te dire, murmura alors ce dernier d'une voix devenue grave.

— Je t'écoute, répondit Vincent, soudain mal à l'aise.

— Tu es venu ici pour retrouver les traces de Caroline, n'est-ce pas ?

Vincent Lambertin sursauta.

— Si tu sais quelque chose, Simon, dis-le-moi !

— Tsss… Tsss… Je le devine, c'est tout. Et tu comprendras bientôt que je ne pouvais rien te dévoiler. Je ne joue pas les mystérieux, Vincent ; encore moins avec toi… Je connais ta souffrance. Tout ce que je puis te certifier, c'est que tu es sur la bonne voie… Seulement, tu n'es pas encore prêt à entendre certaines choses. Il faut que tu les découvres par toi-même… Alors, écoute le conseil de ton vieil ami. Le destin a plus d'imagination que nous. Il ne nous apporte pas toujours ce que nous désirons… J'en suis un exemple, mais ce qui est bon pour nous et nous fait évoluer… c'est très différent ! Accepte les cadeaux que la vie va t'offrir. Reçois-les avec gratitude…

L'arrivée de Jeanne interrompit le discours de Simon. Vincent aurait aimé le presser de questions mais l'opportunité de le faire ne s'offrit pas à lui. Déjà le Talhouant cornait, invitant les passagers à rejoindre son bord. Jeanne prit d'autorité le bras de son compagnon et l'aida à se lever.

— L'embarquement des voitures est terminé, Simon. On doit se dépêcher si tu veux trouver une place sur le pont !

L'aveugle sortit de sa poche un minuscule paquet puis tendit les bras pour recevoir l'accolade de Vincent.

— Un petit présent pour toi… Tu l'ouvriras quand nous serons partis. À bientôt, mon ami… Il veillera sur toi.

Songeur, le médecin regarda le couple s'éloigner sur le quai. Comme à son habitude, Simon marchait à pas précautionneux, le visage légèrement levé vers le ciel.

Vincent, d'un geste machinal, tournait et retournait

entre ses doigts l'objet au contact dur et froid dissimulé dans son emballage, s'interrogeant sur les propos sibyllins de Simon. Ce dernier l'avait mis en garde… Mais contre quoi ? Que n'était-il pas prêt encore à entendre ? Pour quelle raison son ami adoptait-il des tournures aussi énigmatiques ?

Un jeune homme, à l'allure décontractée, vint se garer au pied de la terrasse. De sa vitre ouverte s'échappaient des sons discordants qu'il rythmait par des mouvements de tête. Sans égard pour les oreilles civilisées de la plupart des clients du pub, il sortit de sa voiture en omettant d'éteindre la radio et balaya les tables du regard. Il se dirigea aussitôt vers un proche voisin de Vincent et, debout, sembla lui demander un renseignement. Comme l'homme lui répondait par la négative, le médecin crut deviner à qui il avait affaire. Il se leva et aborda le jeune homme :

— Vous êtes peut-être Stéphane Sauveterre ? Vincent Lambertin… ajouta-t-il après que l'autre eut hoché la tête.

Sans plus de discours, le garçon invita son aîné à le suivre.

La conduite de Stéphane Sauveterre, sans être tout à fait dangereuse, tenait davantage du défi sportif. Fort heureusement, pensait le médecin en s'agrippant à sa ceinture de sécurité, les distances sur l'île restaient brèves… Depuis son accident, il se sentait souvent mal à l'aise en voiture. Les sons graves qui semblaient déchirer les enceintes pour mieux exploser dans l'habitacle n'invitaient pas non plus à la quiétude…

— Vous aimez ? demanda le jeune homme en pointant le menton vers son poste de radio.

— Heu… répondit Vincent, prudent. C'est de la musique ?

Le bref coup d'œil en biais de Stéphane Sauveterre lui fit comprendre qu'il venait de gagner sa place parmi les papis demeurés…

Pour distraire son angoisse, alors que Stéphane doublait deux cyclistes à l'entrée d'un virage, Vincent tenta de se concentrer sur son chauffeur. Après tout, ce garçon n'était pas si jeune qu'il le paraissait au premier abord. Vingt-quatre, vingt-cinq ans, peut-être… Brun de peau et de cheveux, plutôt beau gosse, il devait connaître un certain succès auprès des filles, les sourdes surtout… ou les guerrières.

Quand la voiture pila net dans un crissement de pneus et une déflagration d'instruments de musique non identifiables, Vincent Lambertin soupira de bonheur et remercia son conducteur en toute sincérité : il n'était pas mort…

Les Sauveterre habitaient le village de Quelhuit mais le médecin n'eut pas le loisir de s'abandonner aux charmes prometteurs du hameau. Une femme, à qui Vincent n'aurait su donner d'âge, l'attendait apparemment sur le pas de porte de sa maison. Elle s'avança vers lui et lui tendit la main.

— Je balayais le couloir et j'ai entendu la voiture de mon fils. Hélène…

Vincent salua son hôtesse. Ainsi donc, il pouvait à présent mettre un visage sur cette femme qui correspondait avec lui, sous la dictée de Lucie.

S'il n'avait jamais cherché auparavant à l'imaginer, il s'étonnait un peu, à présent, du lien de parenté qui l'unissait à Stéphane. Mère et fils se ressemblaient autant qu'un cygne et un piaf.

Une certaine rigidité convenue se dégageait d'elle. Dépourvue d'artifices, Hélène Sauveterre donnait l'impression d'aspirer à la transparence.

Aucun de ses traits, ni laids, ni beaux, n'était marquant.

Tandis que Stéphane Sauveterre décrétait qu'il repartait voir des copains, sa mère, sans prêter attention à lui, multipliait ses recommandations au médecin qu'elle précédait dans un sombre corridor. Surtout, ne pas fatiguer Lucie… Lui laisser des temps de repos. La pauvre femme souffrait tant par moments ! S'il n'en avait tenu qu'à elle, jamais elle n'aurait accepté que sa tante reçoive autant de visites quotidiennes !

— Elle se sent investie d'une mission, vous le savez, Monsieur. Mais à force de prendre sur elle les malheurs du monde, cela finira par la tuer ! Je vous le dis, moi…

Vincent Lambertin opinait du chef au discours de

la duègne qui chuchotait comme dans un confessionnal d'antan.

Hélène Sauveterre distribuait encore ses conseils lorsqu'elle toqua discrètement à la porte d'une chambre qu'elle entrebâilla sans attendre de réponse. Le médecin lui adressa un sourire conventionnel, pénétra dans la pièce et referma la porte sur lui.

La chambre était plongée dans une semi-pénombre. Face à lui, allongée dans un grand lit, une vieille femme semblait dormir, la bouche légèrement entrouverte.

Ne sachant trop s'il devait ou non manifester sa présence, Vincent s'assit sur une chaise paillée, placée près du chevet et attendit.

Une vague odeur médicamenteuse flottait dans l'air confiné de la chambre. Celle-ci était d'une sobriété quasi monastique. Aucun objet ou colifichet féminin n'adoucissait cette rigueur. Le mobilier se composait uniquement du lit, d'une table, placée dans l'encoignure et sur laquelle étaient rangées deux piles de lettres, sans doute l'important courrier que recevait Lucie, une armoire sombre sans style défini, deux chaises et la table de nuit qui tenait lieu d'armoire à pharmacie. Seuls, les murs tapissés d'une teinte passée et indéfinissable affichaient la personnalité marquée de leur occupante. Au-dessus de la porte, on ne pouvait que remarquer l'énorme crucifix en bois et son Christ en ivoire. Une reproduction du Sacré-Cœur de Jésus et des images de la Vierge se partageaient les autres cloisons. L'unique touche joyeuse de cette pièce austère provenait paradoxalement de l'extérieur par la fenêtre ouverte sur le jardin.

— Vous êtes là, mon ami... murmura une voix douce. Allumez la lampe, que je vous voie mieux...

— Si vous vous sentez fatiguée, Lucie, je pourrai repasser un autre jour.

— Non... Non. Je vous en prie... Je suis si contente de vous rencontrer enfin... Vous êtes tel que je l'imaginais, ajouta-t-elle avec un gentil sourire. Quel beau garçon que voilà !

Vincent Lambertin se sentit rougir. Ce compliment insolite le rajeunissait d'au moins trente ans !

Il eût été difficile au médecin de rendre cette civilité à la grabataire. Lucie Sauveterre, de son bras décharné, aux articulations noueuses, lui tenait la main. La maladie et la souffrance marquaient son visage usé. Seul, l'éclat de ses yeux cernés d'ombres violettes dénonçait une force mentale peu commune.

— Je voulais m'entretenir avec vous de vive voix, mon garçon. Racontez-moi encore votre expérience, surtout les détails que vous n'avez pas publiés... J'aimerais confronter vos visions avec les miennes. Je pare au plus pressé parce que, voyez-vous, mon fidèle Cerbère à côté, ne nous laissera que peu de temps ! tout en parlant, elle désigna la porte de son regard rieur... Ma brave Hélène, ajouta-t-elle, a du mal à imaginer que, pour moi, le souci de ma santé physique revêt si peu d'importance ! Je me soumets en toute humilité à ses exigences mais l'essentiel est ailleurs, n'est-ce pas ? Moi, je n'attends qu'une chose : qu'Il vienne me chercher quand Il aura estimé que l'offrande de mes souffrances aura un peu soulagé le poids des péchés de ce monde… Vous me comprenez ?

Vincent Lambertin acquiesça d'un signe de tête et, serrant toujours la main de la vieille dame, tenta de satisfaire à sa demande.

Si quelqu'un, trois années auparavant, lui avait asséné ce type de discours, il l'aurait taxé d'illumination névrotique.

À présent, sans adhérer à ce dolorisme mystique commun à certaines grandes figures de stigmatisés tels Padre Pio, Gemma Galgani ou la Française Marie-Julie Jahenny, il comprenait.

Donc, sous le regard bienveillant et attentif de Lucie, le médecin rapporta à la vieille dame et ce, pour la énième fois, son aventure spirituelle.

Alors qu'il racontait son accueil dans l'autre monde, par l'être de lumière, elle l'interrompit :

— Il ne vous a pas dit son nom ?

— Son nom ? répéta Vincent.

— Eh bien, oui ! Votre ange gardien a bien un nom ! Le mien s'appelle Haniel. Il me l'a appris un jour que je dormais…

— En rêve ?

— Ce n'était pas un rêve, répondit Lucie, mais un songe… C'est tout à fait différent. Il m'a dévoilé certaines merveilles de l'au-delà. J'en reste éblouie… Vous savez, chuchota-t-elle tout à coup, Haniel m'a prévenue d'une chose… Cela restera entre nous, n'est-ce pas ? Vous êtes le seul à connaître mon secret. Il a promis qu'il viendrait me chercher pour de bon le 19 de ce mois.

Devant une telle révélation, Vincent Lambertin sursauta, abasourdi :

— Vous êtes en train de me dire, Lucie, que votre ange gardien vous a annoncé votre mort prochaine ? Mais…, balbutia-t-il, c'est dans huit jours !

— Un bon point pour vous, mon cher petit ! plaisanta la vieille dame. Au moins vous savez calculer ! Un détail de vocabulaire cependant : je ne vais pas mourir mais renaître ! Cela dit, l'idée est la même…

Interloqué, Vincent Lambertin ne sut que répondre. Jamais encore, il n'avait rencontré un être semblable à Lucie Sauveterre. Celle-ci, espiègle, continuait à le dévisager. Ce fut le médecin qui rompit le silence :

— Vous vous sentez plus mal ? De quoi souffrez-vous exactement ?

— Taratata, mon petit, fit-elle en lui tapotant la main de ses doigts diaphanes. Ne vous faites pas de bile pour mes maladies ! Elles me survivront, va !

— Mais enfin, rétorqua l'homme qui avait un peu recouvré ses esprits. Vous n'avez pas peur ?

— Peur ? De quoi ? Vous avez eu peur, vous, lorsque vous êtes sorti du ventre de votre mère ?

Le médecin haussa les épaules.

— Personne ne peut se souvenir de sa naissance mais…

— J'aime à vous l'entendre dire ! l'interrompit Lucie. Vous y avez survécu ! Et pourtant les souffrances du nouveau-né sont bien pires ! Toutes les âmes s'accordent sur ce point ! Pourquoi voulez-vous que je ne fasse pas chorus à leurs considérations ? Elles sont les mieux placées pour le savoir, non ?

Une idée, sans doute folle pour le commun des mortels, bouleversa à ce moment-là l'esprit du médecin.

Il fouilla fébrilement sa poche, en sortit une petite photographie qu'il garda toutefois dans le creux de sa paume.

— Vous avez le pouvoir de vous entretenir avec les âmes de l'au-delà, Lucie ? demanda-t-il d'une voix altérée par l'émotion.

— Oui, Dieu m'a donné cette grâce ; et avec celles d'ici-bas aussi, bien sûr.

— Si je vous montre une photo, seriez-vous capable de me dire si cette personne est morte ou non ?

— Ne me la montrez pas, mon garçon. Les yeux n'ont rien à voir dans cette histoire. Posez-la sur le lit, sous ma main… Oui comme cela… Et à présent, taisez-vous.

Lucie avait fermé les yeux. Du bout des doigts, elle caressait l'image. Le cœur battant, Vincent Lambertin attendait, oscillant entre l'espoir et le désespoir.

— C'est une très jolie femme… murmura alors Lucie, les yeux toujours clos. Je n'ai pas très bien compris son prénom… Karine… Caroline…

— Caroline, oui, acquiesça le médecin en tentant de refouler ses larmes.

— Je ne l'ai pas directement… C'est une autre âme qui intercède pour elle… Elle m'envoie vous dire que Caroline est en paix à présent, elle ne souffre plus physiquement… Mais pour qu'elle puisse monter en toute liberté, elle a besoin que vous lui pardonniez son sacrifice…

— Son sacrifice ? reprit Vincent, interloqué. Mais quel sacrifice ? Je ne comprends rien…

La vieille dame ouvrit les yeux et plongea son regard dans celui du médecin. Une infinie douceur émanait d'elle.

— C'est votre femme, n'est-ce pas, mon garçon ? Hélas, vous ne la reverrez plus sur cette terre… Il faudra patienter. La vie vous réserve encore bien des joies. Acceptez-les, comme un don du ciel.

— Je le savais… hoqueta l'homme qui ne cherchait plus à dissimuler ses larmes. Mais je ne saisis pas son message... Caroline a-t-elle sacrifié sa vie pour protéger quelqu'un ? L'a-t-on assassinée ? Si c'est le cas, je vous en supplie, Lucie, révélez-moi le nom de ce salaud ! Elle s'est enfuie avec un homme, c'est ça ? Et il me l'a tuée...

— Allons, mon garçon, calmez-vous. L'au-delà n'est qu'amour, pardon et connaissance. Il faut que meure l'espoir pour que naisse l'espérance... Je n'ai pas le droit de vous révéler le secret de sa fin terrestre. C'est à vous de le découvrir car c'est grâce à cette recherche que vous trouverez votre voie...

Si le visage de Vincent Lambertin affichait un désarroi métissé de déception, Lucie Sauveterre donnait l'impression de ne pas y prendre garde.

Toutefois, elle engagea son visiteur à s'avancer jusqu'à la table.

Sa nièce avait déposé là, à son intention, l'adresse d'une médium. Lucie expliqua au médecin que cette femme, sans doute, saurait l'aider. Monique Cantat et elle entretenaient une relation amicale depuis des années.

— Je vous conseille de lui téléphoner afin de prendre rendez-vous. Ses dons sont remarquables, aussi est-elle très sollicitée à l'étranger. Vous connaissez le peu d'intérêt de notre beau pays pour les questions de spiritualité... Mais allez la voir de ma part. Elle est en France en ce moment, pour trois semaines encore. Vincent pliait la feuille de papier lorsque la porte de la chambre s'entrouvrit sans bruit, laissant apparaître le profil d'oiseau d'Hélène Sauveterre.

— Tante Lucie, chuchota-t-elle sans un regard pour le médecin, tu vas être fatiguée. Il est grand temps "qu'on" te laisse te reposer.

Le message était suffisamment clair pour "qu'on" comprenne cette fin de non-recevoir. Cependant, cédant aux instances de Lucie, il s'approcha du lit et se pencha afin d'embrasser la vieille dame.

— Courage, mon petit, lui murmura-t-elle à l'oreille. Je vais prier pour Caroline… Ne sous-estimez jamais la force de la prière. C'est le seul carburant de notre vieux monde ! ajouta-t-elle en plissant son regard malicieux.

— Et moi, que puis-je pour vous, Lucie ?

— Une promesse, mon garçon. Je veux que mon décès ne crée d'embarras à personne… Vous comprenez ? À personne… Je n'ignore rien de ce qui va m'arriver. Et je pardonne… Pas un mot à Hélène, hein ?

Tandis que Vincent s'éloignait, songeur, la voix fluette de Lucie le rattrapa :

— Oh ! J'oubliais ! Un conseil très important. Vous devriez vous rendre plus souvent au cinéma ! C'est une excellente distraction pour tous les Groisillons…

Cette remarque fantaisiste interloqua le médecin. Lucie voulait-elle clore leur entretien d'une façon légère ou souhaitait-elle donner le change à sa nièce ?

Hélène Sauveterre s'écarta pour le laisser passer, faisant naître chez Vincent un étrange malaise. Il avait l'impression que, s'il avait effleuré cette femme, ne fût-ce que par l'étoffe de sa veste, elle se serait mise à hurler…

Le médecin quitta la maison sur une pensée peu charitable, imaginant la conception de Stéphane Sauveterre… Le malheureux géniteur avait dû, tel un faux bourdon, user de stratagèmes pour attraper sa belle au vol ! La représentation de ce fantasme suffit à l'égayer…

*

*   *

Au cours de cette soirée, Vincent Lambertin devait admirer deux portraits de vieilles dames, aussi charmantes l'une que l'autre que dissemblables. En effet, si Lucie Sauveterre incarnait, à ses yeux, un ange descendu sur terre pour aider ses semblables, Mélanie Baron, en revanche, s'apparentait davantage au démon en jupon. Une gentille démone toutefois… Sur le seuil de la maison des Sauveterre, Hélène avait proposé au médecin d'attendre Stéphane, son fils, afin que ce dernier le conduisît au village de Locmaria où Hanna Baron l'avait invité à dîner. Pensant que ses os n'étaient pas encore suffisamment rassis, Vincent avait décliné l'offre de la nièce de Lucie… Il prendrait un taxi. Peu protocolaire, Fangio ne s'en offusquerait pas et le médecin ne s'imaginait pas, fût-ce en rêve, être annoncé dans tout un hameau par une fanfare de musique techno…

C'est dans un calme olympien que le chauffeur de taxi traversa l'île dans sa largeur et le déposa, en douceur, juste devant la maison de la grand-mère d'Hanna.

Le jour déclinait. Du port, tout proche, montaient dans la rue pentue des effluves marins brassés par des vagues odorantes de cuisine.

Ce fut la journaliste qui vint lui ouvrir, élégamment vêtue d'une simple robe noire et les cheveux relevés en un chignon flou. Sa tenue et sa coiffure soulignaient encore la haute stature de la jeune femme. Malgré lui, Vincent Lambertin la trouva très jolie ce soir-là.

— Entrez, ma grand-mère vous attend. Elle commence à avoir faim et, dans ces cas-là, elle peut être d'une humeur massacrante !

— Je suis en retard ? s'inquiéta Vincent. En plus, me voilà confus, je n'ai pas trouvé de fleuriste…

— Aucun souci ! le rassura Hanna. Grand-mère n'a rien de conventionnel. Hélas, parfois ! ajouta-t-elle en riant.

Au grand dam de la jeune femme, Vincent Lambertin goûta, d'entrée de jeu, un exemple de l'esprit mordant de Mélanie Baron. Elle remuait à l'aide d'une cuiller en bois un vaste chaudron où cuisaient des moules lorsque la journaliste fit les présentations.

Minuscule silhouette, Mélanie ouvrit un large sourire presque édenté à son hôte.

— Alors c'est vous le nouveau fiancé de ma petite-fille ? lança-t-elle sans gêne devant la mine épouvantée d'Hanna. Comme je le lui faisais remarquer tout à l'heure, j'espère que celui-là sera le bon ! Ce n'est plus une jeunesse et si elle veut me faire un arrière-petit-fils, il est grand temps qu'elle s'y mette !

— Grand-mère ! s'écria Hanna au comble de la confusion. Tu m'avais promis !

Puis se tournant vers le médecin amusé, la journaliste se confondit en excuses.

À présent qu'elle avait déversé sur le premier venu le poids de son vieux cœur, le phénomène en appela à des préoccupations plus terre à terre.

— Et vous n'avez pas faim à cette heure, monsieur Vincent ? Portez-moi donc le chaudron sur la table ! Et toi, fifille, ouvre la bouteille de muscadet. Et tout le monde va s'asseoir ! C'est prêt depuis longtemps !

"Monsieur Vincent" eut du mal à dérider Hanna, encore secouée par l'humiliation que venait de lui faire subir sa grand-mère. Toutefois, la belle humeur de cette dernière revenait au fur et à mesure qu'elle mangeait. Aussi, la journaliste, bon gré mal gré, se laissa-t-elle porter par la gaieté ambiante. Ils dînaient face à la fenêtre balayée par le faisceau lumineux du phare.

Mélanie Baron, malgré sa frêle carrure, jouissait d'un solide appétit. Elle se resservit trois fois, vantant, à juste titre d'ailleurs et sans complexe, la qualité de sa propre cuisine. Plus Vincent l'observait, plus il trouvait qu'elle ressemblait à un personnage de bande dessinée : un savoureux mélange de Dame Tartine et de Ma Daltone pour être précis… La conversation porta tout naturellement sur Lucie Sauveterre que le médecin venait de visiter. À Hanna qui lui demandait des nouvelles de sa santé, Vincent lui confia son pessimisme.

— Pffft ! s'immisça Mélanie. Elle est mourante depuis plus de vingt ans ! Il n'y a pas de raison que ça change ! Pourquoi voulez-vous ?

— Vous la connaissez bien, Madame ?

— Vi ! Sa sœur aînée et moi, on était ensemble à l'école. C'est pour dire ! Déjà petite, Lucie manquait souvent l'école. Si elle avait été riche, un toubib aurait fait fortune avec elle ! Elle a tout eu, la pauvre : scarlatine, pneumonie, et même une méningite ! Ce n'est même pas normal… À croire que les maladies ont du cœur et qu'elles l'aiment ! Pas étonnant après ça, qu'elle se soit tournée vers son bon Dieu ! Chaque jour nouveau est déjà un miracle pour elle, alors…

C'était une façon de voir les choses, en effet…

— Mais elle trouve encore la force d'aider tous les gens qui viennent la voir avec leurs soucis, grand-mère ! l'interrompit Hanna.

— Vi, j'ai pas dit le contraire ! Ça se bouscule même au portillon, le matin, devant chez elle. Y'en a plein qui ont prétendu être guéris, rien qu'en priant à côté d'elle… Moi, je crois pas à toutes ces choses. C'étaient pas des vrais malades ! Attention, monsieur Vincent ! reprit Mélanie, Lucie n'est pas une intrigante ! Elle n'a rien su de la vie. Forcément, elle est pure…

Vincent Lambertin garda pour lui son opinion.

Hanna se leva pour débarrasser la table et mettre les assiettes à dessert. Vincent l'imitait mais la vieille Mélanie l'obligea à se rasseoir. Sa petite-fille se débrouillerait bien toute seule et ce n'était pas tous les jours qu'elle avait l'occasion de bavarder avec un charmant "jeune homme".

Le « faites-moi donc la conversation » trouva un écho lointain dans la mémoire du médecin qui n'avait pas entendu cette expression surannée depuis fort longtemps. Mélanie Baron était curieuse de tout savoir. Elle tournait autour du pot pour tenter de connaître la raison pour laquelle Vincent s'était rendu chez Lucie Sauveterre. Sa maladresse brutale avait quelque chose de rafraîchissant.

— Vous êtes en bonne santé, j'espère ?

Puis, telle une apprentie espionne, elle tourna furtivement la tête afin de vérifier qu'Hanna, occupée à rincer les assiettes, ne l'entendait pas. Pour plus de précaution, elle baissa le ton.

— Vous comprenez… C'est pour elle que je demande ça. Ma petite-fille a besoin d'un homme entier et vigoureux !

Les éclats de rire de Vincent alertèrent la jeune femme, déjà sur le qui-vive. Ménageant la chèvre et le chou, l'homme adressa à la journaliste un sourire d'une hypocrisie consommée qui eut le don de calmer ses inquiétudes, puis il rassura la grand-mère à propos de son intégrité physique.

— Pardonnez la franchise d'une vieille dame… Quand on est âgé, on va droit à l'essentiel, faute de temps. Vous savez, j'aime beaucoup Lucie, malgré ses prêchi-prêcha. J'irais bien lui rendre visite plus souvent et lui causer de choses gaies pour une fois, mais j'ai peur qu'on me voie entrer chez elle. Les gens jasent ! Je n'ai aucune envie qu'on raconte sur l'île que Mélanie Baron est malade !

— Pourquoi voulez-vous que l'on dise cela ? demanda Vincent en tentant de garder son sérieux.

— Mais parce que je me tue à vous le faire comprendre ! glapit-elle. Seuls, les futurs morts et les tristics vont là-bas pour que Lucie solutionne leurs problèmes ! Les anges lui causent et après, elle redégringole sur terre pour donner leur réponse aux gens. Même aux communistes comme moi, c'est possible !

Hanna revint à table apportant un appétissant far breton. Elle rebondit sur la dernière phrase de sa grand-mère :

— Avouez, Vincent, que c'est un comble. S'appeler madame Baron et être communiste !

Le sujet devait fâcher et l'espièglerie d'Hanna fit boule de neige. Mélanie s'énerva.

— Je suis née Louïstic, je te rappelle ! Ce n'est pas de ma faute si ton grand-père portait ce nom ridicule ! Et je ne suis pas non plus responsable si Jacques, mon fils, ton père, a mal tourné dans la vie ! Je lui avais donné une éducation d'honnête homme !

Hanna traduisit pour Vincent les invectives de son aïeule :

— Beaucoup de gens seraient fiers d'avoir un fils attaché d'ambassade. Non ? Eh bien, pour grand-mère, c'est la honte de la famille !

— Marin ! Ça c'est un vrai métier ! expliqua Mélanie. On ne passe pas toute sa journée à faire des entourloupes aux gens et des simagrées en croquant des petits fours dans un salon ! J'attends que ton père soit en retraite pour lui reparler normalement ! Voilà, c'est dit !

Vincent garda à part lui ses réflexions. Le fiston en question devait posséder des trésors de patience pour avoir supporté une aussi despotique que charmante mère. Son choix de vivre la plupart du temps à l'étranger s'avérait somme toute assez judicieux.

En versant le café dans les tasses, Hanna voulut donner un tour moins passionné à la conversation et aiguilla sa grand-mère sur sa vie autrefois. C'était mal connaître le phénomène car, si les vieux en général évoquent leur passé avec une nostalgie empreinte de douceur, Mélanie, quant à elle, brandissait le drapeau de la solidarité et du combat syndical.

Comme bien des femmes de l'île, elle travaillait dans l'une des conserveries de poisson tandis que son mari, enrôlé sur une pinasse, pêchait.

— J'ai toujours vécu dans une sorte de terreur, expliqua-t-elle enfin. Si je n'ai fait qu'un enfant, c'est parce que je n'étais pas sûre de pouvoir lui donner à manger. C'était déjà la fin du germon et on craignait pour l'avenir de notre pêche. Je me souviens encore, quand j'étais toute petite, du ballet des dundees à Port-Tudy. Ces voiliers avaient une sacrée allure !

Mélanie raconta alors comment les femmes de l'île, à cette lointaine époque, se jetaient comme des folles sur les routes dès qu'un thonier avait été signalé. Sa propre mère n'échappait pas à la règle. Tenant son nourrisson sous le bras et sa fillette par la main, elle guettait les marins rentrés plus tôt de la campagne de pêche. Quand elle réussissait à en harponner un au hasard, il lui fallait d'abord se montrer polie : « Ah ! Vous êtes de retour, Eugène ? Vous avez eu beau temps ? Ça a donné ? » Puis, après ces banalités dont elle écoutait à peine les réponses, venaient les vraies questions : « Vous n'auriez pas croisé l'Étoile du Berger sur votre chemin ? Et mon Fernand, vous l'avez aperçu, Eugène ? » Un jour, l'un de ces chevaucheurs d'écume avait baissé la tête en entendant claquer les sabots d'Irène, la mère de Mélanie. Elle s'était arrêtée net. Nul besoin de mots. Elle avait compris. Flanquant son bébé dans les bras de la fillette, elle s'était précipitée sur l'oiseau de mauvais augure, lui martelant la poitrine à coups de poings.

— Un homme manquait à bord de l'Étoile du Berger, expliqua Mélanie. C'était mon père. Disparu en mer une nuit de tempête alors qu'il était de quart. Je revois encore ma mère, une fille de la pluie, frappant ce marin immobile sous la bruine. Elle hurlait son effroi, comme tant d'autres veuves de l'océan. Mon petit frère pesait lourd dans mes bras et je pensais chavirer. C'est à ce moment-là que j'ai décidé de ne jamais mourir… Jusqu'à présent, ça a marché !

*

*   *

Vincent et Hanna venaient de quitter Mélanie qui avait clairement montré son impatience à regarder une émission de télévision avant d'aller se coucher. Comme il n'était pas très tard, le médecin proposa à la jeune femme de descendre jusqu'au port de Locmaria boire un dernier verre.

La lune éclairait la petite anse qui n'abritait, au fond, que deux cafés. L'un d'eux était fermé. De l'autre, s'échappaient les notes d'une mélodie irlandaise.

Sur la façade blanche égayée de bouées bleues et rouges, on pouvait lire ce nom évocateur : « *Le Bateau Ivre.* »

Avant de pénétrer dans l'établissement, Vincent et Hanna s'accoudèrent contre le parapet de l'autre côté de la ruelle. Ils humèrent la nuit avec délice. La mer d'un noir d'encre soulevait ses jupons nacrés d'écume et exhalait une puissante odeur de varech. Au loin, le pinceau rouge du phare des Chats signait le ciel.

Ils restèrent ainsi quelques minutes, immobiles et silencieux, puis, d'un accord tacite, ils rejoignirent le Bateau Ivre.

L'endroit plut aussitôt à Vincent car, chaleureux, il n'avait rien de conventionnel. Chaque client devait sans doute ressentir cette même impression d'avoir, avant tout, été invité chez des amis. Dans ce lieu soufflait l'esprit d'une très vieille enfance. Ici, chaque chose avait été détournée de son sens premier afin qu'on la regarde avec un œil neuf. Ainsi, le comptoir évoquait davantage une épicerie d'antan avec ses bocaux de verre, ses boîtes de fer blanc peintes. Chaises et tables, dépareillées bien sûr, redevenaient des objets. Mais, surtout, ce café-grenier ou atelier d'artistes était peuplé d'êtres différents qu'on s'était gardé de déranger… Ces marionnettes à la physionomie étrange étaient les véritables hôtes du lieu. Du sol au plafond, leurs mines de papier mâché vous observaient. Une vieille excentrique poussait un landau d'enfant à côté d'un juge grave et désabusé. Un renard écrivain cherchait l'inspiration sur un piano tandis qu'un aviateur tentait de voler de ses propres ailes. Entrer dans ce café magique c'était ouvrir un livre de contes dans lequel les personnages prenaient vie. Vincent et Hanna allèrent s'asseoir près de la cheminée où brûlait un feu amical. Aux maîtres de céans, un couple de Britanniques installé à Groix depuis des années, ils commandèrent chacun un irish coffee.

— Je suis heureux que vous m'ayez conduit ici, Hanna. Qui est l'auteur de toutes ces créatures ?

— C'est elle ! Elle est très connue en Angleterre et aux États-Unis. Génial, hein ?

L'expression fugitive d'une joie enfantine qu'il lut sur le visage d'Hanna attendrit le médecin.

— Je m'aperçois que, depuis ce matin, vous me servez de guide et on ne s'est entretenus que de mes problèmes. Parlez-moi un peu de vous, de votre vie…

La jeune femme rougit.

— Il n'y a rien d'intéressant à en dire… Veuillez encore excuser ma grand-mère à propos de sa réflexion de tout à l'heure. Elle est incorrigible ! J'ai rarement eu aussi honte !

— Aucun souci ! lui sourit Vincent. Il est normal qu'elle s'inquiète pour votre avenir ! Vous lui avez peut-être présenté déjà des prétendants officiels ?

— Un seul, admit Hanna. Et encore ! Cela remonte à dix ans ! D'autres amis sont venus manger chez elle mais elle ne m'a jamais fait ce coup-là ! Sinon, vous pensez bien, je ne me serais jamais permis de vous inviter.

— C'est indiscret de vous demander ce qui s'est passé il y a dix ans ? Vous ne revoyez plus ce garçon ?

Le visage d'Hanna se rembrunit. Cependant, elle confia au médecin son histoire. Étudiante à Paris dans une école de journalisme, elle avait rencontré, lors d'une conférence, un grand reporter venu parler de son métier. Ils s'étaient plu, s'étaient revus et, de fil en aiguille, avait débuté entre eux un amour passionnel. Quelques mois plus tard, Adrien en mission à Sarajevo, tombait sous les feux d'un lance-roquettes. Fin de l'histoire au beau milieu d'un chapitre…

— Nous avons, hélas, un point commun, souligna Vincent. Et depuis, vous n'avez rencontré personne, jolie comme vous l'êtes ?

— Des aventures passagères, si, bien sûr, mais rien de sérieux…

— Encore un point commun, murmura le médecin. C'est terrible… Je repense à cette chanson : « les histoires d'amour finissent mal… » Banalité si réelle, pourtant ! C'est le temps qui a raison. Il tisse des liens solides mais plus sages ou il émousse les fils de l'amour qui se rompent. Soit l'un, soit l'autre. Mais la mort déchire net un tissu de passion, c'est autre chose… Année après année, le survivant essaie tant bien que mal de recoudre ses plaies. Les liens qui l'unissent au disparu sont brillants, exempts de taches. On les magnifie et on oublie que si l'autre avait vécu, l'usure de la vie aurait terminé son travail de sape.

— Vous avez une vision pessimiste des choses mais assez juste. Je n'ai pas eu le loisir de trouver les défauts d'Adrien insupportables. En tout cas, et sans vouloir vous offenser, puisse le destin me préserver de tomber un jour amoureuse d'un veuf ! Je sais trop, pour l'avoir éprouvé moi-même, qu'un vivant ne fait pas le poids auprès d'un mort. C'est injuste mais c'est ainsi.

La patronne du café, en apportant leurs consommations, interrompit un instant leur conversation. Puis Hanna demanda à Vincent si sa visite à Lucie Sauveterre l'avait éclairé sur sa quête. Bien évidemment, par souci de discrétion, elle n'avait pas désiré en parler à table, devant Mélanie. Vincent Lambertin baissa les yeux et aspira de sa paille une gorgée d'irish coffee.

— Elle m'a confirmé ce que je savais déjà. Caroline est décédée. Seulement, Lucie n'a pas voulu me dire de quelle manière… Elle m'a vaguement parlé de sacrifice et de pardon… Le fait de ne pas comprendre ce qui a pu se passer m'est insupportable, voyez-vous ! Si un homme l'a tuée, je le chercherai et la justice le punira. Lucie aspire peut-être à la sainteté, mais pas moi !

— Sacrifice ? reprit Hanna d'une voix timide. Si l'on sacrifie sa vie, c'est peut-être que…

— Non ! la coupa le médecin. Je vois où vous voulez en venir ! Et cette éventualité est inenvisageable ! Vous ne connaissez pas Caroline ! Jamais elle n'aurait attenté à ses jours ! Elle aimait trop la vie et avait une peur bleue de la mort. C'est pour cette raison, d'ailleurs, qu'elle n'a jamais voulu faire un enfant.

La journaliste leva sur lui un regard d'incompréhension. Vincent dut alors expliquer l'opinion de sa femme. Mettre un enfant au monde était, selon elle, le condamner à mort à plus ou moins longue échéance.

Caroline projetait sur cet être en devenir ses propres angoisses et aucun argument de son compagnon n'avait eu raison de cette position radicale.

— Vous concevez à présent, ajouta-t-il, que Caroline ne se serait jamais suicidée… De plus, cette hypothèse ne tient pas debout à cause des cartes postales que l'on m'adresse ! Elles ne tombent pas du ciel et j'imagine mal un individu assez retors être complice de son suicide sans, au préalable, m'avoir averti des pulsions morbides de ma femme !

Hanna prit le temps de réfléchir avant d'aiguiller cet homme désarçonné sur une nouvelle piste :

— Ce matin, quand on se promenait à la pointe des Chats, vous m'avez dit avoir interrogé toutes les relations amicales de votre femme à l'époque de sa disparition. Avez-vous aussi fouillé son passé ? Vu ses parents ? Discuté avec ses amis d'enfance ?

Le médecin avoua à la jeune femme son sentiment d'impuissance. Si Caroline était enjouée et franche, en revanche elle tenait à son jardin secret et évitait d'aborder son passé qui, semblait-il, l'avait fait souffrir. Ce qu'il savait d'elle se résumait, en fait, à peu de chose. Elle était née, voilà trente ans, à Quimper. À l'instar d'Hanna, ses parents voyageait beaucoup. Ils étaient morts au Maroc, dans le crash d'un petit avion de tourisme qu'ils avaient loué. Caroline avait onze ans à l'époque. Souffrante, elle n'avait pas participé à l'expédition de ses parents et était restée à l'hôtel. Elle fut rapatriée en France, à Quimper, chez une tante, l'unique famille qui lui restât. Caroline la trouvait austère et triste. Aussi demanda-t-elle à être mise en pension. Elle fit ainsi toute sa scolarité au Lycée Brizeux en qualité de pensionnaire.

— Lorsque j'ai rencontré Caroline, poursuivit Vincent, elle terminait à Nantes ses études d'infirmière. Sa tante venait de décéder.

— Et ses amies de lycée ? insista Hanna, Caroline ne vous parlait pas d'elles ?

Le médecin se perdit dans la contemplation d'une marionnette, un corsaire au regard féroce, qui tendait vers lui un boc en étain et semblait vouloir trinquer.

— Non, pas vraiment… Enfin, si… Une seule. Elle ne l'appelait que par son surnom : Venise. Je n'ai jamais su le véritable nom de cette fille. D'ailleurs, je ne suis pas sûr de le lui avoir demandé un jour…

— Caroline et cette Venise, continua la journaliste, têtue, ne se sont pas écrit ou téléphoné, plus tard, quand leurs chemins se sont séparés ?

Vincent Lambertin confia son ignorance à ce propos.

Si Caroline évoquait toujours Venise avec chaleur et affection, il n'avait pas l'impression que les deux jeunes femmes poursuivaient une quelconque correspondance, du moins, pas en sa présence.

— J'étais tellement préoccupé par mon propre boulot, allégua-t-il, que j'avoue n'avoir pas été toujours à la hauteur vis-à-vis de Caroline. Je regrette amèrement aujourd'hui de ne pas avoir su écouter les petites histoires qu'elle me racontait.

Hanna Baron se pencha vers lui et plongea son profond regard dans le sien.

— Laissez cela, Vincent… Vous n'êtes ni pire ni meilleur que quiconque. Mais… Vous trouvez normal le parcours de Caroline ?

Le médecin sursauta et, au grand dam d'Hanna qui pensait avoir usé de diplomatie, les traits de son visage se contractèrent.

— Comment ça, normal ? Qu'essayez-vous d'insinuer ?

— Calmez-vous, Vincent, murmura-t-elle, je suis maladroite mais je veux vous aider.

L'homme acquiesça, malheureux, et pria la journaliste de préciser le fond de sa pensée. Cette dernière, après une longue inspiration, poursuivit :

— Vincent, vous avez été le compagnon de Caroline durant de nombreuses années… Or, on a l'impression, à vous entendre, que votre femme est née le jour où elle vous a rencontré. Sa seule tante, que vous n'avez pas vue, meurt à cette époque… Elle est orpheline et n'entretient plus aucune relation avec ses amis d'autrefois… Cela ne vous paraît pas bizarre ? Son passé se résume à ce que l'on peut lire sur un livret de famille.

Bouleversé, Vincent but d'un trait son irish coffee. Sa main tremblait quand il reposa son verre sur la table.

— Pardonnez mon mouvement d'humeur de tout à l'heure, Hanna. C'est vrai… Vous avez raison… Je m'aperçois que j'ai été encore plus égoïste que je ne le pensais… J'ai accepté, comme du pain bénit, les quelques miettes que Caroline voulait bien me livrer… Tout me semble troublant à présent… Que puis-je faire ?

Le quadragénaire aux cheveux poivre et sel avait l'air aussi perdu qu'un enfant de cinq ans. Hanna eut pitié de son désarroi.

— Commencez par le commencement, Vincent, vérifiez les éléments vérifiables. Pour l'instant, il me paraît illusoire de mettre la main sur cette fameuse

Venise dont Caroline n'a même pas voulu vous confier le vrai nom. La piste de la carte postale représentant la pointe des Chats et expédiée de Groix est sans doute judicieuse mais trop vague aussi… En revanche, il vous reste un élément solide : le lycée Brizeux de Quimper où votre femme aurait été pensionnaire.

Vincent Lambertin se leva, sans se rendre compte de son impolitesse. Hanna n'avait pas terminé son verre.

— Que faites-vous demain ? lui demanda-t-il à brûle-pourpoint.

— Je rentre à Lorient par le premier bateau. Fini le week-end ! Je travaille et ne reviendrai à Groix que vendredi soir. Serez-vous toujours là ?

— Oui. Mais demain, nous voyagerons ensemble, si vous le permettez. Je vais aller faire un petit tour dans le Finistère. Ensuite, j'ai un coup de fil important à donner… Une médium dont Lucie m'a parlé. J'espère simplement qu'elle pourra me recevoir.

La jeune femme le considéra, dubitative. À la place de Vincent, elle aurait plutôt eu recours à la police ou à un enquêteur privé. Mais voilà !… Elle n'était pas à sa place…

IV

En cette fin de matinée, Vincent Lambertin descendait la rue Bourg-Les-Bourgs. Une bruine collante semblait engluer la ville de Quimper, empesée sous cette gangue de pluie anesthésiante. Après avoir passé une demi-heure dans le local réservé aux archives du lycée Brizeux, l'homme, à l'image de la cité, ne savait plus ce qu'il ressentait, si ce n'est une sorte de pesanteur léthargique. Il traversa en diagonale la place de la Tour-d'Auvergne et pénétra dans le premier bar venu. Il avait besoin d'avaler très vite quelque chose de fort : café serré ou alcool violent, peu importait. Incapable de se décider, il commanda les deux.

La première gorgée de cognac lui donna la nausée. Il repoussa le verre et approcha de lui la tasse à la mousse brune et crémeuse. Mû par une impulsion, il commença à composer sur son téléphone portable le numéro que lui avait laissé Hanna mais y renonça aussitôt. Nulle envie, au pire de déranger la journaliste en plein travail, au mieux d'exciter sa compassion.

Assise au bar, une jeune fille qui sirotait un diabolo menthe en parcourant le journal, attira son attention. Son profil pur, encadré de cheveux noirs coupés au carré, lui rappelait vaguement celui de sa femme, perdue à tout jamais…

Vincent s'abîma alors dans le gouffre de sa mémoire. Comme l'étudiante perchée sur son tabouret, Caroline portait ce jour-là un pull léger de ce rouge carmin qui sied si bien aux brunes. C'était environ un mois avant sa disparition, un dimanche matin presque anodin. Il paressait dans leur coquette maison située au bord de la Loire, à la lisière de Nantes.

*

— Je mets le rouge ou le blanc aujourd'hui, chéri ?

— Peu importe, Caroline, tu n'as pas besoin de mon avis pour choisir tes vêtements, si ? Tu es assez grande pour t'habiller toute seule !

Mais l'homme devine qu'il vient de blesser sa femme. Un bras replié sur le front, elle regarde de la baie vitrée le fleuve qui coule en contrebas de leur jardin. Vêtue d'un jean et d'un soutien-gorge, elle a laissé tomber sur la moquette les deux petits pulls de couleur. Vincent les ramasse et fait semblant de marquer de l'intérêt au sujet de cette question primordiale. Caroline, muette, lui tourne le dos. Il s'approche d'elle et dépose un baiser mutin au creux de son épaule nue.

— Le rouge, finalement, te va mieux… Mais, Caroline… Qu'est-ce que tu as ? Tu pleures ? Pour une bêtise pareille ? Enfin voyons… Mon chaton…

Il la prend dans ses bras et la berce, telle une enfant. Cependant, il ne parvient pas à tarir ce curieux chagrin.

— Dis-moi ce qui ne va pas… murmure-t-il à son oreille. Si je t'ai blessée, je te demande pardon…

— Tu n'es plus amoureux de moi, sanglote-t-elle. Hier, à cet affreux dîner, tu n'as pas arrêté de reluquer cette Brigitte Machin Chose…

— Le docteur Lacoste ? s'étonne Vincent en obligeant sa femme à le regarder. Mais tu es stupide ! Elle monopolisait la conversation, certes ! Et je l'écoutais, c'est tout ! Son point de vue sur la nouvelle thérapeutique en endocrinologie me paraissait captivant !

Afin de lui prouver sa bonne foi, il la porte dans ses bras et tente de l'amener jusqu'à leur lit, défait… Mais elle se débat.

— Non, laisse-moi, je n'ai pas envie…

Alors, il se contente de s'asseoir sur le bord du lit, en la tenant enlacée sur ses genoux. De la paume de la main, il essuie ses larmes.

— Je n'ai jamais aimé que toi, Caro… Allons, calme-toi. Tu es ma pepette pour la vie !

— Et si je partais avec un autre homme ? Tu serais malheureux ?

Il écarte d'emblée, bien sûr, la menace d'une telle éventualité.

Ces remarques puériles ne sont que l'apanage d'une âme exaltée. Mais, pour mieux convaincre sa femme-enfant, il mime le croque-mitaine.

— Avise-toi, tiens, de me faire un coup pareil ! Où que tu puisses te cacher, j'irais te chercher ! Et gare à ton Don Juan de pacotille ! Sur ses minables fesses de micheton, je graverai mon nom avec mon bistouri ! Compris ? Tu as peur ?

Elle fait oui de la tête, ferme les yeux et sourit, enfin.

Ils restent ainsi, tous les deux, ensemble. Il croit même qu'elle pourrait s'endormir. Il contemple ce merveilleux visage, ce regard clos, ombré, depuis quelque temps, de légers cernes.

— Et puis, tu vas me faire le plaisir d'arrêter ton foutu régime, et là, je suis sérieux ! Tu as mauvaise mine et tu as encore maigri.

Caroline retrouve aussitôt sa vitalité. Elle se redresse, tâte les draps pour se saisir de son petit pull rouge qu'elle enfile.

— Encore deux kilos et je te le promets ! Je veux être belle cet été ! J'ai horreur d'exhiber mes bourrelets sur la plage !

— Menteuse ! Tu t'en fichais bien autrefois !

Elle s'agenouille devant lui et plonge son regard noir dans le sien.

— Je vieillis, tu sais… À trente ans, on ne peut plus se laisser aller. Et sache une chose : je ne mens pas. Je ne t'ai jamais menti…

*

« Je ne t'ai jamais menti… », cette phrase résonnait encore dans la mémoire de Vincent Lambertin quand la sonnerie de son portable le fit sursauter.

La communication passait mal à l'intérieur de l'établissement. Aussi, après un geste explicatif au barman, il sortit sur le trottoir. C'était Hanna. La jeune journaliste s'était échappée un instant de sa réunion éditoriale afin de savoir s'il avait réussi à glaner des renseignements. Le cœur en berne, Vincent se crut obligé de lui dire la vérité.

— Oui, Hanna, j'ai eu accès aux archives… J'ai fouillé toutes les listes d'élèves de sixième des années 84, 85, et 86, au cas où Caroline aurait eu un an d'avance ou de retard. Non seulement elle n'a jamais été interne au Lycée Brizeux mais, pire que tout, on ne la connaît pas non plus en tant qu'externe… Je me sens totalement démuni… Mais non… Je ne baisse pas les bras… Oui, je le fais immédiatement… À bientôt Hanna, je vous rappelle…

Le fait d'avoir pu extérioriser son malaise soulagea

un peu Vincent. Il rentra dans le bar où l'attendait son café qu'il but en trois gorgées. Puis il déposa de la monnaie dans la coupelle. La jeune fille qui ressemblait à Caroline bavardait à présent avec le barman… Elle eut soudain une façon de rire particulière qui rompit le charme. Certes, ce rire n'avait rien de vulgaire ni d'extravagant, mais ce n'était pas celui de Caroline… Il se désintéressa aussitôt de l'inconnue en se sermonnant lui-même. Le médecin savait pourtant qu'il était pernicieux de vouloir investir l'autre de ses propres fantasmes. Depuis la disparition de sa compagne, il avait eu quelques aventures sans lendemain, avec des brunes aux yeux noirs, exclusivement… Des caresses au goût d'amertume, bien entendu. Aucune femme auréolée du sentiment amoureux ne souffre la comparaison…

Avant de quitter le café, Vincent vérifia l'adresse et le numéro de téléphone que lui avait confiés Lucie Sauveterre. Monique Cantat habitait Douarnenez. Connaissant mal la région, il demanda au barman s'il possédait une carte d'état major. À ses côtés, la jeune fille brune parut empressée, soudain, de vouloir le renseigner.

Il sortit après l'avoir saluée et remerciée, méditant ce dicton populaire : « On ne trouve que ce qu'on cherche. » De fait, mis à part la coupe de cheveux et la couleur de ses yeux, cette jolie fille n'avait rien de commun avec Caroline…

Quand Vincent eut regagné sa voiture, il était trempé ; avec cette désagréable impression de sentir le chien mouillé. La bruine molle et collante avait redoublé d'effort et s'était transformée en pluie plus tonique. Il fouilla dans son sac à la recherche d'une serviette, s'essuya les mains et se frictionna le cuir chevelu. À présent, il ne savait que choisir. Rentrer à Groix ? Rester dans le Finistère ? De ce coup de fil dépendrait son errance. En composant le numéro de la médium, il ne se faisait guère d'illusions. Au pire, il se heurterait à un répondeur, au mieux, il obtiendrait un rendez-vous avec cette dame dans les trois semaines suivantes…

La chance lui sourit pourtant. À la seconde sonnerie, Monique Cantat décrocha. Dès qu'il eut décliné son identité et évoqué Lucie Sauveterre, la réserve première de la femme s'éclipsa. Son amie groisillonne lui avait déjà parlé de ses travaux. Certes, elle serait ravie de le rencontrer. Malheureusement, elle devait partir en fin d'après-midi dans le Nord-Finistère pour garder son petit-fils. Où Vincent se trouvait-il en ce moment ? Avait-il déjeuné ? Lui était-il possible de gagner immédiatement Douarnenez ? Ils mangeraient à la bonne franquette et auraient le temps ainsi de discuter.

Vincent Lambertin n'en attendait pas tant. C'est un peu plus léger qu'il démarra sa voiture et actionna les essuie-glaces. Ceux-ci semblèrent balayer autant la pluie que son chagrin. Se pourrait-il que la roue tourne enfin pour lui ? Non, il se devait de rester circonspect… Un médium n'était, après tout, qu'un être un peu moins ordinaire que le commun des mortels. Il ne fallait pas espérer de miracle…

Pourtant, avant d'allumer son autoradio, Vincent demanda à Caroline, où qu'elle fût, de lui délivrer un message par l'intermédiaire des ondes. Jamais il n'avait avoué à quiconque cette habitude saugrenue dont il usait et abusait même, parfois, depuis son accident de voiture. Seules, les personnes qui connaissaient la souffrance du deuil auraient pu le comprendre… Et encore… Pas sûr. Lorsque la voix de Céline Dion emplit l'habitacle, Vincent s'attacha aux paroles de la chanson : « Et si tu crois que c'est fini, jamais… C'est juste une pause, un répit après les dangers… Fais comme si j'avais pris la mer, j'ai sorti la grande voile et j'ai glissé. Sous le vent… Fais comme si je quittais la terre, j'ai trouvé mon étoile… » Il écouta la fin de la chanson et, rasséréné, coupa la radio.

*

*   *

À partir des indications de Monique Cantat, Vincent Lambertin trouva aisément l'adresse de la médium. Elle habitait un petit immeuble sans grand intérêt architectural. En revanche, il était admirablement situé et dominait la corniche.

Il sonna, comme convenu, à l'appartement gauche du cinquième étage. Une femme d'une cinquantaine d'années vint lui ouvrir, escortée de deux chats au poil soyeux et visiblement bien nourris. Monique Cantat, souriante, fit entrer le médecin chez elle. Ne sachant trop comment l'aborder, Vincent, en guise de préliminaires, évoqua la vue superbe dont devait jouir son logement. Sans aucune afféterie, la femme le conduisit dans la pièce principale et ouvrit la porte-fenêtre qui donnait sur le balcon.

— J'ai toujours préféré vivre dans un habitat ordinaire, même à l'étroit, avoua-t-elle, du moment que l'environnement est superbe. Pour rien au monde, je n'échangerais ce minuscule appartement contre une vaste maison offrant tout le confort dans un endroit quelconque ! Regardez si c'est beau ! J'ai souvent l'impression d'être à la proue d'un bateau.

Dominant la baie de Douarnenez, Vincent ne put que donner raison à son hôtesse. D'un puits de lumière dans le ciel chaotique, le soleil dardait ses rayons obliques sur une mer écumante et verte comme un chaudron de sorcière. À sa gauche, une île flanquée d'une fière demeure, semblait gouverner le port de Tréboul tout proche. À marée basse, cette solitaire perdrait sans doute de sa superbe… En contrebas, de l'autre côté de la route en lacets, une cabane sise sur un piton rocheux surveillait deux criques aux dimensions enfantines.

— C'est “Le Bigorneau Amoureux” à présent… lui apprit Monique Cantat. Joli nom, n'est-ce pas pour un restaurant ? Lorsque j'étais jeune nous venions tous en bande à “La Cabane” pour danser. Rentrons maintenant si vous le voulez. Le vent est un peu frais.

Ainsi qu'elle le lui avait annoncé la médium faisait peu de cas de son intérieur. Certes, l'espace était ordonné mais ni meubles de prix, ni objets de valeur ne décoraient son salon.

Elle le fit asseoir en face d'elle, lui proposa un apéritif et engagea la conversation sur Lucie Sauveterre. Apparemment, les deux femmes se connaissaient très bien, même si elles n'avaient que peu d'occasions de se rencontrer.

— La première fois que je l'ai vue, expliqua-t-elle, c'était il y a huit ans, à l'époque où l'on a fait un grand battage médiatique autour d'elle. Elle avait déjà cessé toute alimentation depuis quatre mois et scientifiques comme journalistes se relayaient à son chevet pour tenter de lever le lièvre et débusquer la supercherie. En vain, évidemment.

— Avouez tout de même, objecta le médecin, que ce cas est extraordinaire et relève du miracle ! Un être humain normalement constitué ne peut survivre au-delà de onze jours sans eau ni nourriture !

La médium réfuta la remarque d'un geste de la main.

— Ce qui est impossible pour le commun des mortels ne l'est pas pour des esprits hautement éclairés. Le cas de Lucie Sauveterre n'est pas unique. Souvenez-vous de Marthe Robin qui n'a rien mangé durant cinquante ans. Ou de l'Allemande, Thérèse Newmann, une stigmatisée qui, elle aussi, vivait des extases. Pendant trente-neuf ans, elle n'a pris pour toute nourriture, qu'un morceau d'hostie quotidien. Elle fut attaquée et tourmentée par les autorités ecclésiastiques qui, paradoxalement, vous le savez aussi bien que moi, n'aiment pas les mystiques quand ils focalisent l'attention sur eux. Bref, sous l'ordre d'un cardinal, Thérèse fut enfermée dans une chambre d'hôpital durant quinze jours, sous surveillance permanente 24 heures sur 24, entourée de médecins et d'infirmières qui avaient prêté serment. À son admission, elle pesait cinquante-cinq kilos. À sa sortie… cinquante-cinq kilos aussi… Ses analyses sanguines étaient normales car – et c'est au médecin que je m'adresse – une baisse considérable de son taux d'albumine aurait pu expliquer en partie son absence de soif.

Vincent Lambertin acquiesça d'un signe de tête à ce qui, quelques années auparavant, l'aurait fait sortir de ses gonds. Tout en buvant son jus d'orange, la médium le considérait d'un air à la fois amusé et indulgent. Ne fût-ce son regard clair qui semblait transpercer les choses et les êtres, c'était une femme blonde, légèrement enveloppée, au physique somme toute banal. Elle prit appui sur les accoudoirs de son fauteuil et décréta :

— Bon ! Ce n'est pas tout, mais nous ne sommes pas des saints et je commence à avoir faim. Pas vous ?

Il la suivait dans la cuisine attenante quand elle se retourna tout à coup vers lui.

— Oh ! A propos ! Un conseil d'amie. Essayez d'être moins anxieux à l'avenir, sinon votre estomac va finir par vous jouer des tours…

Ahuri, le gastro-entérologue se palpa machinalement le haut du ventre comme un cordonnier aurait examiné l'état de ses souliers.

— Hein ? fit-il, penaud. Mais je ne sens rien…

— Maintenant non, mais ça ne devrait pas tarder. Votre aura présente un trou au niveau de l'abdomen, juste à l'endroit de l'estomac.

— Mon aura ? répéta-t-il, incrédule. Vous voyez l'aura des gens ?

— Des gens, des animaux et des choses oui ; ce n'est pas très difficile ! Tout le monde en est capable ! Il suffit de s'exercer.

Alors que Vincent disposait sur la table de formica les deux assiettes et les couverts que lui tendait Monique Cantat en toute simplicité, cette dernière éclata de rire devant la mine déconfite du médecin.

— Allons ! Ne faites pas cette tête-là ! Ce ne sera pas plus grave qu'un ulcère, je vous le jure ! Et puis, vous pouvez y remédier… Vous en serez quitte pour un massage aurique ! Je vous donnerai l'adresse de quelqu'un tout à l'heure. Il vous remettra tout cela en ordre avant que le mal n'atteigne votre corps.

Depuis quelques mois, Vincent Lambertin avait pourtant l'impression de faire preuve d'une certaine ouverture d'esprit… En l'occurrence, il se faisait l'effet d'être un paysan du XVIIe siècle débarquant par mégarde à Beaubourg… Il demanda donc de plus amples explications à la médium.

Tout en sortant du réfrigérateur deux tranches de jambon, une barquette de carottes râpées et une autre de céleri rémoulade, Monique Cantat les lui fournit d'une façon aussi naturelle que si elle avait devisé de ses rhumatismes.

Pour la médecine traditionnelle et le commun des mortels, les maladies trouvaient leur source à l'intérieur du corps humain. Or, un courant médical aussi ancien qu'anticonformiste, auquel adhérait la médium, revendiquait l'inverse. Les maux venaient de l'extérieur et attaquaient l'individu dans ses zones énergiques les plus faibles. Certes, il était vain et dangereux de croire qu'une cuirasse, telle l'aura, avait le pouvoir de protéger l'homme de toute affection morbide. Nonobstant, l'état de cette couche aurique renseignait l'homme sur ses futures indispositions. Il avait alors le loisir de les prévenir dans la mesure du possible.

Ainsi devisait-il, quand Monique Cantat invita Vincent à s'asseoir en face d'elle et à partager son repas arrosé d'eau minérale. L'homme s'attendait à ce qu'elle lui demandât le véritable but de sa visite mais, manifestement, Monique Cantat ne semblait pas pressée de l'interroger sur ce point. Elle bavardait de choses et d'autres tout en posant sur lui ce regard clair et si pénétrant qu'il avait parfois du mal à soutenir. L'espace d'un instant, elle fixa la porte, derrière lui. Son premier réflexe fut de se retourner. Bien évidemment, il n'y avait personne et il se sentit un peu idiot. Elle ferma alors les yeux pour les rouvrir aussitôt et l'inciter à se resservir de carottes râpées.

Une question fugace parasita le cours des pensées de Vincent à ce moment-là : quelle sorte d'homme était donc capable de partager la vie d'une médium ? Avoir l'impression d'être toujours mis à nu ne devait pas être aisé… Aussi se tortilla-t-il un peu sur sa chaise quand elle déclara à brûle-pourpoint :

— N'ayez pas peur de moi, Vincent… Je suis quelqu'un de tout à fait ordinaire…

Il bafouilla une protestation de principe et se sentit rougir comme un enfant pris en défaut… Pourtant, Monique Cantat le considérait avec une réelle gentillesse.

En souriant, elle croisa les mains sous le menton et approcha de lui son visage.

— Bien… Si vous me parliez d'elle, à présent, Vincent…

— Elle ? s'étrangla le médecin dans une voix de fausset.

— Oui, elle… La jeune femme qui vous accompagne… En ce moment, elle se trouve derrière vous, sur votre gauche… Elle m'a dit son nom tout à l'heure, quand nous étions à côté… Caroline.

Le coup fut trop rude pour les nerfs de Vincent déjà malmenés depuis un certain temps. Il bondit de sa chaise qu'il renversa, colla le dos contre le mur et, tremblant, se mit à pleurer.

La médium ne fit aucun geste vers lui et se tut. Elle attendit de sa part un instant d'apaisement et reprit d'un ton très doux :

— Vous saviez, Vincent, en venant me rendre visite, que j'ai faculté de voir et entendre ceux qui sont de l'autre côté… Je comprends que vous soyez bouleversé… Mais, je vous en prie, reprenez-vous.

— Elle est tout le temps avec moi ? ne sut que rétorquer l'homme entre deux sanglots.

— Non, si cela peut vous rassurer. Et heureusement pour elle ! Les âmes aussi ont leur préoccupation. Celle de s'élever… Mais elles aiment communiquer avec nous et le font volontiers quand elles en ont l'occasion. En l'occurrence maintenant… Caroline se sert de moi comme d'un canal d'énergie. C'est un peu comme si vous étiez échoué sur une île déserte et que vous trouviez sur le sable un téléphone portable. Que feriez-vous ?

— Excusez ma réaction, Monique… Je suis désolé de m'être montré si couard, mais…

— Je sais, l'interrompit la femme. Au début, les gens réagissent souvent comme vous. C'est normal…

Le médecin revint s'asseoir à table et but d'un trait son verre d'eau.

— Je voudrais, murmura-t-il, poser des questions à Caroline… Pourquoi m'a-t-elle quitté ? Comment est-elle morte ? Est-ce qu'on l'a assassinée ? Aidez-moi, Monique, s'il vous plaît…

La médium ferma une nouvelle fois les yeux. Vincent remarqua que, sur son visage sans expression, seules ses lèvres remuaient très légèrement.

— J'ai un message pour vous, dit-elle enfin. Elle est très heureuse à présent et ne souffre plus… Elle a cherché à protéger votre amour mais ce n'était pas une bonne idée… Elle a besoin de votre pardon et vous demande de refaire votre vie.

Cette réponse sibylline ne satisfaisait pas le médecin. Soudain, il fut pris d'un doute, même s'il ne remettait pas en question les talents de la médium.

— Êtes-vous certaine, Monique, qu'il s'agit de ma femme Caroline ?

Monique Cantat ne réagit pas devant son scepticisme. Tout entière tournée vers son monde spirituel, elle ajouta d'un ton neutre :

— Elle désire, avant de repartir, vous donner un signe de reconnaissance… De la main droite, elle forme des lettres… Elle écrit son prénom… Elle insiste sur le i, me le montre et sourit… Elle veut absolument mettre un accent circonflexe sur le i… Cela vous convient-il ? Oh ! Elle fait un baiser… Elle s'éloigne. Je ne la vois plus.

Lorsqu'elle eut cligné plusieurs fois les paupières, la médium remarqua le teint cireux de son vis-à-vis. Elle craignit de sa part un malaise et lui serra un instant la main, très fort. Elle était glacée.

— Ça va aller ? s'inquiéta-t-elle.

Par bravade, Vincent fit oui de la tête, bien qu'il se sentît au seuil de l'évanouissement. Énergique, Monique Cantat se leva, sortit d'un placard une fiole d'alcool de menthe, en versa une rasade dans son verre et le lui tendit.

— Buvez ça… Je conserve cette bouteille en cas de secours et je pense que vous en avez besoin !

Le médecin aurait avalé n'importe quel tord-boyaux. Peu à peu, sous l'effet de l'alcool, il retrouva l'usage des sens.

— Vous n'ignorez pas, Vincent, en entrant ici, que votre femme était décédée, n'est-ce pas ?

— Non… Même si je n'en avais pas la preuve… À présent, c'est fait…

En réponse au regard interrogateur de la médium, Vincent s'expliqua.

Au début de sa liaison avec Caroline, il s'était un jour gentiment moqué d'elle alors qu'elle signait son courrier. Pourquoi s'obstinait-elle à flanquer un accent circonflexe sur le i de son prénom ? C'était puéril… La jeune femme, un peu vexée, avait rétorqué qu'ainsi, elle avait l'impression de porter des ailes. Mais depuis lors, elle avait perdu cette habitude et se contentait du point.

— Vous avez vu ma femme, déclara-t-il ensuite d'une voix sourde… Mais pourquoi n'a-t-elle pas voulu répondre à mes questions ? J'ai besoin de savoir ce qui s'est passé… Je ne peux pas continuer à vivre normalement avec ces doutes.

Monique Cantat haussa les épaules, exprimant ainsi son impuissance.

— Je vous rappelle, Vincent, je ne suis qu'un outil, je ne fais que transmettre… Je travaille souvent avec la police sur des affaires de disparitions ou de meurtres. Dans le second cas, certaines âmes sont avides de faire jaillir notre vérité terrestre. Mais c'est très rare et, à mon sens, il s'agit d'esprits très attachés encore à la matière et qui ont du mal à s'élever. La plupart du temps, ces âmes renoncent à réclamer justice sur ce qui fut leur passage sur terre.

De fil en aiguille, la conversation prit un tour moins personnel. Intrigué, le médecin demanda à la médium s'il lui arrivait de capter des messages plus généraux, concernant notamment l'humanité tout entière.

— Bien sûr ! s'exclama-t-elle d'un ton vif. C'est assez édifiant, d'ailleurs. Monique Cantat révéla alors qu'elle correspondait aussi avec d'autres médiums, de différentes nationalités, personnes qu'elle avait eu l'occasion de rencontrer au cours de congrès dans divers pays. Toutes s'accordaient sur un point : depuis deux ou trois ans, la transcommunication avec l'au-delà s'avérait plus difficile.

— Notre vieux globe pèse lourd dans le cosmos… Ne perdez jamais de vue deux principes fondamentaux, Vincent. Le premier est que rien n'existe sans son contraire. Si l'on peut parler du Bien, c'est par rapport au Mal… On ignorerait l'ombre si la lumière faisait défaut, etc. Le second principe, aussi simple pour nous, ésotéristes, est le suivant : la pensée crée la matière. Un exemple tout bête… Si vous êtes obnubilé par l'idée d'une maladie, vous finirez par la contracter. En revanche, la chance sourit à ceux qui ont des pensées positives.

— Peut-être, rétorqua le médecin, prudent. Mais quel rapport avec la terre ?

— Un esprit, avec qui j'ai coutume de communiquer, me demandait le mois dernier si nous étions déjà entrés dans l'œil d'Horus.

Une moue incrédule accueillit ce qui devait être une révélation.

— Je suis désolé de ne pas manifester un enthousiasme délirant devant votre scoop, mais que vient faire Horus dans cette histoire ? D'après mes vagues souvenirs scolaires, ce Dieu égyptien, fils d'Isis et d'Osiris, représentait la justice, non ?

— Exact. Horus symbolise le combattant qui sauvegarde un équilibre entre les forces du Mal pour faire triompher celles de la Lumière. Mais peu importe, c'est une image. Ce qui est clair, en revanche, c'est le sacré remue-ménage qui nous attend sur terre dans les années à venir !

Le médecin fronça les sourcils. Monique Cantat n'allait tout de même pas faire chorus avec tous les illuminés des siècles passés et à venir, qui, périodiquement, prédisent la fin du monde ? Il lui soumit son objection en choisissant néanmoins des termes plus édulcorés.

— Certes, reprit la médium sans se démonter. Mais ce qui sera remarquable au cours des prochaines années, ce ne sera pas tant la nature que la périodicité des calamités qui vont s'enchaîner et nulle partie du monde ne sera épargnée. Et si vous examinez les périodes troubles de l'Histoire, intéressez-vous également à ce qui les a préparées…

Le médecin accepta avec plaisir la tasse de café qu'on lui tendait. Il ne s'inquiétait pas outre mesure des prédictions alarmistes de Monique Cantat. Les éléments naturels se déchaînaient partout et à tout moment. Aurait-il lui-même prophétisé pour ce jour un tremblement de terre ou une inondation quelque part dans le monde, l'actualité lui aurait sans doute donné raison…

Après avoir bu leur café, la médium invita Vincent à regagner le salon où elle désirait lui présenter des documents sonores. Il s'agissait de transcommunication avec l'au-delà à l'aide d'un matériel tout simple : un poste de radio relié à un magnétophone.

— L'avantage de cette méthode est indéniable, expliqua-t-elle. N'importe qui peut l'utiliser.

Pour le coup très intéressé, Vincent Lambertin demanda plus amples explications sur cette méthode.

Il s'agissait tout d'abord de capter sur n'importe quel poste de radio une émission en langue étrangère. L'entreprise s'avérait plus facile si le dialecte était inconnu de l'auditeur. Monique Cantat, en l'occurrence, se servait de l'allemand dont elle ne connaissait pas un mot. Puis, elle enregistrait sur un magnétophone une courte plage d'émission. Parfois, le message superposé était suffisamment audible mais, le plus souvent, il était nécessaire d'utiliser l'ordinateur afin d'effacer les scories.

— Je vais vous montrer ce que cela donne, dit-elle, en choisissant une cassette préalablement enregistrée. Vous allez écouter plusieurs messages captés à divers moments. Ces voix ont toutes été soumises à un examen par un physicien et un ingénieur du son. Il n'y a pas de supercherie possible ! Elles n'ont pas la même fréquence que les voix humaines et leurs ondes hertziennes dépassent de deux cents les nôtres. Vous savez bien que les défunts n'ont plus de cordes vocales, ajouta-t-elle en souriant. Ils communiquent entre eux par télépathie. Or, pour nous parler, ils sont obligés de se souvenir de leur voix terrestre, d'une intonation particulière ou d'un tic de langage afin de se faire reconnaître de nous.

Ce que Vincent entendit alors le bouleversa. Les messages avaient été enregistrés durant des séances de spiritisme et aux voix humaines qui posaient des questions répondaient d'autres, plus atones. En général, ces réparties étaient brèves. Un dialogue, en particulier, émut le médecin. Il s'agissait d'un poème de Baudelaire récité à deux voix par une fille et son père décédé. Leur connivence semblait toujours aussi manifeste…

Au bout d'un quart d'heure d'écoute, Monique Cantat éteignit le magnétophone.

— Alors ? demanda-t-elle.

— C'est ahurissant, avoua Vincent. Même pour moi qui y crois pour l'avoir vécu… mais on oublie vite et cette intimité entre nous et les esprits m'attendrit beaucoup. Si les gens ne l'ignoraient pas, ils seraient tellement apaisés… Ce sont surtout des parents d'enfants décédés que vous recevez, n'est-ce pas ?

Monique Cantat eut une expression douloureuse

dans le regard, mais l'instant suivant, elle retrouvait sa sérénité coutumière. Elle ramena contre sa poitrine les pans de l'étole de laine qu'elle gardait sur ses épaules et croisa les mains. Puis, d'un timbre égal, la médium confia à son visiteur le drame de sa propre vie. Elle avait perdu sa fille aimée, emportée à l'âge de sept ans d'une méningite foudroyante.

— Il n'est pire souffrance, on le sait bien, que celle d'assister, impuissant, à la mort de son enfant. Dans ma chair, dans toutes les fibres de mon être, je compatis à la détresse des gens qui viennent me voir… À leur révolte aussi… Je suis passée par là. « Qu'ai-je fait au bon Dieu pour mériter cela ? Si Dieu existait, il ne permettrait pas de telles horreurs ! » Ces phrases, si souvent entendues, je les ai moi aussi prononcées. On ne sort jamais indemne de cette épreuve, mais quand on y parvient, tout blessé ou cabossé que l'on soit, on s'en trouve grandi. C'est le travail sur soi, à mon avis, le véritable courage. Il faut juste laisser le temps au temps…

— Mais je suppose, l'interrompit Vincent, que les personnes qui viennent vous trouver pour que vous les mettiez en contact avec leurs disparus sont déjà dans une autre démarche ? Forcément, elles n'ont pas renié toute idée d'une vie après la mort…

— Cela dépend des cas… Vous savez, lorsque vous souffrez d'un mal que la médecine traditionnelle ne parvient pas à soulager, vous vous tournez vers d'autres thérapies moins conventionnelles même si, au départ, vous ne leur accordiez pas beaucoup de crédit… Je ne cherche jamais à convaincre ces blessés de la vie. En revanche, je leur livre mes propres certitudes.

Le visage de la médium s'anima. Elle ouvrit une boîte de bonbons qu'elle tendit à Vincent. Celui-ci aurait préféré pouvoir allumer une cigarette, mais un rapide coup d'œil circulaire lui démontra l'inanité de son désir : la pièce était dépourvue de cendriers. Aussi se contenta-t-il d'accepter l'une des friandises avec un curieux sentiment de retrouver le goût de l'enfance.

Il s'aperçut alors qu'il n'avait pas sucé de bonbons depuis au moins trente ans…

— Et que leur dites-vous ? s'enquit-il en s'essuyant du doigt les commissures des lèvres où perlait un peu de salive.

— Ce dont je reste persuadée. Une vie, aussi brève soit-elle, est une expérience à part entière. Certaines âmes n'ont besoin que de quelques jours, voire quelques heures, pour accomplir leur mission sur terre… Je vais vous raconter la façon dont j'ai pris conscience, pour la première fois, de ma médiumnité. J'avais onze ans à l'époque et ma mère m'avait amenée à la clinique où sa sœur venait d'accoucher. Je me suis penchée tout naturellement sur le berceau où dormait le nouveau-né et là, je me suis mise à hurler de terreur. Je vous laisse imaginer le scandale que mon attitude a provoqué ! Ma mère m'a poussée hors de la chambre avec perte et fracas. Elle m'a sommée de m'expliquer, tout en me traitant de folle et en me secouant comme un prunier. Mais il était impossible de lui avouer la vérité. On aurait décrété que j'étais bonne à être enfermée, ajouta-t-elle dans un éclat de rire.

— Mais qu'avez-vous vu exactement, Monique ? demanda Vincent, intrigué.

— Au visage du bébé se substituait un autre… Celui d'un homme d'une cinquantaine d'années… J'ai compris bien plus tard la signification de ce message lorsque ce phénomène s'est reproduit. On ne cherchait certes pas à m'effrayer mais à me faire admettre ce que l'on attendait de moi ici-bas. Mon rôle, sur terre, était de redonner espoir à ceux qui avaient perdu toute espérance d'une vie dans l'au-delà… Et en ce qui concerne le bébé, la vision que j'ai eue était celle de sa précédente incarnation.

— Vous croyez donc à la réincarnation ?

— Oui, bien sûr. Toutefois, à mon sens, cette palingénésie n'est ni aussi systématique ni aussi rapide qu'on veut bien le penser. Depuis près de trente ans que je mets ma médiumnité au service de mes semblables, le cas ne s'est produit que deux fois. À la demande de la famille, j'invoquais l'esprit d'un défunt et je me suis heurtée à un blanc. En général, les personnes qui se sont aimées sur terre préfèrent s'attendre et revenir ensemble, le cas échéant. Cela peut durer l'espace de plusieurs générations. Mais vous n'ignorez pas que la notion de temps n'existe pas dans l'au-delà. Lors d'une NDE qui n'aura duré que cinq secondes, un homme aura vu défiler soixante-dix ans de sa vie…

— Oui, répondit le médecin, je l'ai vécu. Mais je dois avouer que le fait d'avoir entendu toutes ces voix enregistrées m'a davantage ébranlé encore… Je peux reprendre un bonbon ? Le message de cet enfant handicapé qui exultait parce qu'il pouvait enfin parler… Ou ce petit garçon dont j'ai oublié le prénom… celui qui grondait sa maman, murée dans son chagrin.

Monique Cantat se souvenait fort bien de cette femme que le destin n'avait pas épargnée. Mère Célibataire, elle avait perdu son fils unique sept ans auparavant.

L'enfant, pris d'un malaise, s'était noyé sous ses yeux et, depuis lors, la douleur de cette maman ne s'atténuait pas.

— Je l'ai revue, il y a quelques semaines. La supplication de son fils commence à faire son chemin en elle. Peu à peu, grâce à des lectures aussi, elle comprend que son désespoir empêche l'âme du petit d'évoluer comme il le voudrait, d'accéder aux paliers supérieurs de la spiritualité. Elle admet à présent que sa souffrance retient son enfant et, par affection pour lui, tente de s'en dégager… Existe-t-il plus grande preuve d'amour ?

Vincent Lambertin hocha la tête, les yeux embués. Si une mère, pour le bien de son enfant, était capable d'un certain détachement, ne devait-il pas, lui aussi, faire le deuil de celle qu'il avait tant chérie ?

V

Le samedi suivant à Groix, Stéphane Sauveterre, une chope de bière à la main, guettait les clients qui pénétraient chez Ty Beudeff, véritable institution de l'île depuis des lustres pour tous les voileux qui écumaient les mers et faisaient escale sur le caillou.

C'est ainsi que, appuyé au comptoir, le garçon vit entrer un homme dont le visage lui rappelait vaguement quelqu'un. D'ailleurs, le nouveau venu le salua d'un signe de tête avant d'entraîner sa compagne vers une table restée vacante au fond du bar.

Cette fille, Stéphane la connaissait, tout du moins de vue… Potable, pour qui aime le genre grande bringue… Pas assez sexy à son goût… Lui, adorait le style bimbo : poupée blonde, très maquillée, avec de gros nénés moulés dans un vêtement de cuir souple… Bref, tout le contraire de ce qu'avait pu être sa mère dans sa jeunesse si tant est qu'elle avait été jeune un jour…

Stéphane Sauveterre but une longue rasade de bière en se traitant de niais. Pourquoi donc, chaque fois qu'il reluquait une nénette, l'image de sa "*mother*" revenait-elle sur le tapis ? Il se serait fait hacher menu plutôt que de dévoiler cette espèce de fantasme débile à l'un de ses potes…

— Elle me les brise, celle-là… murmura-t-il à son verre. Si elle faisait un élevage de lapins, ce serait la ruine assurée, parce qu'ils deviendraient tous pédés…

Puis, afin de chasser définitivement sa mère de ses rêvasseries intimes, Stéphane Sauveterre se tourna vers le fond du café bondé et se concentra sur le couple qui passait commande.

« Mais où ai-je déjà croisé ce type ? Et elle, l'intello… Elle vient passer le week-end sur l'île comme tous ces gens qui se réclament Groisillons… Elle est quand même bien gaulée, cette fille… À voir… Pourquoi je me dis ça… Je ne verrai sûrement rien du tout… Comme d'hab… Ils doivent coucher ensemble d'ailleurs… Oh ! Pas sûr, au fond… Ils ne se touchent pas… Remarque, ça ne veut rien dire… Y'a des vicieuses partout qui font croire qu'elles sont libres et dès qu'on s'approche d'elles, walou ! Macache ! À dégager voie 12 ! Bienvenue à Paris-Montparnasse, prenez l'express pour Dijon ! Circulez, y'a rien à voir mais n'oubliez pas de payer votre ticket de quai… C'est ça, les filles… Et puis, celle-là, d'abord, elle est trop vieille pour toi, mon Steph ! Au moins la trentaine… Et plus c'est ancien, moins c'est bon pour ta bourse ! N'empêche, maman lui trouverait bon genre… Ah ! Ça y est ! Bingo ! J'ai trouvé ! C'est l'espèce de pétochard que j'ai ramené à la maison la semaine dernière… Le docteur Machin Chose qui avait rendez-vous avec tante Lucie… Qu'est-ce qu'il fiche encore là ? J'espère qu'il n'a pas dans l'idée de s'acheter une baraque dans le coin ! Marre de ces gens qui nous piquent déjà nos filles… »

— Salut Steph ! Désolé pour le retard ! J'avais un deal avec un client important ! T'as l'air tout ramollo…

Surpris par l'arrivée intempestive de celui qu'il guettait pourtant, Stéphane Sauveterre se redressa. Il ne s'agissait pas de donner une image négative de lui. Cet entretien, primordial, s'annonçait déjà suffisamment hasardeux. Face à Gauthier Maréchal, il marchait sur des œufs. Certes, le jeune homme avait préparé son discours mais, à présent déconcerté, il ne retrouvait plus ses arguments. Cependant, la partie s'annonçait serrée. Il n'avait qu'une chose à faire : tenter de gagner encore du temps…

— Alors ? C'est bon ? T'as arrangé le coup avec ta banque ?

Maréchal l'attaquait d'entrée de jeu, marquant ainsi son impatience. Il essaya de louvoyer mais ses propos manquaient de conviction ; lui-même s'en rendait compte… Il assista alors, impuissant, à une descente en règle : la sienne…

Dès qu'il eut fini de parler, Stéphane risqua un coup

d'œil sur son vis-à-vis. L'autre ne bronchait pas mais ses mandibules saillaient sous la peau tendue.

— Tu te fiches de moi ? dit ce dernier enfin d'une voix qu'il parvenait mal à maîtriser. N'est-ce pas toi-même qui, il y a déjà six mois, m'avais certifié qu'il s'agissait d'une simple formalité ? Qu'il suffisait d'entrer à la banque pour obtenir ton prêt ?

— Oui, c'est vrai… répondit-il, penaud. Mais à l'époque, on était persuadés, ma mère, le médecin et moi, que ma tante Lucie allait passer l'arme à gauche d'un jour à l'autre ! Ce n'est pas ma faute, tout de même, si elle est encore en vie !

Gauthier Maréchal balaya d'une chiquenaude une cacahuète tombée de l'assiette posée devant eux.

— C'est quoi, ces plans de minable ? Tu n'as rien d'autre à proposer que de supputer le décès de ta tante ? Ça fait au moins vingt ans qu'elle n'en finit pas de mourir ! Il n'y a aucune raison qu'elle ne termine pas le tour du cadran ! Et je te préviens ! Je me fous de tes histoires de famille ! Alors, ou tu aboules ton fric, ou je me trouve un autre partenaire ! J'en ai déjà touché un mot à Gaétan Abgrall. Il semble très intéressé.

— Mais c'est mon idée ! glapit Stéphane Sauveterre d'une voix de fausset. T'as pas le droit de la piquer !

— Écoute-moi bien… répliqua l'autre d'un ton glacé. Y'a plein de gentils gars comme toi qui ont vécu bourrés aux as d'idées mais les poches vides… Tu ne seras ni le premier ni le dernier ! Alors, avec ou sans toi, je te jure que j'aurai ce foutu bateau la saison prochaine !

Le pot au lait de Perrette partait à vau-l'eau, emportant avec lui les espoirs mercantiles de Stéphane Sauveterre. Gauthier Maréchal et Gaétan Abgrall, associés… Et en plus, leurs noms réunis sonnaient bien… Deux fils à papa à qui la vie avait toujours souri… Non ! Il n'en saurait être question ! Il vivrait sur son île et de son île ! Il se l'était toujours promis… Personne n'avait le droit de l'en empêcher. Sa part de vedette, il la paierait, coûte que coûte ! Il avait imaginé ce bateau… son bateau ! Sa coque blanche et vernissée… Ses deux moteurs hors-bord… Les touristes se bousculant pour une sortie de pêche en mer ou une simple promenade… Une affaire en or ! La sienne !

Stéphane se sentait mis sur la touche. Il se devait à présent de sortir son unique atout, quitte à formuler un énorme mensonge. Il prit donc l'air énigmatique et serein de quelqu'un qui en savait long…

— Je te demande simplement un délai de deux mois, Gauthier. Tu peux patienter jusque-là, non ? Ma mère a parlé pour moi à ma tante Lucie, hier… Elle m'a donné son accord au sujet de la vente de la maison du bas. C'est une très jolie longère. Je te fiche mon billet que, placée où elle est, elle intéressera un touriste sous huit jours ! L'argent de la vente paiera largement ma part ! Ma mère s'en fout du fric ! Il n'y a que tante Lucie et le curé qui comptent pour elle ! Et elle me l'a encore certifié ce matin : j'hériterai de la totalité.

Gauthier Maréchal soupira et, dans un bruit sec, fit cogner sa chope à présent vide sur le zinc. Puis il pointa l'index et le majeur vers Stéphane.

— Soit ! Ton histoire tient debout pour une fois. Mais je te préviens ! J'exigerai sous peu des garanties ! Je n'ai aucune envie de me laisser encore mener en bateau par toi…

Stéphane Sauveterre espérait juste le contraire…

*

* *

Au même moment, à quelques maisons de là, Sophie Le Mansier attendait, chez elle, le retour de son mari. Depuis la matinée, une angoisse diffuse s'était emparée d'elle qu'elle ne parvenait pas à dissiper. Les enfants, pourtant, s'étaient montrés gentils et sages, l'un occupé à construire son mécano, l'autre à jouer dans sa chambre, quand ils ne regardaient pas, ensemble, un dessin animé dans le salon.

La jeune femme se posta à la fenêtre du séjour dont la vue surplombait Port-Tudy. Au loin, les lumières de Lorient paraient la côte d'un collier étincelant. En bas, au contraire, les néons du port trouaient la nuit de façon disparate. Sophie avait toujours appréhendé cet instant où la dernière navette quittait Groix pour le continent, laissant l'île à son abandon hauturier. Jamais, depuis leur déménagement quatre ans auparavant, elle n'avait pu s'habituer à cette coupure quasi ombilicale. C'était l'heure, d'ailleurs, qu'elle choisissait pour téléphoner à sa mère, à Rennes, ou à l'une de ses sœurs dispersées dans le Finistère ou le Morbihan. Mais ce soir, elle n'appellerait personne.

David ne supporterait pas de la trouver encore pendue à son téléphone…

— Maman ! C'est quand qu'on mange ? On a faim, Gaspard et moi !

Sophie Le Mansier chassa sa mélancolie pour répondre et sourire à sa fille.

— On attend papa, ma chérie. Il va sûrement rentrer d'une minute à l'autre… Tu sais bien qu'il préfère que l'on dîne tous ensemble !

Ninon eut une petite moue boudeuse et, sans regarder sa mère, s'adressa à la poupée Barbie qu'elle tenait :

— Moi j'aime mieux quand papa mange pas avec nous. C'est plus rigolo entre filles. Personne nous gronde.

— Entre filles ? reprit sa mère, à la fois amusée et ennuyée. Et que fais-tu de Gaspard, s'il te plaît ?

— Oh ! Lui c'est pas pareil… Il est à moitié une fille…

— Eh bien ! Je te conseille d'aller le lui dire ! Il va être ravi de l'apprendre. Allez, ouste ! Va chercher ton frère et lavez-vous les mains ! On passe à table dans dix minutes. J'entends le bruit des clefs de papa…

— Dis, maman… Pourquoi ta voix elle change ?

Sophie Le Mansier écarta sa fille et rejoignit le coin-cuisine où mijotait un civet de lapin. À l'aide d'une cuiller en bois, elle remua les morceaux afin qu'ils n'attachent pas. L'odeur, pourtant appétissante de son ragoût, l'écœurait vaguement. S'il ne s'était agi d'elle, elle aurait cuisiné à la hâte un plat de pâtes ou de légumes. Mais David, quand il rentrait sur l'île, à savoir deux fois par semaine, exigeait l'artillerie lourde : entrée, plat de résistance et de consistance, dessert. Et Sophie ne se serait pas risquée à déroger au rite…

La porte de la pièce à vivre s'ouvrit en grand sur l'homme qu'elle avait épousé dix ans auparavant. Avant de s'avancer vers elle, il appela aussitôt ses enfants :

— Coucou ! Gaspard ! Ninon ! Je suis là ! Venez vite embrasser votre papa !

Aussitôt, ce fut la cavalcade habituelle. Durant les manifestations de gaîté, de part et d'autre, Sophie sortit du réfrigérateur le plat de crudités qu'elle avait préparé, en ôta le film protecteur et le posa sur la table. Les intonations de son mari paraissaient simplement joyeuses… Aucune trace d'excitation dans sa voix, c'était déjà cela…

— Oh ! Chouette ! s'écriait Gaspard en déballant le paquet que son père venait de lui remettre. Regarde, maman ! Le nouveau CD de Diam's. Trop cool !

— Et moi, maman ! renchérit sa cadette. L'habit de Barbie mariée que je t'avais demandé pour Noël ! Super top ! Comme ça, tu pourras m'acheter autre chose, hein ?

Les commentaires eurent été vains. Sophie, tout en disposant les assiettes, ravala la boule d'angoisse et de chagrin qui lui nouait la gorge. Nul besoin d'un regard en biais pour deviner la jubilation perverse de l'autre… Il avait une fois de plus, sous couvert d'une prodigalité intempestive, réussit à la rabaisser devant leurs enfants.

Inutile d'entamer une polémique sur le sujet… Moins encore de signifier à David qu'il achetait l'amour de ses gosses. Il le savait et n'agissait ainsi que pour l'humilier davantage… Devenait-elle paranoïaque ? Parfois, elle se le demandait

— Oh ! J'oubliais ! lança-t-il jouant à l'étourdi. Je n'ai même pas embrassé votre maman. Bonsoir ma chérie ! ajouta-t-il sans pour autant se déplacer. Comment se sont passés ces trois jours sans moi ?

— Bien, fit-elle, laconique. À table ! C'est prêt.

Tout en servant ses enfants, Sophie remâchait en

silence le grand regret de sa vie. Jamais elle n'aurait dû arrêter ses études lorsqu'elle s'était fiancée à David. Quelle gourde ! Une année de plus et elle obtenait son diplôme d'infirmière, haut la main ! Elle était brillante, autrefois… Elle se serait ensuite dirigée vers la psychiatrie, le domaine qui l'intéressait alors…

— Maman, je peux avoir du ketchup ? implora Ninon.

— Non, répondit-elle fermement. Il y a déjà de la vinaigrette. On ne mange pas des tomates avec du ketchup, voyons !

Tel un enfant contrit, David leva le doigt.

— Moi, j'en prendrais bien aussi ! déclara-t-il. Ta sauce a un arrière-goût douteux… Tu as utilisé une vieille huile de vidange ou quoi ?

Le « beurk » des petits fit évidemment chorus… Et la bouteille de ketchup de terminer sur la table…

Sophie ne put s'empêcher de lorgner sur l'assiette de son mari. Il n'avait pas lésiné sur la dose de sauce tomate. Ses crudités baignaient dans un magma sanguinolent… Par simple curiosité anthropologique, elle vérifia s'il en consommait. Eh oui ! Jusqu'où n'allait pas son abnégation ! Lui qui détestait le ketchup…

Les réparties joyeuses fusaient autour de la table. Malgré ses efforts, Sophie ne parvenait pas à participer à la conversation générale. Il était question de monstres imaginaires et de bêtes fabuleuses. David expliquait gentiment à ses enfants que si, au grand dam de Ninon, les licornes n'étaient que purs produits de l'esprit, les dragons de Comodo, en revanche, existaient. La jeune femme écoutait d'une oreille distraite tout en chipotant dans son assiette. D'office, elle avait écarté les tomates et les betteraves dont la couleur – allez savoir pourquoi – l'incommodait. Elle découpait en quatre les fines tranches de concombre et les haricots verts afin de pouvoir les avaler. Sophie s'inquiétait de cette manie qui ne faisait qu'empirer. Cette semaine, elle avait déjà perdu deux autres kilos… Si cela continuait ainsi, elle finirait anorexique.

D'ailleurs, une remarque de son mari à ce propos lui démontra qu'il s'intéressait à elle, à sa façon :

— Tu devrais arrêter ton régime, Sophie. Si tu te figures qu'une femme maigre et sèche est appétissante pour un homme, tu te trompes du tout au tout !

Ce fut alors le commentaire innocent de Ninon qui mit le feu aux poudres…

— La vieille dame dans son lit et qui fiche la trouille le lui a dit ça aussi, ce matin, à maman. Il fallait qu'elle mange plus !

Sophie se sentit vidée de son sang. Elle ne regardait pas son mari mais savait, d'instinct, que le feu couvait sous la cocotte-minute et que celle-ci allait exploser à un moment ou à un autre…

— Quelle vieille dame, ma chérie ? fit-il d'une voix douce à l'adresse de sa fille.

Mais Ninon rougit et bafouilla. Elle avait commis une bourde, trahi sans le faire exprès le secret de sa maman… C'était de sa faute… Elle devait l'aider, maintenant…

— Si je te le dis, papa, tu la disputeras encore ?

Sophie prit les devants et posa une main protectrice sur l'avant-bras de sa petite-fille.

— C'est inutile, ma puce. Ton père devine très bien de qui tu veux parler…

Puis, s'adressant cette fois à son mari sans se dérober à son regard, elle ajouta :

— Oui, c'est vrai. Je suis allée rendre visite à Lucie Sauveterre ce matin. Quel mal y a-t-il si cela me fait du bien ?

— Mais, c'est ton problème, ma pauvre fille ! répliqua David sans se départir de son calme. Je n'arrive pas à comprendre l'agrément que tu peux trouver à la conversation de cette vieille folle simulatrice, qui manipule les médecins, les curés et les naïves dans ton genre, un point c'est tout. Seulement, je t'interdis de mêler mes enfants à tes turpides malsaines.

— Je te fais grâce de tes discours qui n'engagent que toi, David. Si j'ai amené Ninon, c'est parce que je n'avais pas d'autre choix. Elle est encore trop jeune pour que je puisse la laisser seule à la maison. Gaspard était à son entraînement de foot…

David ne répliqua pas. Il se contenta de lever les yeux au ciel, mimique que sa femme n'eut aucun mal à interpréter. Il aurait pu tout aussi bien la traiter de pauvre demeurée…

Il fit alors une chose inhabituelle. Il se leva de table, débarrassa les assiettes, hormis celle de Sophie, prit sur la cuisinière le faitout où fumait le civet et servit les enfants avant de s'octroyer une large part de lapin. Puis, la louche en main, il eut une seconde d'hésitation, feinte ou non…

— Je suppose que tu n'en prends pas ?

— Non merci, murmura sa femme. Je n'ai plus faim.

— À la bonne heure ! railla-t-il en se frottant les mains. Il est au moins un domaine où tu nous fais faire des économies ! Poursuis, ma chérie, la voie que te trace la vieille Sauveterre ! Quand tu auras son âge, les bigotes se rendront aussi à ton chevet pour louer les mérites de Sainte Nitouche !

— C'est qui Sainte Nitouche, papa ? demanda Gaspard, la fourchette en l'air.

— Le maître spirituel de ta mère ! Elle vivait au fin fond du Moyen Âge et avait un QI de moule de bouchot. Si les voies du Seigneur sont impénétrables, les siennes l'étaient aussi. Elle dut sa canonisation au fait que, lorsque son mari, Saint Glinglin, passait à moins de trente mètres d'elle, elle faisait le signe de croix pour chasser le diable !

— C'est vrai, maman ? interrogea le garçon, sceptique.

La sonnerie du téléphone sauva Sophie d'une repartie qu'elle jugeait d'avance terne et dépourvue de piquant. Les facéties et traits humoristiques étaient l'apanage de son mari. Tous leurs amis communs s'accordaient d'ailleurs à le penser. Ils recherchaient la compagnie de cet homme amusant et évitaient de venir lui rendre visite quand elle était seule.

Comme par un fait exprès, David posait à peine le pied dans la maison que les Masson appelaient…

Elle entendait les plaisanteries de son mari au téléphone, devinait les rires de Paul et Babeth…

— Mais bien sûr, pérorait-il alors qu'elle s'esquivait pour aller chercher sa crème au caramel. Nous serons ravis de vous voir demain… Sophie insiste auprès de moi… Prenez le premier bateau ! Que penses-tu d'une partie de pêche, Paul ?… Vous ne pouvez pas vous libérer avant dix heures ? Oh, quel dommage… Oui, je sais ce que c'est… En tout cas, on vous attend pour déjeuner… Sophie me glisse justement à l'oreille qu'elle vous cuisinera son fameux bar à l'oseille… Oui, c'est exact… Un vrai cordon-bleu… On ne peut pas lui enlever cela…

Durant ce temps, Sophie, attablée, s'était servi une cuillerée de crème au caramel. L'aspect gélatineux de l'entremets lui souleva le cœur. En fermant les yeux, elle s'efforça cependant d'y goûter. Du bout des lèvres, elle aspira un peu de cette crème sans la mâcher. L'impression de fadeur et de douceur à la fois imposa à son imagination la vision mentale d'une couenne de lard parcourue de veines bleues. Elle faillit vomir et repoussa loin devant elle son assiette à dessert. Une crampe d'estomac la paralysa un instant. Le dos tourné, son mari téléphonait toujours.

— Ça va, maman ? s'inquiéta Gaspard. Tu transpires… Mange un peu, chuchota-t-il. S'il te plaît… Pour me faire plaisir… Tu as vu ? Ninon et moi, on a tout fini… C'était bon !

Sophie cligna les yeux et esquissa une mimique rassurante à l'adresse de son petit garçon, trop protecteur pour un enfant de son âge.

— Allez, ouste, au lit ! Vous aurez le droit de lire dix minutes dans vos chambres. Dites bonsoir à votre père et on y va ! lança-t-elle d'un ton qu'elle désirait enjoué.

Quand elle revint un peu plus tard, son mari avait terminé son dessert et sirotait un vieux whisky. Sans un mot, Sophie fit chauffer de l'eau pour une tisane. Elle savait qu'elle aurait dû interroger David sur ses trois jours passés à Vannes, son boulot qui le passionnait. Ingénieur en informatique, il jouissait d'un emploi du temps souple et pouvait, s'il le désirait, travailler pour son entreprise à partir de son domicile privé.

Des phrases policées et insipides s'ordonnaient

dans l'esprit de Sophie, mais la jeune femme ne parvenait pas à les formuler, à les extraire de ce chaos mental dans lequel elle s'enfonçait, chaque semaine un peu plus…

En passant chercher sa boîte de cigares sur le buffet, David choisit un compact disque de musique classique et augmenta, d'office, le volume de l'appareil.

Cette manie, anodine pour le commun des mortels, alarma Sophie. Elle devait renoncer à sa tisane, prétexter une migraine et se réfugier dans la chambre d'amis, la sienne depuis huit mois…

Comme elle se levait, en se massant les tempes, il arrêta son mouvement et exerça une pression sur son bras droit.

— Qu'est-ce que tu fais ? Tu ne vas pas encore me dire que tu as tes vapeurs, si ? Relaxe-toi et discutons un peu ! Je reviens chez moi, heureux de retrouver ma femme, et voilà ce qui m'accueille : une zombie !

Telle une automate, Sophie obtempéra et se rassit. Elle lança, à la va-vite, l'une de ses pauvres questions dénuées de sens :

— Ta semaine s'est bien passée ?

— Si c'est ça ta causette, tu peux t'en abstenir, répliqua-t-il d'un ton aigre.

Puis il se pencha vers elle tout en exhalant sur son visage un halo de fumée bleue.

Il souriait, mais les commissures de ses lèvres tremblaient légèrement.

— Je te propose, ajouta-t-il, de reparler un peu de ta vieille timbrée. Puis-je savoir ce que tu fichais encore aujourd'hui chez Lucie Sauveterre ?

— Mais rien… balbutia Sophie, exsangue… Nous avons prié ensemble, c'est tout !

— Prié ! Peuh… Et que lui as-tu raconté, s'il te plaît, pour que ce cadavre ambulant daigne s'intéresser à ta petite personne ?

Sophie haussa les épaules, cherchant du regard un secours possible, en vain.

Il s'adressait à elle d'une voix basse. Cette absence de vitupérations rageuses angoissait Sophie davantage.

Elle n'eut pas le temps de comprendre d'où venait le coup. Avec l'agilité d'un chat aux aguets, il était déjà derrière elle, s'agrippant à ses cheveux. Basculée de sa chaise, elle tomba et fut traînée sur plusieurs mètres. Une colère froide déformait à présent le visage de son bourreau.

— C'est comme cela qu'on se met pour prier, non ? Allez ! À genoux !

Les yeux exorbités, il se tenait debout devant elle, jambes écartées. Avec horreur, Sophie remarqua la touffe de cheveux qu'il tenait encore dans sa main droite. Avant de se désintéresser de sa proie, il lui asséna trois coups de pied dans les côtes.

— Au nom du père, du fils et du Saint-Esprit… Amen ! Dégage de ma vue à présent, salope !

Le souffle coupé, la pauvre femme tenta de se relever. Elle ne put quitter la pièce et traverser le couloir qu'à quatre pattes, douloureuse et avilie. Si les larmes ruisselaient sur ses joues, au moins, elle n'avait pas crié… Préserver les enfants était son unique préoccupation. Ils n'avaient rien entendu… Elle poussa d'une main la porte de sa chambre, se hissa péniblement sur son lit et se coucha, sans se déshabiller, en chien de fusil. La souffrance physique se calmait peu à peu… David, tout brutal qu'il fût, n'avait rien d'un idiot… Il savait doser ses coups et ne la frappait jamais au visage… Prétexter la rencontre malheureuse d'une porte était chose plausible, une fois…

Sophie enlaça son oreiller et lui confia ses sanglots. Cet unique confident lui offrit ce qu'elle prit pour un cadeau.

En effet, un petit duvet blanc, échappé de la toile, vint lui chatouiller le nez. Elle le recueillit délicatement entre ses doigts et le considéra avec amitié. Quelque part, malgré tout, son ange gardien veillait sur elle…

Bien entendu, David, de l'autre côté du couloir, avait baissé le volume de sa musique complice. Une idée, incongrue, vint parasiter un instant la torpeur dans laquelle Sophie se renfermait. Suite à des humiliations répétées, elle avait abandonné la couche conjugale.

Or, depuis, son mari la frappait avec une espèce de

jouissance qui se substituait à une autre… Cogner : le propre des impuissants ou des éjaculateurs précoces…

Mais cette explication laissait Sophie de marbre. Elle ne comprenait pas sa propre métamorphose qui lui faisait horreur… Comment avait-elle pu devenir cette loque larvaire assujettie à la brutalité épaisse d'un homme dont elle n'était plus amoureuse depuis longtemps ? La chrysalide, malgré tout, était prometteuse… Où étaient donc passés ses espoirs de naguère, son élan et sa joie de vivre ?

Sophie s'abîma très vite dans un sommeil sans rêve. Il n'était pourtant que vingt et une heures trente lorsqu'elle s'endormit. Avant de sombrer, elle adressa à Dieu la même prière qu'à l'ordinaire : s'il existait vraiment, qu'il vienne la chercher avant son réveil !

*

* *

Un autre drame, fort différent, se nouait au même moment au village de Locmaria, à quelques pâtés de maisons de celle de Mélanie Baron, la grand-mère d'Hanna.

Dans la pénombre de la chambre de leur fils, Félix et Charlotte Le Dréau, blottis l'un contre l'autre, surveillaient la respiration d'Hugo, âgé de quatre ans.

À la demande de l'enfant, l'équipe médicale du service pédiatrique du CHU de Lorient avait décidé de rapatrier le petit chez lui, quelques heures plus tôt. On n'avait pas caché aux parents que la médecine, désormais, s'avouait impuissante devant ce cas désespéré. Atteint d'un cancer métastasé du système lymphatique, Hugo n'avait plus que quelques jours à vivre.

Félix serrait tant la main de sa femme qu'il lui faisait mal. Cependant, Charlotte ne refusait pas cette étreinte. Qui d'ailleurs servait de bouée de secours à l'autre ?

— Il s'est endormi… Viens, chéri, murmura Charlotte. Tu dois manger quelque chose et tes parents nous attendent.

Félix Le Dréau se laissa arracher, malgré lui, à la contemplation de ce petit visage adoré.

Ils refermèrent doucement derrière eux la porte de la chambre.

Dans la cuisine éclairée par une ampoule nue, les parents de Félix, attablés face à face devant une soupière fumante, ne disaient mot, chacun d'eux en proie à ses réflexions personnelles. Ils avaient tenu à être présents malgré l'attitude inhabituellement agressive de leur fils. Agriculteurs à la retraite dans le pays d'Hennebont, ils avaient quitté leur ferme le jour même afin de soutenir, comme ils le pouvaient, le jeune couple et veiller jusqu'au bout le petit garçon.

Ils se demandaient à présent si leur décision était la bonne mais il était trop tard, de toute façon, pour rebrousser chemin. La dernière navette avait quitté l'île depuis longtemps.

— Moi je te le dis comme je le pense, Marie, marmonna Jean-Yves Le Dréau. Il ne pourra pas supporter cette épreuve… Il va péter les plombs…

— Chut ! Ils arrivent… Pose pas de questions surtout ! Laisse-le juste parler s'il en a besoin.

Charlotte Le Dréau s'assit à côté de sa belle-mère qui lui servit une assiettée de soupe, tandis que Félix, refusant de se mettre à table, s'adossait à l'encoignure du mur et du buffet et sortait de sa poche une cigarette.

Si cette attitude de repli sur soi chagrinait fort ses parents, ils ne firent aucune remarque.

Tous trois mangeaient en silence quand la voix étranglée de Félix les interpella :

— Comment vous pouvez bouffer alors que mon gosse est en train de crever à côté ? C'est monstrueux !

Jean-Yves Le Dréau ouvrait la bouche pour répliquer mais un coup de pied de son épouse le rappela à l'ordre.

— On a tous besoin de garder nos forces pour Hugo, répondit la vieille dame d'un ton doux mais ferme. Comment vas-tu pouvoir l'aider à partir en paix si tu continues à déraisonner de la sorte ?

Puis s'adressant uniquement à sa belle-fille, Marie Le Dréau demanda :

— Il vous a dit quelque chose, Charlotte ?

Les yeux remplis de larmes, la jeune mère acquiesça d'un signe de tête.

— Il nous a raconté qu'une très belle dame toute blanche et scintillante de lumière était venue le voir dans l'hélicoptère qui le ramenait.

— Tais-toi ! ordonna alors son mari. Ça n'a ni queue ni tête ! On venait de lui injecter une nouvelle dose de morphine ! Il délirait…

— Continue, Charlotte… encouragea Marie Le Dréau sans tenir compte de l'intervention de son fils.

Puis, joignant le geste à la parole, elle caressa de sa main calleuse les doigts glacés de sa bru.

— La belle dame blanche a pris Hugo dans ses bras et l'a amené jouer dans un jardin merveilleux où plein d'enfants l'attendaient. Il y avait aussi, paraît-il, une multitude de fleurs, d'oiseaux et d'animaux. Il s'est amusé des heures et des heures… ! Quand la dame gentille est revenue le chercher, elle lui a demandé s'il désirait rester là pour toujours… Hugo a beaucoup hésité. Il en avait envie mais, en même temps, il pensait à nous et à notre peine de ne plus le revoir…

À ce stade du récit, Félix Le Dréau manifesta son agacement par un claquement de langue. Excédé, il leva les yeux au plafond. Malgré sa crainte de le peiner davantage encore, Charlotte termina de relater le rêve d'Hugo tout en surveillant les réactions de son mari :

— La dame blanche alors, fit-elle dans un murmure, a dit au petit de ne plus avoir peur… Demain, à onze heures, il n'aurait plus mal et serait guéri…

Marie Le Dréau, silencieuse, planta son regard dans celui de sa belle-fille. Elles se devinaient et interprétaient de la même façon les hallucinations d'Hugo. Les jeunes enfants, comme les chats ou les chiens, sentaient de manière instinctive quand la mort approchait. Pour elles deux, le rêve prémonitoire d'Hugo signifiait simplement que leur petit ne saurait lutter davantage…

Mais contre toute attente, Jean-Yves Le Dréau qui, jusque-là, n'avait pas donné son opinion, jeta un pavé dans la mare :

— Et si c'était vrai ! s'exclama-t-il, animé d'un espoir soudain. Et si le bon Dieu exauçait tes prières, Charlotte, et celles de Lucie Sauveterre…

Le coup fut trop rude pour les nerfs déjà éprouvés de Félix. Il bondit vers son père, le secoua par les épaules et frappa du poing sur la table. Les assiettes entrechoquées tintèrent, déversant une partie de leur contenu sur la toile cirée.

— Je te défends, papa, de dire cela ! hurla-t-il. Tu n'as pas le droit ! Non ! Tu n'as pas le droit de nous faire croire qu'il reste une lueur d'espoir ! C'est dégueulasse ! Mon petit à moi va crever ! Tu entends, papa ! vociféra-t-il, le visage violacé par la colère. Crever ! Comme une bête ! Et moi aussi après lui ! Et cette vieille folle qui a le culot de te faire bouffer du miracle, Charlotte, par dizaines de chapelets, je vais lui trouer la peau ! Et s'il y a vraiment quelqu'un là-haut, ajouta-t-il en brandissant son poing vers le ciel, je lui chie dessus !

Puis, avec l'air égaré d'un dément, Félix Le Dréau se rua vers la patère, arracha son coupe-vent et sortit dans la nuit en claquant la porte.

Consternés, les parents Le Dréau se levèrent et entourèrent leur belle-fille de leur affection.

Le visage caché au creux de ses bras repliés, Charlotte pleurait, à longs sanglots, son désespoir. D'un geste maladroit, son beau-père lui caressait les cheveux.

— Je te demande pardon, ma petite-fille… Je n'ai pas voulu vous faire du mal… J'ai parlé sans réfléchir…

— Tu sais, plaida Marie Le Dréau, je connais bien mon garçon… Il n'est pas méchant, au fond… C'est le malheur qui lui mange la tête. Il va revenir, calmé, et te soutenir pour continuer à veiller le petit.

À ces mots, Charlotte se redressa et s'essuya le visage de la paume de ses mains.

— Vous avez raison, il faut penser à Hugo… Je retourne auprès de lui… Même s'il dort, je vais prendre son livre de contes et lui relire les histoires qu'il aime.

— Tu ne veux vraiment pas qu'on te relaye ? insista Marie en observant les traits défaits de sa belle-fille, épuisée par tant de nuits sans sommeil.

— Non ! répondit-elle, péremptoire. Je veux être là au moment… Allez vous reposer, tous les deux. Je vous promets que si cela se produit cette nuit, je viendrai vous réveiller…

VI

Mélanie Baron, par pure tradition communiste, répugnait à fréquenter l'église. Elle dérogeait à ce principe cependant deux fois l'an : à Noël, parce que les cantiques lui rappelaient sa jeunesse malgré tout et qu'on ne peut décemment bouder un enfant qui vient de naître, et aussi à la date anniversaire de la mort de son mari. Malgré ce qu'elle clamait haut et fort, la grand-mère d'Hanna était une personne superstitieuse. Elle s'arrangeait avec sa conscience politique en acceptant d'entrer uniquement dans l'église paroissiale. La raison en était simple. À la place du coq juché sur tous les clochers de France et de Navarre, trônait là un magnifique thon… Mélanie Baron, en ancienne ouvrière des conserveries groisillonnes, y voyait là le symbole évident de la lutte prolétarienne…

Or donc, en ce dimanche matin, alors qu'il eût été plus commode pour la vieille dame de se rendre à pied à l'église de Locmaria, Mélanie Baron, habillée de ses plus beaux atours, guettait sur le seuil de sa maison la voiture de sa petite-fille partie encore vadrouiller elle ne savait où… Prête depuis quinze longues minutes, elle piaffait d'impatience à l'idée qu'Hanna eût pu oublier son rendez-vous annuel…

Lorsque celle-ci arriva, à l'heure bien entendu, pour conduire sa grand-mère, elle fut accueillie par des invectives fort désobligeantes.

La journaliste, sentant la moutarde lui monter au nez, prit une large inspiration et résista à l'envie de planter là son aïeule et de déguerpir aussitôt, seule…

À présent assise à ses côtés, Mélanie, les bras croisés sur son sac à main qui puait la naphtaline, boudait… C'était chez elle, une réaction habituelle quand elle se sentait fautive et qu'elle ne savait pas de quelle façon rattraper sa bévue. Au bout d'un kilomètre de silence épais, elle fit une timide tentative de réconciliation.

— Tu conduis bien, ma petite…

Or, il n'en était rien ; tout du moins ce jour-là. Hanna, par énervement et pour donner une leçon d'humilité à sa grand-mère, faisait exprès de prendre les virages les plus serrés possibles. Toutefois, elle goûta à ce calumet de la paix et ralentit son allure.

Les cloches sonnaient quand la conductrice trouva une place où se garer, juste devant l'hôtel de Vincent Lambertin.

Machinalement, tout en ouvrant la portière à sa grand-mère, la jeune femme jeta un coup d'œil sur la fenêtre de la chambre du médecin.

Dans le porche de l'église, une autre discussion faillit encore envenimer les relations entre la grand-mère et sa petite-fille. Mélanie insistait pour se placer tout au fond alors que les fidèles n'occupaient pas les trois quarts de l'édifice religieux. Hanna eut beau expliquer à la vieille dame ce qu'elle escomptait, à savoir qu'elle se ferait ainsi remarquer, rien n'y fit et la jeune femme dut céder aux instances de l'autre.

L'office commença. Peu croyante, la journaliste avait du mal à se recueillir et promenait son regard sur l'architecture du lieu ou la statuaire. Puis, elle s'amusa à dénombrer les personnes qu'elle connaissait. Dans l'espace vide qui les séparait du dernier rang des fidèles vint s'asseoir, près de l'allée centrale, une retardataire : Hélène Sauveterre.

Au milieu du sermon, un incident interrompit le cours de la messe. Un couple de touristes avait pénétré peu avant dans l'église et se promenait sans égard pour la cérémonie qui se déroulait.

Le prêtre interrompit alors son prêche pour les rappeler d'un ton ferme à davantage de respect. Tous les regards convergèrent naturellement vers les fauteurs de trouble.

Il s'agissait d'un homme d'une soixantaine d'années environ, vêtu d'un costume de prix mais aux teintes criardes. Il était accompagné d'une très jeune femme aux cheveux roux flamboyants et dont les jambes étaient gainées de cuissardes blanches. Ce couple, curieusement assorti, ne passait certes pas inaperçu. Ni l'un ni l'autre ne parut d'ailleurs gêné quand le prêtre les pria de se tenir de façon correcte ou de s'en aller.

Tous deux enlacés, ils entamèrent alors une sortie royale par l'allée centrale. Tandis qu'ils parvenaient à hauteur d'Hélène Sauveterre, Hanna fut très surprise par la réaction immédiate de celle-ci. Au lieu de suivre, comme chacun, l'évolution de ces drôles de paroissiens, la nièce de Lucie se recroquevilla sur sa chaise et se cacha le visage de ses mains.

Cet excès de bigoterie pudibonde amusait déjà la journaliste lorsque la porte du fond de l'église claqua, entraînant dans son bruit le fou rire des deux suppôts de Satan…

Lentement, Hélène Sauveterre se redressa puis tourna la tête comme pour vérifier qu'ils avaient bel et bien quitté l'église. Ce n'était pas la réprobation qu'Hanna put lire alors sur le visage blême de cette grenouille de bénitier, mais de la peur… Une peur violente et sauvage…

Cette angoisse, presque palpable, mit mal à l'aise la journaliste. Quel élément avait pu effrayer de la sorte une femme aussi ordinaire que l'était Hélène Sauveterre ?

*

*   *

Cette journée mémorable devait être riche en rebondissements. Après un détour obligé par le cimetière, Hanna reconduisit sa grand-mère chez elle. Cependant, la jeune femme ne s'y attarda pas. Vincent Lambertin l'avait invitée à déjeuner dans un restaurant du bourg où ils étaient convenus de se rejoindre aux alentours de douze heures trente.

La journaliste revenait donc sur la place de l'église lorsque son téléphone portable sonna. Le message laconique du médecin l'intrigua. Il se trouvait actuellement chez Lucie Sauveterre en compagnie du docteur Béhart, maire de Groix, et aurait du retard. Qu'elle ne s'inquiète pas et commande le menu du jour.

Ce fut ce petit lapsus qui lui mit la puce à l'oreille… Pour quelle raison aurait-elle dû s'inquiéter ?

Tout en grignotant des biscuits apéritifs, Hanna réfléchit. Au cours de la semaine, Vincent avait fait connaissance de Jean-Paul Béhart.

Tous deux médecins, ils avaient vite sympathisé et s'étaient revus au cours d'un dîner auquel le maire avait convié son confrère. Une série de coïncidences les avait encore rapprochés. Entre autres choses, ils s'étaient aperçus qu'ils avaient fréquenté, sans se croiser, la même faculté de médecine dans les mêmes années.

Pourquoi diable se trouvaient-ils à présent tous deux chez Lucie Sauveterre ?

La vieille dame allait-elle plus mal ? Béhart sollicitait-il l'avis d'un spécialiste en gastro-entérologie ? Hanna Baron eut la réponse à ses interrogations vingt minutes plus tard alors qu'elle hésitait à faire rapporter en cuisine leurs deux poêlées de Saint-Jacques décidément tièdes…

Dès que Vincent eut pénétré dans la salle de restaurant, la journaliste, d'instinct, sut qu'il s'était passé un événement grave. L'air préoccupé, l'homme lui déposa un baiser sur la joue, s'assit en face d'elle et commença par se servir un grand verre d'eau fraîche qu'il but d'un trait. Puis, après s'être assuré que personne ne faisait attention à eux, il asséna à sa commensale la terrible nouvelle :

— Lucie Sauveterre est décédée…

— Oh ! sursauta Hanna. Comme c'est triste ! Elle était, pour nous, Groisillons, la figure emblématique de notre île…

Une certaine nostalgie ternit l'humeur de la journaliste même si, en soi, la mort d'une dame âgée, qui plus est grabataire, n'a rien de scandaleux…

— Elle a été assassinée, ce matin, aux alentours de onze heures, précisa alors Vincent Lambertin.

— Quoi ! ne put s'empêcher de s'écrier la jeune femme, interloquée. Tu plaisantes ? Enfin… Je veux dire… Tu en es sûr ?

Le médecin hocha tristement la tête avant d'entamer son plat.

— Hélas, le doute n'est pas permis… Je me promenais, du côté de Port-Lay lorsque Jean-Paul Béhart m'a appelé. Il était sceptique et voulait connaître mon opinion avant de refuser le permis d'inhumer. Je n'ai fait que corroborer son propre diagnostic. Quelqu'un s'est servi du second oreiller placé à la tête du lit de Lucie et l'a étouffée. Même si elle n'avait pas peur de mourir, elle a eu, au dernier moment un réflexe naturel de survie. Quand Béhart, contacté par Hélène Sauveterre, est arrivé dans la chambre de Lucie, un détail l'a aussitôt frappé et lui a mis la puce à l'oreille. Les mains du cadavre étaient complètement crispées. C'est souvent un signe d'asphyxie. Comme la vieille dame n'avait pas de problème pulmonaire et qu'a priori, elle ne risquait pas d'embolie, Béhart n'a pas écarté d'emblée l'hypothèse d'un étouffement volontaire. C'est alors qu'en soulevant l'oreiller bien propre, posé sur le traversin, il a remarqué, sur l'autre face de la taie, des traces de salive… Il m'a donc appelé avant de téléphoner à la gendarmerie. Pour moi, non plus, le meurtre ne fait pas de doute.

— Pauvre femme, murmura Hanna. Mourir de la sorte après avoir vécu le calvaire durant toute son existence, ce n'est pas juste… À ton avis, Vincent, qui a pu lui vouloir du mal ? Lucie était réputée pour être la bonté personnifiée. Beaucoup, chez nous, prétendent même qu'elle sera un jour canonisée… Si elle recevait des gens, c'était pour les aider dans leurs souffrances…

Le docteur Lambertin soupira. Puis il expliqua à la journaliste qu'Hélène Sauveterre notait dans un petit carnet le nom des visiteurs de sa tante. Le capitaine de gendarmerie avait même tiqué quand il avait lu le sien en feuilletant les pages… Devant le docteur Béhart, le médecin avait dû rendre compte de la teneur de leur conversation, la semaine précédente.

Hanna sourit, amusée qu'on eût pu soupçonner Vincent d'un crime aussi lâche.

— Et cette semaine ? demanda-t-elle. As-tu réussi à savoir qui Lucie a reçu ?

— Oui, elle n'a pas vu grand monde. Trois touristes déjà repartis sur le continent et deux insulaires que le capitaine Lefort se promettait d'interroger. Deux femmes, pour être plus précis. Une certaine Charlotte Le Dréau, et une autre, Sophie Le Mansier… Ou un nom comme ça… Tu connais ?

— Connaître, c'est beaucoup dire, reprit la journaliste. Je ne suis sur mon caillou qu'à temps partiel ! Malgré tout, une île c'est un peu comme une grande famille. On finit par savoir l'histoire des gens. Ce n'est un secret pour personne, par exemple, que Charlotte et Félix Le Dréau ont un fils gravement malade… On le dit mourant même… Pas étonnant si cette pauvre jeune mère, en dépit de cause, se tourne vers la religion et aille consulter Lucie !

Vincent Lambertin approuva d'un signe de tête et s'enquit de la seconde femme : Sophie Le Mansier. Hanna possédait peu de renseignements à son sujet. De temps à autre, elle la croisait sur la place du marché. L'été, elle accompagnait souvent ses deux enfants à la plage. Une jeune femme apparemment sans histoire, au caractère réservé. Elle ne travaillait pas et était l'épouse d'un ingénieur en informatique, un homme enjoué qui se mêlait volontiers à la population locale. Cette famille s'était installée trois ou quatre ans auparavant sur l'île.

Vincent Lambertin écoutait la journaliste tout en jouant avec la mie de son pain. Ces pans de vie, tragique ou non, offraient peu d'intérêt quant à l'affaire qui le préoccupait.

Il imaginait mal l'une ou l'autre de ces deux femmes plaquant un oreiller contre la bouche de Lucie pour la tuer. Cependant, on ne pouvait pas non plus infirmer cette hypothèse…

— À quelle heure a-t-elle été assassinée ? s'enquit Hanna.

— Aux alentours de onze heures. Difficile d'être plus précis. C'est l'un des rares moments où notre pauvre Lucie restait seule. Tous les dimanches, Hélène, sa nièce, se rend à la messe.

— Oui, je l'ai aperçue à l'église ce matin… commenta Hanna.

La journaliste rapporta alors au médecin le curieux

incident qui avait troublé l'office dominical et l'effroi qu'elle avait cru lire sur le visage d'Hélène Sauveterre.

— Elle s'est même éclipsée avant la fin de la messe… ajouta-t-elle. Bizarre, hein, pour une confite en dévotion !

Vincent intrigué, fronça les sourcils.

— C'est en effet étrange… Hélène a omis de relater ce détail aux gendarmes qui l'ont interrogée. Elle a déclaré avoir retrouvé sa tante morte quand elle est rentrée chez elle, au sortir de l'église. À mon sens, son chagrin n'était pas feint… Ou alors, c'est une sacrée comédienne… Elle a aussi manifesté de la rancœur à l'encontre de son fils, Stéphane. Le jeune homme a oublié aujourd'hui de fermer derrière lui la porte à clef lorsque, après le départ de sa mère pour le bourg, il est sorti lui aussi se balader.

— Je conçois aisément les remords de l'un comme de l'autre, fit Hanna. Toutefois, il faut relativiser la responsabilité de Stéphane Sauveterre. Un individu décidé à tuer quelqu'un, trouvera de toute manière le moyen d'arriver à ses fins. Les cachettes d'une clef de maison sont, somme toute, limitées… Pot de fleur, paillasson, volet… On en fait vite le tour… A propos, personne, dans le voisinage n'a remarqué de mouvements inhabituels ?

— Il semblerait que non, répondit Vincent. Mais les touristes ou les promeneurs, à Quelhuit, sont légion. Aucun résidant ne leur prête plus attention… C'est le revers de la médaille pour un si pittoresque hameau.

Le docteur Lambertin se tut, perdu dans l'une de ses songeries dont il paraissait coutumier. Comme on venait de leur apporter les plats de résistance et qu'il n'entamait pas le sien, la jeune femme lui effleura la main.

— À quoi penses-tu, Vincent ? Tu as l'air si triste… C'est la mort de Lucie qui t'affecte à ce point ? Tu ne la connaissais pas très bien pourtant…

Les yeux du médecin reprirent leur éclat et s'attachèrent à nouveau au visage tendu vers lui.

— Oui, j'ai de la peine, j'avoue… En même temps, j'ai la sensation que Lucie est heureuse, à présent. Je sais que tu ne crois pas en une vie dans l'au-delà, Hanna… Moi si, forcément… Ce qui me trouble le plus, c'est le message qu'elle m'a délivré la semaine dernière et auquel je n'ai pas prêté une attention suffisante… À présent, je me remémore notre conversation et je comprends enfin le sens de ses paroles…

La suite du récit de Vincent troubla profondément la jeune femme, et non seulement parce qu'elle se sentait exclue de ce monde ésotérique auquel souscrivait cet homme pour qui elle commençait à ressentir autre chose qu'une banale amitié.

— Lucie, comme naguère le Padre Pio ou d'autres mystiques, avait reçu la grâce de pouvoir s'entretenir avec son ange gardien… Non, Hanna ! Ne lève pas comme cela les yeux au ciel ! Écoute… Cette vieille dame, si humble et à la fois si extraordinaire, connaissait la date de sa mort. Elle me l'a dite… Elle savait aussi qu'elle serait assassinée et l'acceptait… C'est pour cela qu'elle m'a parlé de pardon… Son dernier souci, sur terre, a été de sauver, dans ses prières, l'âme de son meurtrier…

— Tu plaisantes, j'espère ! fit Hanna, parcourue de frissons…

*

* *

Au moment où la journaliste avait raccompagné sa grand-mère Mélanie chez elle, personne, à Locmaria, n'avait eu vent du décès de Lucie Sauveterre.

Épuisée par une nuit de veille, Charlotte Le Dréau s'était endormie au chevet de son petit garçon.

La matinée était déjà bien entamée lorsque Marie, sa belle-mère, se résolut à frapper à la porte de la chambre de l'enfant. N'obtenant aucune réponse, elle entra à pas feutrés dans la pièce éclairée, malgré la lumière du jour, par la lampe bleue de la table de nuit.

La vieille dame n'eut pas le cœur de réveiller sa belle-fille. Recroquevillée sur le tapis, la jeune femme tenait toujours contre son giron un livre de contes.

L'une de ses joues reposait sur le matelas. Son bras tendu sur la couverture semblait encore vouloir protéger l'enfant de toute agression extérieure.

Cette position inconfortable émut Marie Le Dréau. Elle hocha la tête navrée et impuissante. Comme des milliers de grands-mères confrontées à pareil cas, elle avait passé la nuit à prier. Prier pour que le bon Dieu épargne sa famille. Prier pour qu'il prenne sa vie et non celle d'un si jeune enfant. Même si, avec lui, elle savait dans le fond de son vieux cœur, qu'il n'était jamais question de donnant-donnant, elle espérait, malgré tout, une sorte de dérogation divine…

Soutenue par une foi aussi inébranlable que naïve, Marie avait cru, à deux reprises ce matin-là, ressentir les premiers symptômes d'un mal qui exaucerait ses vœux. Son cœur ne s'était-il pas emballé de façon anarchique ?

Jean-Yves, pressé par ses questions, n'y avait vu que du feu. Désirant la rassurer alors qu'il ne faisait que l'inverse, il lui avait parlé de simple tachycardie due à de la fatigue et au stress…

Le regard de Marie se posa sur le visage de son petit-fils. Malgré son extrême pâleur, il semblait calme. La couverture qui l'enveloppait se soulevait à un rythme régulier.

— Mon bonhomme, murmura-t-elle avant de refermer la porte, une vie pour une vie… Même si la mienne a bien moins de valeur, je l'offre au bon Dieu pour qu'il sauve la tienne. Je crois qu'il m'écoute… Tiens bon, petit…

Revenue dans la cuisine, Marie Le Dréau ne sut que faire. La vaisselle de la veille était depuis longtemps lavée et rangée. Elle avait déjà lu deux fois le journal. Il aurait fallu mettre le poulet au four si on voulait qu'il fût prêt à midi, mais la vieille dame connaissait mal le fonctionnement de cette cuisinière sophistiquée et craignait de commettre un impair. Malgré l'affection qu'elle éprouvait pour ses enfants, elle ne se sentait pas chez elle.

Marie ouvrit plusieurs placards avant de trouver une passoire, décidée à présent à éplucher des pommes de terre. Au moins, si Charlotte ne se réveillait pas d'ici une heure, ils auraient de quoi déjeuner.

Elle déplia le journal sur la table et s'attela à sa tâche, après avoir cherché dans tous les tiroirs un économe dont sa belle-fille, semble-t-il, ne se servait jamais.

Mais Marie avait du mal à se concentrer sur ce travail pourtant si humble. Taraudée par l'angoisse, elle songeait à son fils Félix. Après sa violente crise de la veille, il n'était pas rentré à la maison… Où avait-il pu passer la nuit ? Rongé par le désespoir, était-il capable de céder à une pulsion morbide ? Et Jean-Yves, parti depuis longtemps le chercher, qui ne revenait pas non plus…

Félix ! Marie venait d'entendre le claquement

d'une portière. Elle se précipita à la fenêtre, côté rue, et écarta le rideau de dentelle… Sa déception en fut accrue. Il s'agissait simplement d'une voisine, un peu tyrannique aux dires de Charlotte. Une certaine madame Baron, que sa petite-fille aidait à descendre de voiture…

Désappointée, Marie Le Dréau, resta ainsi le nez collé au carreau. Elle avait oublié ses pommes de terre et recréait sans cesse, dans son esprit fatigué, mille scénarios plus catastrophiques les uns que les autres. Les gendarmes allaient téléphoner… Non !… Sonner à la porte plutôt… Ils avaient retrouvé un corps gisant au pied d'une falaise… Malheureusement le doute n'était plus permis… L'homme avait ses papiers sur lui… Il s'agissait de son garçon, Félix… Suicide… Pouvait-elle les aider à prévenir la jeune veuve ?

Seule devant son carreau, Marie dodelinait de la tête, refusant les noires chimères que son imagination élaborait quand elle sentit une main lui tapoter le bas du dos. Elle se retourna brusquement. Face à elle, en pyjama et pieds nus, se tenait un petit bonhomme de quatre ans. Il suçait son pouce tout en serrant son doudou par les oreilles. Le caractère anormal de la situation ne lui vint pas à l'esprit de prime abord…

— Maman fait dodo encore. Tu me donnes mon pt'it déjeuner, grand-mère ? J'ai faim.

Mue par un réflexe, Marie Le Dréau ébouriffa la petite tête blonde avant de sortir du réfrigérateur une bouteille de lait.

— Tu préfères des céréales ou une tartine de Nutella, chéri ?

Ce n'est qu'après avoir prononcé ces quelques mots banals que la vieille dame se rendit compte de leur réelle incongruité. Ses jambes faillirent se dérober sous elle.

Son cœur battait si fort qu'elle dut ouvrir la bouche afin de tenter de discipliner sa respiration. D'un œil hagard, elle considérait son petit-fils qui s'attablait à présent tel un enfant ordinaire…

Marie ne saurait dire, par la suite, comment elle parvint à se glisser dans la chambre du gosse, à réveiller une Charlotte hébétée de fatigue et à l'entraîner à sa suite dans la cuisine où Hugo se versait lui-même un bol de lait.

Les deux femmes, muettes, encadraient l'enfant. Elles n'osaient se regarder. De ses mains tremblantes, Charlotte palpait, encore et encore, le corps de son fils.

— Il n'a plus de bosse derrière l'oreille… À l'aine, non plus… Son ventre est souple… Ce n'est pas possible… décréta-t-elle d'une voix blanche.

— Recommence, Charlotte ! ordonna la grand-mère, d'un ton si autoritaire qu'elle en fut elle-même surprise.

— Aïe ! se plaignit soudain Hugo.

Une vague de sentiments contradictoires submergea alors la mère qui souleva son enfant du banc en hurlant :

— Où as-tu mal ? Hugo !

— Mais nulle part, maman… Tu m'as pincé… Laisse-moi tranquille !

Charlotte le redéposa doucement sur le banc, anéantie.

Cependant, elle ne pouvait pas baisser la garde, se laisser surprendre par les manœuvres insidieuses de ce foutu espoir… Sur la défensive, elle apostropha sa belle-mère :

— C'est toi, hein, qui l'a sorti du lit ?

— Mais non… C'est absurde ! Tu sais bien, comme moi, qu'hier il était incapable de tenir sa tête !

De la langue, Charlotte humecta ses lèvres sèches. Elle osa alors, pour la première fois, plonger son regard dans celui de sa belle-mère, sans toutefois prononcer les mots qu'elle aurait tant voulu dire…

— Tu sais, déclara-t-elle, on prétend qu'il y a toujours un mieux avant…

— Tais-toi ! la coupa Marie. Ne sois pas stupide, ma pauvre petite… Appelle plutôt le docteur Béhart. Il faut qu'il constate que…

Mais à l'instar de sa belle-fille, Marie n'eut pas le cœur de terminer sa phrase.

D'avoir pris la décision de s'en remettre à un avis

médical libéra les deux femmes de leur torpeur angoissée. Elles s'agitèrent de façon peu efficace. Charlotte fut incapable de se remémorer le numéro de téléphone du docteur Béhart qu'elle connaissait pourtant par cœur. Il fallut le rechercher dans un annuaire devenu introuvable.

Puis, dans ce désordre émotionnel, elles débattirent sur la pertinence de laisser le petit garçon manger ou non à sa guise.

Étant donné qu'il ne s'était pas alimenté depuis plusieurs jours, cela pouvait être dangereux, déclarait sa maman qui, nonobstant, lui découpait une autre tartine…

C'est dans cette effervescence incohérente que Félix Le Dréau, précédé de son père, fit son apparition.

Le visage hâve et les traits défaits, l'homme resta un instant interdit sur le seuil. Ses yeux, quelque peu hagards, considéraient son enfant.

Puis, avec une infinie lenteur, il demanda l'heure à sa femme.

— Midi moins dix. Pourquoi ?

— Mon Dieu ! Qu'ai-je fait ! put-on entendre alors distinctement avant que Félix Le Dréau ne s'écroule évanoui sur le carrelage…

*

*   *

« Déjà midi moins dix », constatait Sophie Le Mansier, amère. « Et l'autre qui n'est toujours pas rentré… Il lui en faut du temps, pour acheter son fichu poisson… Et que vais-je faire de ces deux pique-assiettes… Je ne trouve rien à leur dire… Comme s'ils ne pouvaient pas aller se balader au lieu de l'attendre ici ! »

Paul et Babeth Masson, installés un peu plus loin dans le coin salon, conversaient à présent à voix basse :

— Tu sais, chéri, j'ai l'impression que notre visite ne lui fait pas plaisir. Elle n'arrête pas de regarder la pendule…

— Penses-tu ! C'est son état naturel. Ce n'est pas pour rien que David la surnomme : “La vierge à la triste figure”. Le pauvre, il ne doit pas se marrer tous les jours avec elle…

— Chut… Elle arrive.

— Sophie ! claironna alors Paul Masson. Si vous ne voulez vraiment pas qu'on vous aide, venez vous asseoir avec nous ! Et ne nous laissez pas seuls devant notre apéritif ! Prenez au moins un doigt de porto. Ça ne peut pas vous faire de mal !

Sophie Le Mansier obtempéra, avec une impression bizarre mais non désagréable d'être invitée dans sa propre maison.

Si elle laissa Paul Masson lui servir un demi-verre de vin cuit, en revanche elle n'y toucha pas.

— Gaspard et Ninon sont avec leur papa ? s'enquit Babeth.

— Non, ils jouent sur le port avec des camarades de classe. Ils seront là à midi.

— Ah ! Tant mieux ! Vous pouvez être fière de vos enfants. Ils sont beaux comme tout.

La mère de famille ne releva pas la mièvrerie de cette remarque. Elle se contenta d'esquisser un sourire emprunté, se demandant, une fois de plus, quel intérêt David pouvait tirer à la fréquentation de ces gens qu'elle jugeait si fades… Le fait que Babeth fût la fille du grand patron de son mari ne devait pas être étranger à l'affaire.

Un pas sonore dans le vestibule délivra Sophie de son supplice. Elle eut le temps, avant de se lever, de lire sur le visage de leurs hôtes le même soulagement. David rentrait. Avec ou sans poisson, elle s'en fichait comme d'une guigne… Ce fut avec… Il exhibait à présent un magnifique bar et narrait à ses invités le mal qu'il avait eu pour l'obtenir. Ses pêcheurs habituels le renvoyaient l'un à l'autre. Chacun d'eux se devait d'honorer avant tout les commandes passées par les restaurateurs.

— Mon pauvre David ! le plaignit Babeth. Il ne fallait pas vous donner tant de tracas ! Nous nous serions contentés d'une boîte de conserve !

— L'important, entre amis, c'est de partager ce que l'on a ! renchérit son mari.

Sophie, sans faire chorus à ces commentaires policés, prit le bar des mains de David et retourna dans le coin cuisine où le court-bouillon languissait à feu doux depuis trois quarts d'heure. Bien que sa sauce à l'oseille fût déjà prête aussi, elle la remua, ajouta au jugé épices et crème fraîche afin qu'on la crût fort occupée.

Déjà, à l'autre bout de la pièce à vivre, la conversation renaissait de ses cendres. Les rires répondaient aux boutades de David qui se démenait comme un beau diable pour amuser ses invités.

— Que nous prépares-tu de bon en entrée, ma chérie ? fusa soudain la voix de son mari.

— Des crevettes au basilic flambées à l'anis…

Des « oh ! » et des « ah ! » accueillirent cette mise en bouche.

« Comme s'il ne savait pas… », songeait Sophie résolument tournée vers ses fourneaux.

L'improvisation était un mot inconnu dans le vocabulaire de David. Même ses invitations lancées au téléphone à la dernière minute participaient – elle en était sûre – d'un stratagème qui avait pour but de la déstabiliser davantage.

Elle avait horreur de recevoir des gens dont elle n'avait que faire. Il le faisait exprès, par sadisme… Juste pour lui prouver qu'il avait prise sur elle, qu'elle était incapable de s'insurger… Et le pire, c'était vrai…

Si son mari la taxait de paranoïa, elle l'ignorait. Du moins, elle reconnaissait la larve qu'elle était devenue…

Sophie, le nez plongé dans sa casserole, essuya d'un geste furtif une larme immobile, qui ne faisait même pas l'effort de couler. Elle se souvint du lendemain du jour où, pour la première fois, il avait levé la main sur elle. C'était aussi un dimanche. Il ne s'était pas excusé. Trop fier pour cela. Il lui avait simplement expliqué la violence de son geste. Il attendait d'elle une réaction, n'importe laquelle… Elle n'était pas venue, d'où la gifle…

L'arrivée joyeuse des enfants obligea la jeune femme à sortir de sa torpeur. Elle sourit à ses deux garde-fous.

Gaspard, plus intuitif que sa sœur, ne fut pas dupe de sa parade complaisante. Il s'attarda un peu auprès d'elle, plongeant un doigt mal élevé dans la saucière pendant que Ninon, de l'autre côté, tendait ses joues roses pour recevoir bises et compliments.

— Tu vas bien, maman ? demanda-t-il, inquiet.

— Mais bien sûr, mon amour ! Tu ne vas pas me poser cette question cinq fois par jour, tout de même !

Si le sourire crispé de sa mère ne sut convaincre l'enfant, il n'ajouta rien, mais chercha cependant une place dans ses pensées intimes.

— Encore ceux-là… chuchota-t-il. Ils sont barbants… Je ne sais pas ce que papa leur trouve…

— Chut, mon chéri… Va te laver les mains. On passe à table.

Le repas ne fut pas ce long supplice auquel s'attendait Sophie. Personne ne sembla faire attention à ce qu'elle mangeait ou ne mangeait pas. On ne lui posa pas non plus de questions. Comme la conversation porta surtout sur les coutumes et traditions groisillonnes, elle y participa aussi, sans trop se forcer.

Il y eut bien un bémol à cette entente tacite au moment du dessert. Selon son habitude, David voulut égayer ses convives. Et de raconter ses sempiternelles histoires de blondes…

Au demeurant, autour de la table, seule Sophie aurait pu se sentir blessée.

— Vous savez ce qu'est une blonde avec des lardons dans les poches ?

— …

— Une quiche !

Une salve de rires éclatants accueillit ce trait d'esprit. Fort de ce petit succès, David récidiva après avoir jeté un regard en biais à sa femme.

— Et une blonde avec trois pommes sur la tête ?

— Une bêtasse qui se prend pour Guillaume Tell ? proposa spirituellement Babeth.

— Mais non, voyons ! s'exclama David. Une tarte !

Sophie ne comprit pas alors sa propre audace. Elle

attendit que l'hilarité générale se calme pour poser elle aussi sa devinette :

— Et une blonde à qui on arrache les cheveux ? demanda-t-elle avec toute l'ingénuité possible.

Les visages des Masson tendus vers elle s'excitaient d'avance au plaisir d'une répartie drôle. Satisfaite, la jeune femme remarqua que son mari avait blêmi…

— On donne notre langue au chat ! déclara Paul Masson.

Sophie sourit, énigmatique. Qu'auraient pensé ces gens insipides si elle avait lancé, tout à trac : « Une femme battue par son connard de mari » ? Sans doute n'auraient-ils pas trouvé la réponse amusante, même au second degré… Elle aurait juré cependant que ni elle ni lui n'auraient compris l'allusion…

— Je vous laisse chercher jusqu'à votre départ, ce soir ! s'esquiva-t-elle.

Puis, se tournant vers son mari, elle ajouta :

— Et si tu nous mettais un peu de musique, chéri ? fit-elle, mutine, en insistant sur le dernier mot. Mais inutile de pousser le son ! Il n'y a pas péril en la demeure…

Était-ce le verre de vin blanc qu'elle s'était autorisé à table qui lui donnait l'illusion du pouvoir ? Pour la première fois depuis des années, un sentiment de fierté animait Sophie. Elle savait qu'à un moment ou à un autre, dès que les Masson auraient tourné le dos, elle paierait son outrecuidance, mais, désinhibée par l'alcool, elle se moquait de la sanction à cet instant-là.

Sa piètre victoire fut d'ailleurs de courte durée. La jeune femme servait le café lorsque l'on sonna à la porte. Deux gendarmes demandèrent à lui parler en particulier. Cette intrusion jeta un froid dans l'assemblée. David, qui avait ouvert aux représentants de l'ordre, insista pour suivre l'entretien et soutenir son épouse. Que lui reprochait-on ? Avait-elle eu un accrochage de voiture ? Était-ce une façon de débarquer ainsi chez les gens un dimanche ? En avaient-ils d'ailleurs le droit ? David fut poliment remis à sa place. Soit Sophie acceptait de les recevoir sur l'heure, soit elle serait convoquée dans la journée à la gendarmerie.

Au lieu de prendre elle-même sa décision, Sophie interrogea du regard son mari. Elle lut dans ses yeux du mépris métissé d'incompréhension et crut bon de se disculper, arguant du fait qu'elle n'avait rien commis de répréhensible.

Le capitaine Lefort ressentit un brin de pitié pour cette femme timorée et décida de la rassurer :

— Nous n'avons rien à vous reprocher, Madame. Nous désirons seulement vous parler en qualité de témoin. Ce ne sera pas long.

— Dans ce cas, suivez-moi, balbutia-t-elle en triturant son alliance.

Une fois dans le couloir, escortée des deux hommes, Sophie Le Mansier hésita encore. La maison n'était pas très grande. Dans quelle pièce allait-elle les recevoir ? La chambre conjugale ? La sienne ? Elle opta pour la première, avec ce sentiment confus qu'elle se devait, par pudeur, de celer à ses étrangers l'inanité de sa vie de couple.

La chambre de son mari sentait le tabac. Sophie ne s'autorisait à y pénétrer qu'une fois par semaine, pour faire le ménage.

Les officiers restèrent debout. La jeune femme, en revanche, dut s'asseoir sur le lit après que le capitaine Lefort lui eût asséné la terrible nouvelle.

— Madame Sauveterre a été trouvée morte chez elle, ce matin, aux alentours de onze heures. Tout nous porte à croire qu'elle a été assassinée.

— Hein ! marmotta la jeune femme, exsangue. Qui ? Hélène ? Lucie ?

L'omission du prénom était volontaire. La réaction de cette jeune femme fut jugée aussi forte que naturelle.

— Lucie Sauveterre, précisa alors le capitaine avec indulgence. Vous la connaissiez bien, je crois ?

Mais les deux hommes durent patienter quelques secondes avant d'obtenir une réponse cohérente de Sophie Le Mansier, choquée et effondrée.

— Oui, assez bien en effet. Je lui rendais visite deux fois par semaine environ.

— Quand l'avez-vous vue pour la dernière fois ?

— Hier… Hier matin, précisa Sophie d'un ton encore incrédule.

Ces renseignements corroboraient ceux du capitaine Lefort, lequel avait compulsé l'agenda d'Hélène Sauveterre.

— Vous a-t-elle paru dans son état normal ?

— Heu… Oui. Elle était sereine, comme d'habitude…

Le gendarme qui s'éventait machinalement avec une enveloppe de papier kraft, jaugeait la femme assise devant lui. Une jolie blonde à l'air intelligent. Rien, dans son aspect, ne dénonçait l'exaltation mystique… Le pragmatique qu'il était cherchait à deviner la raison pour laquelle une telle femme fréquentait de façon régulière la vieille dame à qui la rumeur prêtait des pouvoirs surnaturels… Il affina ce premier examen empirique. Le silence ainsi instauré ne semblait pas gêner outre mesure son interlocutrice. Lovée dans sa peine, elle se tenait voûtée. Jacques Lefort remarqua alors la gracilité de sa nuque, sa poitrine d'adolescente et la minceur de sa silhouette… Afin de ne pas s'égarer, il s'éclaircit la voix…

— Pourriez-vous nous préciser, Madame, le motif de ces visites à une dame qui me paraît – mais je me trompe peut-être – fort éloignée des préoccupations d'une femme de votre âge ?

Sophie Le Mansier leva sur lui ses yeux vert d'eau.

Refusant de se laisser attendrir par ce regard d'une clarté extraordinaire, le capitaine Lefort adopta une attitude guindée.

— Elle m'aide, répondit-elle d'une voix vacillante… Je veux dire, elle m'aidait… J'éprouve certaines difficultés à me nourrir convenablement…

« Anorexique », diagnostiqua le capitaine avec une sorte de dépit qu'il jugea aussitôt déplacé.

— Vous ne consultez pas un médecin pour ce problème ?

Sophie Le Mansier fit non de la tête.

— Et vous pensez qu'une vieille femme grabataire peut, plus qu'un spécialiste, vous aider à résoudre votre souci ? demanda-t-il, perplexe.

— Je crois aux soins de l'âme… lui sembla-t-il s'entendre répondre, tant était sourde la voix de la jeune femme.

Par ouïe dire, le capitaine Lefort n'ignorait pas les pratiques thérapeutiques de Lucie Sauveterre. En guise de médication, la vieille dame brandissait la bannière de la prière… À ses yeux, ce procédé n'offrait de réels dangers que si les patients s'en contentaient… À la décharge de la défunte, malgré tout, Lucie n'acceptait en retour ni argent ni dons en nature… Certains crédules affirmaient même avoir été guéris par une simple imposition des mains…

Toutefois, le capitaine jugeait périlleuse l'apathie de la femme qui se tenait en face de lui. S'il avait été son mari, il l'aurait empoignée manu militari et accompagnée lui-même dans le premier cabinet médical venu…

Mais ces considérations stériles ne devaient pas lui faire oublier le véritable but de sa visite.

Sans ambages, il tendit à Sophie Le Mansier l'enveloppe brune qu'il tenait entre les doigts.

— Lucie Sauveterre a laissé ceci pour vous, avant de mourir. Je l'ai trouvée en fouillant son bureau. Savez-vous de quoi il s'agit ?

La surprise de la jeune femme en se saisissant de l'enveloppe ne parut pas feinte. Elle examina l'écriture fine et penchée comme s'il se fût agi d'une erreur de destinataire.

Interdite, elle lut ces quelques mots à voix haute :

— Aux bons soins de ma nièce Hélène. À remettre en mains propres à Sophie Le Mansier après ma mort physique… Je ne comprends pas, bafouilla-t-elle. Lucie ne m'a pas prévenue de quoi que ce soit…

Le capitaine Lefort, d'un signe, la pria de décacheter l'enveloppe. De la bouche d'Hélène Sauveterre, il en connaissait le contenu.

Incapable du moindre geste, Lucie avait confié à sa nièce cette tâche. Le gendarme désirait juste observer la réaction de Sophie Le Mansier à l'ouverture du papier kraft.

S'il y eut quelqu'un d'interdit, ce fut lui… Sophie, en revanche, examinait, dubitative, les coupures de journaux qui s'échappaient de l'enveloppe. Elle en prit une au hasard.

— Bizarre… commenta-t-elle. Cet article a le même format que les autres mais il est tronqué… Juste des bribes de phrases… Je ne parviens pas à déchiffrer…

— Laissez ce fatras, bougonna le capitaine. Ça n'a aucune espèce d'importance ! On s'est fichu de vous et je retrouverai le responsable !

*

*   *

Deux heures plus tard, au village de Quelhuit, Hélène Sauveterre fouillait de fond en comble sa maison. Le retour inopiné du capitaine Lefort l'avait humiliée. Certes, il ne s'agissait que de sous-entendus mais le ton soupçonneux de l'homme retentissait encore à ses oreilles. Cet écho, enflé par son imagination, prenait même des proportions gigantesques. Gendarmes ou flics, tous pareils… Elle éprouvait pour cette engeance une sainte horreur. Une crainte irraisonnée aussi, devait-elle se l'avouer… Il faudrait bien qu'un jour cette peur qui la taraudait depuis si longtemps, lui léchait son ombre tel un chien galeux, cesse de l'importuner et se décide à la quitter, une fois pour toutes… Ce matin encore, à l'église, elle avait cédé à la panique, sa vieille compagne. En agissant de la sorte, elle avait failli se faire remarquer… La cherchait-il ? Inlassable, cette question lui rognait l'esprit depuis qu'elle l'avait revu… Ou était-ce l'immonde fruit du hasard ? Prise d'un vertige, Hélène Sauveterre s'appuya au buffet de la cuisine. Expirer très fort… Prendre les problèmes un par un… Ne pas tout mélanger sous peine de devenir folle…

Elle décapsula une bouteille d'eau et but à même le goulot. La fraîcheur du liquide lui fit un peu de bien.

En tout cas, on pouvait l'accuser de tout, mais pas d'être une voleuse !

Les mains jointes pour tenter de les discipliner, Hélène Sauveterre s'assit et réfléchit. Une phrase de sa tante Lucie lui revint en mémoire. « Lorsque tu es trop bouleversée, ma chérie, essaie de redevenir spectateur de ta vie et non acteur. Tu verras alors les choses se remettre en place dans leur juste proportion… »

De grosses larmes coulèrent sur le visage sans grâce d'Hélène. Lucie ne serait plus là pour l'aider, pour continuer à la protéger… C'était fini… Fini… Elle était seule au monde, désormais.

Une petite voix lui rappela alors l'existence de son fils unique. L'aimait-elle ? Elle se sentait incapable de répondre à cette simple question. Son sens du devoir l'avait assistée, certes, dans l'éducation de Stéphane mais elle était une mauvaise mère et elle le savait… Inutile de se chercher de vaines excuses !

Soudain, l'évocation de son fils galvanisa Hélène. Mue par un terrible pressentiment, elle se rua dans sa chambre.

Ce fut une inspection en règle. Aucun meuble, aucun recoin ne fut épargné. Une très ancienne habitude des planques l'aida dans cette tâche répugnante. Elle avisa, en effet, sous le radiateur, un léger renflement de la moquette, seul endroit où celle-ci n'avait pas été collée.

Lorsqu'elle glissa la main entre la plinthe et le tapis de sol, qu'elle tâta du bout des doigts les liasses de papier, elle ne se berça plus d'illusions. D'un geste rageur, elle arracha un bout de moquette pour mettre à nu les billets de banque.

— Espèce d'imbécile, va ! trépigna-t-elle toute seule.

Hélène, à genoux, se fit ensuite un devoir de compter l'argent. Mille sept cents euros. Il ne manquait qu'un billet de vingt à la somme initiale.

La nièce de Lucie n'eut pas le temps de réfléchir à la suite des évènements. Stéphane venait de rentrer à la maison et l'appelait. Comme elle ne répondait pas, il se dirigea vers sa chambre et resta saisi sur le seuil devant le spectacle.

La colère déformait les traits d'Hélène quand celle-ci s'approcha de lui et le gifla.

Le jeune homme geignait en se frottant une joue endolorie.

— T'es pas bien de me fiche une baffe, non ! se plaignit-il, le regard embué par la vexation.

— C'est moins douloureux qu'un séjour en prison, crois-moi ! Et maintenant tu t'expliques ! Pourquoi as-tu volé cet argent ? Comment d'ailleurs, connaissais-tu l'existence de cette enveloppe ?

Devant un tel courroux maternel, Stéphane choisit de louvoyer et ne répondit qu'à la seconde question.

— C'est pas très difficile d'être au courant avec vos messes basses à toutes les deux ! glapit-il. Chaque mois, quand Tante Lucie recevait sa pension, tu lui demandais combien, cette fois-ci, il fallait retirer pour cette bonne femme !

— Eh bien ! Tu savais alors que cet argent ne t'était pas destiné ! Pourquoi l'avoir pris ? insista Hélène.

Stéphane Sauveterre adopta l'attaque comme tactique de défense :

— C'est pas juste ! cria-t-il. Je ne peux m'investir dans aucun projet parce que je manque de fric ! Et par dessus le marché, c'est ma propre famille qui me floue ! Oui ! Tu as bien entendu ! C'est à moi que devait, légitimement, revenir cet argent ! Pour quelle raison tante Lucie le distribuait-elle à des étrangers ? Hein ? Tu peux me le dire ?

Un instant déstabilisée, Hélène crut devoir se justifier :

— J'ignore pourquoi ta grand-tante agissait ainsi. Elle ne m'a pas mise dans la confidence. C'était sa volonté, un point c'est tout ! Et moi, j'étais là pour exécuter ses ordres sans chercher à comprendre ! Si Lucie économisait tous les mois en vue d'établir une cagnotte en faveur de Sophie Le Mansier, elle avait sûrement une bonne raison !

— Tu parles ! ironisa le jeune homme en jouant les matamores. Je suis le fils de “madame bene oui-oui” ! Cette Marie-salope est plus friquée que nous trois réunis ! C'est l'épouse d'un ingénieur, non ? Et elle n'a pas besoin de bosser pour vivre ! Il ne t'est jamais venu à l'esprit qu'elle faisait chanter tante Lucie et que je n'ai fait que lui rendre la monnaie de sa pièce ?

Stéphane toisa sa mère d'un air hautain et crut avoir gagné la joute. Décontenancée, Hélène haussait les épaules. Le chagrin d'avoir perdu la femme qu'elle considérait comme sa mère la déroutait et embrumait ses facultés de raisonnement. Muette à présent, elle tentait de remettre de l'ordre dans tout ce fatras. La soudaine grandeur d'âme de son fils lui semblait suspecte. Elle le connaissait bien et, n'étant pas aveuglée par l'amour maternel, l'imaginait mal dans le rôle de justicier. Qui plus est, le scénario d'une Lucie victime d'un chantage paraissait absurde tant elle parait sa tante de toutes les vertus… Une femme droite, noble et sainte n'avait rien à se reprocher et ne se serait jamais laissée mener par le bout du nez… D'un autre côté, comment Lucie aurait-elle réagi s'il s'était agi de la défendre, elle, Hélène, des sournoises attaques d'une Sophie Le Mansier au courant de son passé ? Voilà le hic ! Sa tante n'aurait pas supporté l'idée qu'on lui fasse encore du mal et qu'elle soit l'objet des gorges chaudes de l'île. Oui… dans cet unique cas, Lucie aurait pu payer afin d'éteindre le brasier de la rumeur…

Gênée par de nouvelles bouffées de chaleur, Hélène ouvrit la fenêtre et se pencha à l'extérieur. Une transpiration malsaine lui mouillait le dos. Prise d'un éblouissement, elle se fit violence pour respirer par à-coups et ne pas défaillir.

— Ça ne va pas, maman ? demanda Stéphane d'un ton penaud sans pour autant quitter sa place.

Elle ne répondit pas, hantée par l'immonde visage entraperçu dans l'église… Oui, tout pouvait coller… Sa présence à Groix n'était pas fortuite… Il connaissait Sophie Le Mansier, était de mèche avec elle. Et son fils, à qui Hélène n'aurait pas fait crédit de dix sous, ne mentait pas…

Tout à l'heure encore, elle fulminait contre sa malhonnêteté mais surtout contre sa bêtise… Quoi de plus sot, en effet, de laisser l'enveloppe sur le bureau, bien en vue, après l'avoir bourrée de coupures de journaux ! N'était-il pas plus malin de la subtiliser ? De cette façon, Stéphane ne se serait pas exposé à la défiance des flics ! Il n'aurait eu de compte à rendre qu'à elle !

Accablée, Hélène se voyait partir à la dérive. Sa vie qu'elle avait patiemment reconstruite avec l'aide de Lucie menaçait de s'effondrer à nouveau… Elle n'aurait pas le courage de recommencer sans elle…

C'est alors qu'elle sentit une main très douce lui caresser les cheveux. Elle se retourna. Stéphane à trois mètres d'elle, était toujours appuyé contre le chambranle de la porte… Sans doute devenait-elle folle…

— Vraiment, maman, tu n'as pas l'air bien. Tu ne veux pas que j'appelle le docteur Béhart ?

— Non… Laisse-moi tranquille, répondit-elle, la bouche sèche.

Le jeune homme allait s'esquiver, aussi soulagé que perplexe de s'être aussi facilement sorti de ce bourbier…

— Une seconde, Stéphane ! le rappela sa mère. Dis-moi quand, exactement, tu as remplacé l'argent de l'enveloppe par des coupures de journaux.

— Heu… Hier soir…

— À quel moment ?

— Tu préparais le dîner et tu m'as demandé d'aller voir si tante Lucie n'avait besoin de rien. Comme elle dormait… Bon ! Puisque je ne peux pas t'être utile, éluda-t-il, je me sauve. Gauthier Maréchal m'attend… À ce soir. Repose-toi bien…

« Au moins », pensa-t-elle en entendant la cavalcade de ses pas dans l'escalier, « il m'a épargné l'épreuve du baiser de Judas… »

Hélène, accroupie à présent près de la fenêtre, remettait tout, en vrac sur la balance. « Menteur… Menteur… Menteur… »

La veille, après dîner, elle avait passé un long moment au chevet de sa tante que le sommeil fuyait. Ensemble, elles avaient récité un rosaire. Puis, vers vingt-deux heures, Lucie avait demandé à sa nièce de retirer vingt euros de l'enveloppe. Elle les devait au curé qui, comme chaque matin, viendrait lui apporter la communion à huit heures. Bien entendu, Hélène s'était exécutée. Or, l'enveloppe contenait encore les liasses de billets…

Une seule certitude envenimait l'esprit de cette malheureuse mère. Stéphane n'avait pu perpétrer son forfait que le lendemain, au moment où elle était à la messe… Lucie éveillée, il n'aurait jamais osé toucher à cet argent. Donc, soit sa tante somnolait, soit elle était déjà morte… Dépouiller un défunt est une infamie, certes. Mais il y a pire…

Hélène, à terre, gémit, seule comme une bête abandonnée. Quel monstre était capable de tuer une vieille femme impotente pour mille sept cents euros ? Si le vol de ce maudit argent était le mobile du meurtre, elle avait engendré de la pourriture…

À plat ventre, bras écartés, Hélène Sauveterre pria

dans cette posture peu orthodoxe. Elle égrenait les paroles, naguère bienfaitrices, d'un « je vous salue Marie ».

« Et le fruit de vos entrailles est béni… »

Pas le sien… Pas le sien… Et c'était de sa faute, à elle… Déjà, elle avait vécu sa grossesse comme un calvaire… La chose qui, jour après jour, lui distendait les chairs était le châtiment de Dieu… Elle n'en démordait pas, même si Lucie avait toujours tenté de lui prouver le contraire… Elle n'avait jamais attendu un enfant, non… Mais la délivrance d'une tumeur maligne…

*

*   *

En cette fin d'après-midi, Vincent Lambertin et Hanna Baron remontaient, à pied, la route pentue de Port-Tudy en direction du bourg. Après leur déjeuner au restaurant, le médecin avait proposé à la journaliste une longue promenade sur la côte. Partis du sémaphore, ils avaient longé la pointe du Grognon, Beg-er-Vir et Port-Lay où ils avaient fait une halte avant de regagner le principal embarcadère. La fatigue de la marche, comme toujours, agissait tel un baume sur le moral du docteur. Endurante, Hanna partageait avec lui ce plaisir. Et c'est d'un cœur léger, malgré le tragique événement de la journée, que la jeune femme regagnait le bourg. Un peu plus tôt dans la lande, Vincent lui avait pris la main afin de l'aider à traverser un chemin encombré de ronces. Il l'avait conservée plus que le temps nécessaire, à la fois timide et volontaire, sans autre mot superflu. La sonnerie de son téléphone portable avait gâché la magie de l'instant… Hanna avait maudit sa grand-mère. Excitée, Mélanie Baron appelait sa petite-fille pour lui raconter le nouveau potin de son quartier auquel la journaliste n'accorda aucun crédit. Aux alentours de quatorze heures trente, une ambulance s'était garée devant le domicile de Félix et Charlotte Le Dréau. À ce moment-là, certains voisins, dont Mélanie, se trouvaient par hasard à leur fenêtre… Mus par un sentiment de solidarité, ils s'étaient regroupés à trois ou quatre dans le jardinet de madame Campion qui jouxtait la maison des Le Dréau.

En effet, quand le corps du petit Hugo partirait sur une civière, ils désiraient être les premiers à témoigner aux parents leurs marques de sympathie sans pour autant les importuner…

« Je vois… », avait déclaré Hanna, d'un ton acerbe.

Or, quelle ne fut pas leur surprise lorsque les deux brancardiers sortirent seuls ! Peu après, ce fut au tour de Charlotte et de Félix qui portait dans les bras un garçonnet souriant ! D'ailleurs, l'enfant, sous les yeux médusés des voisins, fit une facétie à ses parents. Au moment de pénétrer dans l'ambulance, il s'échappa et fila derrière le véhicule en scandant d'une voix chantonnante : « Vous ne me rattraperez pas ! Ti-na-ni-na-nè-re ! » Même le docteur Béhart paraissait ahuri… Lorsque tout ce petit monde fut parti, madame Campion avait essayé de lier conversation avec les grands-parents de l'enfant, restés sur le seuil de la maison. En vain ! D'un air mystérieux, ils avaient refermé la porte sur eux… Que pensait Hanna de tout cela ? Comment un enfant, à l'article de la mort la veille, gambadait-il tel un lapin ? Pouvait-elle lui passer Vincent afin qu'il lui explique ce fait plus qu'étrange ?

Hanna refusa tout net d'accéder à la demande de sa grand-mère. Mélanie lui avait déjà gâché une partie de la matinée.

La journaliste et son compagnon parvenaient à la hauteur d'un édifice lorsque Vincent s'arrêta, la mine réjouie.

— On se croirait replongés dans les années cinquante ! Observe un peu l'architecture de ce cinéma ! On dirait un saloon… Et ce nom ! Aussi délicieux que démodé : “Cinéma des Familles”. Viens ! Faisons le tour ! Peut-être trouverons-nous à l'affiche le dernier film de Jean Gabin ou de Raimu ?

— Tu te trompes, répondit Hanna, un peu vexée. Ce n'est pas un musée ! Durant la saison touristique, on peut y voir toutes les nouveautés !

Sur la façade crème de ce charmant bâtiment, Vincent, s'amusait à lire à présent quelques graffitis, témoignages d'amours fugaces ou de dépit... Jojo attendait Mimie à neuf heures... Quel jour ? Quel siècle ? On ne le saurait jamais...

— C'est rigolo, observa-t-il. Il semblerait que des générations d'adolescents se soient donné rendez-vous ici...

Soudain, l'homme se figea. Quand il se retourna vers sa compagne, il était blême. Incapable de prononcer un mot, il pointa le doigt sur une inscription gravée dans le mur, lisible encore malgré les derniers ravalements.

Hanna s'approcha, inquiète de la mine du médecin.

« *Carolîne = Venise* », lut-elle alors à haute voix...

Ils restèrent ainsi un moment, déconcertés, n'osant rompre le silence instauré ni même se regarder.

Puis Vincent se laissa glisser le long du mur et s'assit les mains contre le visage, essayant ainsi de juguler une trop vive émotion. Hanna l'imita, lui serra l'épaule de ses doigts, comme pour lui insuffler un peu de sa force.

— J'avais raison de me fier à mon intuition, articula-t-il enfin. Je suppose que tu as remarqué l'accent circonflexe sur le i de son prénom ?

— Ça va aller, Vincent ? demanda-t-elle pour toute réponse.

— Oui… Rassure-toi… Mais je viens de recevoir un sacré choc… Je comprends à présent le message qu'a voulu me faire passer Lucie Sauveterre avant de mourir. Elle m'a conseillé, mot pour mot, de me distraire, de me rendre au cinéma… J'avais trouvé l'expression curieuse, désuète… D'habitude, on dit aux gens : « Allez donc voir un film ! » Évidemment, elle faisait allusion au local…

— Comment peux-tu croire une chose pareille ? objecta la rationnelle jeune femme. Elle a lancé cette phrase en l'air ! Lucie n'a jamais quitté sa chambre. Matériellement, il est impossible qu'elle ait eu vent de cette inscription !

— Je sais que la plupart des gens ne peuvent admettre ce mystère. Mais Lucie, à l'instar de nombreux mystiques, avait reçu le don d'ubiquité. Elle possédait cet étrange pouvoir de décorporation naturelle. Elle voyageait souvent dans l'astral, en compagnie de son ange gardien, Haniel.

— Écoute, Vincent ! En toute amitié, je te conseille de garder pour toi ce scoop ! Je n'aimerais pas qu'on dise que tu yoyotes !

— Je me fiche pas mal du qu'en-dira-t-on, Hanna ! De plus, pour ta gouverne, sache que Lucie avait ajouté que le cinéma était un excellent dérivatif pour les Groisillons… Alors, Mademoiselle je-sais-tout, pourquoi m'aurait-elle clairement indiqué le cinéma de Groix ? En France et en Navarre, on ne connaît pas ce type de distraction ? Et pendant qu'on y est, d'après ta conversation téléphonique de tout à l'heure avec ta grand-mère, explique-moi comment un enfant mourant semble guérir de façon spontanée juste après le décès de Lucie ! Si tu appelles un chat un chat, pour moi, un miracle est un miracle !

Hanna haussa les épaules avec une pointe d'agacement, rétorquant que même l'Église, la principale intéressée dans ce type d'affaire, goûtait ce mot du bout des lèvres. Hugo Le Dréau, en toute logique, jouissait d'une rémission aussi subite que spectaculaire. Ce genre de cas était courant dans les maladies cancéreuses. Personne n'aurait eu l'audace de songer à un miracle si la mère de l'enfant ne s'était pas rendue plusieurs fois au chevet de Lucie Sauveterre réputée comme thaumaturge. Ces pauvres gens allaient tomber de haut quand l'hôpital aurait pratiqué de nouvelles analyses…

— Non, répondit le médecin, buté. Cet enfant est définitivement guéri ; le sens…

— Te rends-tu compte au moins de ce que tu dis ? s'énerva Hanna. Donner de l'espoir aux gens alors que la cause est perdue est proprement dégueulasse ! Les miracles n'existent que dans les contes pour enfants !

— Ne crois pas cela… Je te concède que leur rareté en fait toute la valeur… Mais Lucie était une sainte. En faisant le sacrifice de sa vie, elle a sauvé celle de ce petit. Parions une chose, toi et moi, veux-tu ? Le médecin légiste qui pratiquera l'autopsie du corps de Lucie sera très surpris par un phénomène fort étrange.

— En voilà des mystères ! persifla la journaliste en haussant les épaules. Et que veux-tu qu'il trouve ? Hein ? Ce n'était pas du sang qui coulait dans ses veines mais de l'eau bénite, peut-être ? Allons… Ne sois pas si crédule, ajouta-t-elle, radoucie. Je conçois que tous ces évènements, en particulier l'inscription sur ce mur, t'ont chamboulé… Mais je t'en prie… Garde les pieds sur terre ! Les explications traditionnelles sont tout aussi intéressantes !

Le docteur Lambertin se releva, puis fit quelques pas avant de se retourner vers sa compagne. Il lui demanda alors de faire semblant d'écrire quelque chose sur le mur. La jeune femme s'exécuta, contente de ce dérivatif qui, selon elle, mettait un terme à des propos oiseux.

— Oui… Garde la main ainsi. Que constate-tu ?

— Rien de très édifiant…

— Mais si, enfin ! Pour un esprit qui se pique de cartésianisme, tu es lente à la détente, ma fille ! Observe… Naturellement, pour écrire ton prénom, tu as placé la main au niveau de ton regard.

— Ben oui ! C'est normal !

— Je ne te le fais pas dire, rétorqua le médecin. Maintenant, examine la hauteur de l'inscription…

— Ah ! Je vois où tu veux en venir, comprit-elle enfin. Je suis grande, c'est vrai… Un mètre soixante-dix-neuf, pour être plus précise. La différence est d'environ vingt-cinq centimètres, non ?

— À peu près… Caroline, adulte, mesurait un mètre soixante-huit. On peut donc en conclure qu'elle a gravé son nom ici au début de son adolescence, soit à l'âge de onze, douze ans…

Un voile de découragement obscurcit le regard du médecin. Cette amorce de preuve aboutissait à une impasse.

Comment rechercher une ombre, vingt ans plus tard ? Qui se souviendrait d'une gamine venue passer, peut-être quinze jours de vacances sur une île, il y a si longtemps ? La tentative était désespérée… Il aurait dû approfondir, dès le départ de Caroline, la piste de son amant tel qu'elle le lui avait écrit sur le billet laissé sur la table avant de s'enfuir. Seulement, voilà… Il avait été trop lâche pour affronter cette réalité…

S'il avait davantage insisté sur ce point auprès de leurs relations communes, il n'en serait sans doute pas là…

Il ne voulait pas, tout bonnement, admettre que la femme qu'il avait tant idéalisée, ait pu trahir sa confiance.

— Qu'est-ce qu'on fait maintenant ? lui demanda Hanna avec douceur.

— Je ne sais plus, je te l'avoue… Je crois que je vais reprendre mon enquête à zéro. D'ailleurs, mercredi, je retravaille. Je regagnerai Nantes mardi, en fin d'après-midi. Et toi ? Tu pars ce soir ou demain ?

Quelque chose dans le timbre de sa voix troubla Hanna qui se mit à rougir. Afin de masquer son trouble, elle reprit la marche.

— Peu importe, fit-elle d'un air qu'elle crut dégagé. Du moment que je sois demain, à dix heures, au journal…

Dans ce cas… Tu veux bien rester avec moi, ce soir ? J'aimerais beaucoup…

Hanna grommela malgré elle un « oui » abrupt, qui n'avait rien de romanesque. Toutefois, sans le regarder, elle s'autorisa à lui prendre la main et à la tenir serrée, très fort…

VII

Les résultats de l'autopsie pratiquée sur Lucie Sauveterre allaient changer bien des donnes… Ils furent faxés très tôt le lundi matin au domicile du docteur Béhart, maire de Groix. Ce dernier, par courtoisie, appela dans la foulée son confrère à l'hôtel afin d'en discuter avec lui. Vincent Lambertin s'apprêtait à accompagner Hanna au bateau lorsque sonna son téléphone portable. La journaliste ne fut pas en reste car, quelques secondes plus tard, alors qu'ils finissaient leur petit-déjeuner, elle reçut également un appel de son rédacteur en chef.

L'annonce du décès, peut-être suspect, de ce personnage hors du commun créait des remous sur le continent. La direction du quotidien pour lequel travaillait Hanna était submergée, depuis l'aube, de coups de fil demandant des précisions sur ce décès. On invitait donc la jeune femme à rester vingt-quatre heures de plus sur son île afin de glaner çà et là des informations qui répondent aux attentes des lecteurs.

Voir ainsi la planification de sa journée contrecarrée, emplit d'aise Hanna. Elle n'allait pas jouer les hypocrites… Le fait de pouvoir grappiller quelques heures auprès de son amant lui donna un surcroît d'appétit. Elle s'autorisa, pour fêter la nouvelle, une ultime brioche qu'elle tartina, sans parcimonie, de confiture d'abricot.

Tout en observant son vis-à-vis, elle croqua à belles dents sa viennoiserie. Vincent s'entretenait toujours avec son interlocuteur.

De temps en temps, il fronçait les sourcils ou posait des questions dont le sens abscons de certains termes médicaux lui échappait. Malgré ces circonstances tragiques, la jeune femme se sentait égoïstement heureuse…

— Alors ? fit-elle quand il eut enfin posé son portable.

— À remarquer ta mine réjouie, éluda Vincent, je suppose que tu fais l'école buissonnière aujourd'hui ?

— *Yes* ! Ça me ramène des années en arrière, lorsque j'étais malade et que je n'étais pas obligée de retourner en pension !

Elle se mit alors à chantonner un air gai et ancien mais s'arrêta net, en rougissant.

— Heu… Excuse-moi, plaida-t-elle. Je suppose que ma bonne humeur n'est pas de saison… Tu as eu les résultats de l'autopsie ?

— Oui, répondit le médecin avec gravité. Les doutes de Jean-Paul Béhart et les miens se sont avérés. Lucie est bien morte asphyxiée. On l'a assassinée…

— Oh ! Je suis vraiment désolée. Tu peux m'expliquer avec des termes simples le rapport du légiste ?

Malgré l'heure matinale, le docteur Lambertin s'autorisa une cigarette puis se cala contre le dossier du fauteuil de jardin. Ils étaient seuls sur la terrasse de l'hôtel.

— Hier matin, lorsque Béhart m'a appelé, nous avons constaté que les mains de Lucie étaient recroquevillées. Cette crispation n'est pas une preuve en soi car elle intervient parfois lors de la rigidité cadavérique. Or, celle-ci n'avait pas encore commencé. Le corps était souple et tiède au moment de notre examen. La mort remontait à une heure, tout au plus, soit aux environs de onze heures, quand tu te trouvais à l'église avec ta grand-mère. Bref, en soulevant la chemise de nuit de Lucie nous avons remarqué des pétéchies. Pour ta gouverne, il s'agit de petits points rouges qui affleurent sous la peau. Ils sont dus à une infiltration du sang, à une rupture des capillaires dans le derme.

— Ces pétéchies sont le signe d'une asphyxie ?

— Dans le cas présent, oui, car l'autopsie a dévoilé une concentration de pétéchies au niveau des poumons. La tache de Tardieu… Aucun doute alors n'est permis.

— J'imagine, commenta Hanna, rêveuse.

La jeune femme se tut un instant puis sembla avoir recouvré la mémoire.

— A propos, Vincent ! Tu n'avais pas parié, hier, avec moi, au sujet d'une surprise lors de l'autopsie ? Je suppose, ajouta-t-elle d'un air mutin que ton silence équivaut à un aveu ? Tu as perdu !

— Détrompe-toi, ma chère… En l'occurrence, il serait indécent de ma part de “cocoricoter” comme tu le fais, mais j'ai gagné…

L'allégresse de la nuit leur avait donné à tous deux un peu plus de légèreté que ne le requérait la gravité de la situation. Leurs doigts s'enchevêtrèrent un court moment sur la table en fer.

— Raconte ! insista Hanna. Je présume qu'il ne s'agit pas de ces pétéchies ?

— Non, confirma le médecin. Connais-tu l'expression : « Vivre en odeur de sainteté » ?

— Bien sûr, rétorqua la jeune femme. Je ne suis pas totalement inculte !

— Ne te vexe pas, Hanna. Je me suis mal exprimé. Je faisais allusion à l'origine de cette expression.

La journaliste dut avouer son ignorance. Avec attention, elle écouta alors les explications de son ami.

— Il est, en un sens, dommage, que le corps de Lucie ait été autopsié si vite, à savoir le jour même de sa mort. Si cette intervention avait été pratiquée, ne serait-ce qu'après-demain, je te laisse imaginer la stupéfaction du médecin qui se dit déjà fort intrigué par un détail inhabituel…

— Tu me fais languir ! Que s'est-il passé ?

— Quand on a ouvert le corps, il s'en dégageait une odeur de trèfle frais.

La journaliste éclata d'un rire spontané. Assurément, Vincent se moquait de sa naïveté.

Cependant, le regard sérieux du médecin calma son hilarité.

— Tu ne plaisante pas, Vincent ?

— Mais non. Pas du tout... Aucun scientifique n'est capable d'expliquer l'incorruptibilité d'un corps au-delà de trois jours. Même si la dépouille est placée dans un congélateur, les globules rouges finissent par exploser par manque d'oxygène. Les bactéries cassent alors les extrémités des protéines, libérant des gaz comme l'hydrogène, le méthane ou l'ammoniaque, responsables de l'odeur pestilentielle. La phase de putréfaction commence au niveau de l'abdomen, là où les bactéries sont les plus nombreuses.

— Berk ! commenta Hanna. Mais je ne vois toujours pas où tu veux en venir... Comme tu le disais toi-même, le corps de notre pauvre Lucie n'a pas eu le temps de se décomposer.

— Soit ! Mais je te fiche mon billet que si l'évêché qui suit de près le cas de Lucie, a vent de cette histoire d'odeur de trèfle très caractéristique, il en référera aux autorités du Vatican. Et, selon toute logique, celles-ci devraient, dans quelques mois, ordonner l'exhumation du corps, en vue d'un procès en béatification car, j'en suis certain maintenant, la dépouille sera intacte.

— Ils déterreraient Lucie parce que son corps embaumait le trèfle au moment de l'autopsie ? s'exclama la journaliste, ahurie.

— Oui, selon toute vraisemblance. La sainteté a deux odeurs : celle du trèfle fraîchement coupé ou celle des roses…

La perplexité d'Hanna amusa le médecin. Il dut alors satisfaire sa curiosité et lui expliquer que l'Église avait besoin de critères pour reconnaître ses saints. Ces critères étaient au nombre de quatre : les stigmates, du vivant de la personne, les miracles, les visions angéliques et l'incorruptibilité de la dépouille. Si quelques cas, peu fréquents, comme Catherine de Sienne, Thérèse d'Avila ou Marie-Madeleine de Pazzi répondaient à ces quatre exigences, il suffisait de trois, voire de deux de ces signes surnaturels pour convaincre la défiance de l'Église.

Après avoir écouté, Vincent, Hanna émit un sifflement.

— Eh bien ! Je ne suis pas très portée sur ces histoires mystiques, mais à la place de l'assassin de Lucie, je me ferais du mouron… Ça ne doit être très confortable d'avoir tué une sainte, hein ?

*

*   *

Après avoir reçu, lui aussi, les résultats de l'autopsie, le capitaine Lefort, assisté de l'un de ses lieutenants, Jean-Yves Le Drennec, résolut de retourner au village de Quelhuit et d'interroger, à nouveau et en personne, le voisinage de la famille Sauveterre. Par expérience, il savait que si un crime n'était pas résolu dans les quarante-huit heures, l'enquête pouvait piétiner des mois, voire des années.

Or, un coup de fil de sa hiérarchie, moins de vingt-quatre après le décès de Lucie Sauveterre, avait mis le gendarme sous pression. Il aurait certainement besoin de renfort…

Malgré sa compétence, il ne saurait, seul, venir à bout de cette mystérieuse affaire… Déjà, l'opinion publique s'émouvait et se mobilisait… Le préfet, suite à une conversation téléphonique avec l'évêché, s'était montré inquiet… À l'hôpital de Lorient, les langues se déliaient. On parlait d'un cas de guérison inexpliquée… Un jeune enfant groisillon dont la mère avait pour habitude de prier chez Lucie Sauveterre… Qu'en était-il ?

Bref, c'est d'une méchante humeur guerrière que Jacques Lefort revint à Quelhuit. Il était à la hauteur de la situation et allait le démontrer à ses supérieurs…

Tel un loup qui encercle progressivement sa proie, il tournait autour de la maison Sauveterre sans souci de discrétion. Il avait même aperçu le profil d'oiseau d'Hélène qui, derrière un rideau, observait ses allées et venues. Il en conçut une certaine satisfaction. Qu'elle sente la peur lui fouailler le ventre. C'était lui le prédateur et il saurait fondre sur elle le moment venu…

Car cette femme disgracieuse lui cachait quelque chose, il en aurait mis la main au feu…

Pour l'heure, les renseignements glanés ici et là n'auraient pas tapissé le fond d'un boisseau… Les voisins n'avaient rien remarqué de particulier. « Pourquoi ? » se disait le capitaine debout au milieu de l'étroite route, mains sur les hanches, campé sur ses jambes légèrement écartées. « Parce qu'ils ne savent pas voir… »

Dans cette position, il embrassait le hameau du regard. Soudain, il aperçut en contrebas de la rue un homme qui sortait de chez lui. Il tenait une bêche et se rendait à son potager. Celui-ci dominait la chaussée pentue de deux mètres cinquante environ. Pour accéder au jardin, il fallait gravir un escalier en pierre.

Le capitaine Lefort, escorté de Jean-Yves Le Drennec descendit la ruelle et, parvenu au niveau du jardin, héla l'homme. Ce dernier, avec des gestes lents, arrêta la tâche qu'il venait à peine de commencer et invita les gendarmes à monter dans son potager.

Après avoir salué le jardinier qui lui tendait son poignet à serrer parce qu'il jugeait sa main trop sale, le capitaine Lefort se tourna aussitôt vers le haut de la rue. Ainsi qu'il l'imaginait, la vue sur la maison Sauveterre était imprenable…

Satisfait de son examen, il s'intéressa à nouveau au riverain qu'il connaissait d'ailleurs de vue.

Roger Le Bonze, un ancien de la marine marchande, pouvait avoir une soixantaine d'années environ. Taillée à coups de serpe, sa carrure de fort des halles impressionnait. Son regard bleu, néanmoins, adoucissait un visage au demeurant, lui aussi, plutôt abrupt.

Tout en interrogeant l'homme, le gendarme observait le potager. Entre un carré de jeunes poireaux et deux bandes de plants de courgettes déjà languissants, la terre avait été fraîchement retournée. D'ailleurs, non loin de là, une brouette chargée de fanes de haricots attestait du travail accompli.

« Avec un peu de chance », se dit le capitaine, « l'homme se trouvait dans son jardin, hier, en fin de matinée… »

Le militaire sans s'encombrer de préliminaires, en vint presque aussitôt au fait. Ses espoirs furent avérés. Roger Le Bonze, qui partageait son temps libre entre la pêche et le jardinage bêchait effectivement son terrain au moment fatidique après avoir, de bonne heure, taquiné le bar.

Et « du monde », selon son expression, il en avait vu passer… Des voisins qui descendaient au bourg, des touristes à vélo… L'un d'eux d'ailleurs, avait même eu le culot de s'arrêter à sa hauteur pour lui demander si, par hasard, sa maison n'était pas à vendre…

Sans se démonter, l'autre avait rétorqué qu'il n'en saurait être question mais que si, en revanche, ce "chinchard" voulait l'acheter, lui, Roger Le Bonze, on pouvait toujours discuter du prix…

Au souvenir de cette anecdote, l'homme éclata d'un rire franc.

— Personne d'autre ne vous a parlé ? demanda le capitaine Lefort en souriant.

— Heu, non… Ah si… monsieur Le Mansier. Il s'est garé un instant le long du mur mais n'est pas sorti de voiture. Il a juste ouvert la fenêtre de sa portière.

— David Le Mansier ? L'informaticien ? Et que voulait-il ?

— Savoir si j'étais allé à la pêche et si j'avais un bar. Il lui fallait un bar de 1 kilogramme 800 à peu près. Je me suis même demandé ce qu'il comptait faire de tout ce *pesket* ! Mais, moi, j'avais eu aucune touche à l'aube. Je lui ai conseillé de retourner sur la route du sémaphore, chez Dédé Mesguen. P'têt que lui aurait été plus chanceux…

— Il vous achète souvent du poisson ? demanda Jacques Lefort en marquant sur son bloc-notes le nom de l'informaticien.

— Pour sûr ! Presque toutes les semaines. Il sait ce qui est bon ! Du bar de ligne, ça vaut tout l'or du monde ! Rien à voir avec celui pêché au chalut !

Quand il s'était rendu chez les Le Mansier, au moment du café, le capitaine se souvenait d'avoir aperçu, en effet, les reliefs d'un poisson sur une table de desserte.

— Quelle heure était-il, monsieur Le Bonze ?

— Onze heures moins le quart, p'têt ben.

— Avez-vous remarqué quelqu'un, dans ces eaux-là, entrer chez Lucie Sauveterre ou en sortir ?

— Ben non ! J'l'aurais dit. J'aimais bien Lucie, moi, fit-il en hochant la tête. Ça c'était une dame ! Une vraie ! Et puis d'abord, j'ai pas toujours la tête en l'air comme les commères !

Jacques Lefort se sentait un peu frustré. Cet homme, débonnaire malgré tout, lui avait dévoilé un nom : celui de David Le Mansier.

Les bras repliés sur le manche de sa bêche, Roger Le Bonze attendait qu'on lui permît de reprendre ses activités.

Les gendarmes allaient prendre congé de lui quand il voulut également commenter la triste actualité.

— La pauvre Hélène, ça lui a fait un sacré choc en rentrant de la messe ! Elle est ressortie presque aussitôt en pleurant et en demandant de l'aide. Et le petit qui n'était plus là pour la consoler !

— Plus là ? releva le capitaine, soudain aux aguets. Vous faites sans doute allusion à Stéphane Sauveterre ? Vous l'aviez croisé dans la matinée ?

— Ben, dame oui… Les jeunes, vous savez, ça rentre et ça sort comme les courants d'air.

— Mais vous ne l'aviez pas dit ! reprit le gendarme d'un air de reproche.

Le marin grommela. Pourquoi se serait-il intéressé aux allées et venues de Stéphane Sauveterre ? Il faisait partie des meubles !

Cette dernière réflexion laissa perplexe le capitaine. En ce qui concernait le jeune Sauveterre, le témoignage du marin manquerait de fiabilité car, auréolé d'une sorte de légitimité, le garçon passait inaperçu.

— Vous souvenez-vous, par hasard, Monsieur, de l'heure à laquelle Stéphane Sauveterre est revenu chez lui ?

Le gendarme avait posé cette question par acquit de conscience. Aussi fut-il étonné de la promptitude de la réponse :

— À onze heures pétantes ! Ça, je ne peux pas l'oublier !

Il sortit alors de la poche intérieure de sa vareuse un étui de plastique qu'il ouvrit sous les yeux des gendarmes. La boîte contenait une seringue et une fiole…

— N'allez pas imaginer que je me drogue ! ajouta-t-il, goguenard. Je suis diabétique et je me pique moi-même trois fois par jour à heures régulières. Ma montre sonne au moment de la petite gâterie ! Donc, hier, à onze heures, je préparais ma piquouze d'insuline quand j'ai vu Stéphane partir en voiture vers le bourg. Même qu'il ne devait pas être dans une forme olympique…

— Qu'est-ce qui vous fait le penser ?

— Je ne l'avais jamais vu rouler sans sa musique de sauvage.

— Et c'était le cas hier ? demanda le gendarme, vivement intéressé.

L'homme opina du chef, ajoutant que, malgré tout, Stéphane Sauveterre n'avait pas dérogé à une autre de ses habitudes : il conduisait toujours aussi mal !

— Il a failli tailler un short à Félix ! Vous devriez un jour contrôler sa vitesse ! Je n'dis pas ça méchamment… C'est pour son bien ! P'têt qu'une grosse amende le calmerait !

Mais le capitaine Lefort pensait à tout autre chose. Verbaliser ce trompe-la-mort viendrait en son temps…

— Félix ? reprit-il. Ce prénom n'est pas courant… Faites-vous allusion à Félix Le Dréau, de Locmaria ?

— Oui, le pauvre… Lui non plus n'avait pas l'air dans son assiette, à marcher comme ça sur la route, en ciré, alors qu'il faisait beau… Il n'a même pas répondu à mon salut. Remarquez, je ne lui en veux pas ! Voir son unique gosse en train de mourir et ne rien pouvoir y faire…

En redescendant, quelques minutes plus tard, l'escalier de pierre, Jacques Lefort se retourna vers son adjoint pour recueillir ses premières impressions.

— C'est curieux, mon capitaine… Pour quelqu'un qui prétend n'avoir rien observé d'anormal, ce type-là est une mine d'or… Deux femmes, Charlotte Le Dréau et Sophie Le Mansier, avaient l'habitude de rendre visite à Lucie Sauveterre. Or, au moment du meurtre, leurs maris se trouvent dans les parages. Bizarre, hein ? Mais, pourtant, quelque chose me chiffonne…

— Le mobile ? demanda Jacques Lefort tout en ouvrant la portière de leur estafette. Moi aussi, ça me dérange…

Ils étaient à présent installés dans le véhicule mais le capitaine, les mains sur le volant, n'allumait pas le moteur. Les yeux rivés sur la maison Sauveterre, il réfléchissait. Il sentait toujours la présence d'Hélène dissimulée derrière ses rideaux même s'il ne la voyait plus.

— Supposons, dit-il enfin, que les économies de la vieille Lucie soient la cause de sa perte… À votre avis, Le Dremec, lequel de ces trois hommes aurait été assez fou pour la tuer ?

— Pfff… 1700 euros, c'est pas Byzance… On me les donnerait, je ne ferais pas le difficile, mais de là à trucider une petite vieille pour une somme aussi modique ! Non…, ça ne vaut pas le jus.

— Si vous êtes un jour tenaillé par la faim, Le Drennec, vous sauterez, tout comme moi, sur un quignon de pain… Mais revenons à nos trois clients. Le plus jeune, Stéphane Sauveterre, me semble aussi le plus susceptible d'avoir dérobé l'argent dans l'enveloppe. D'abord, il vit sur place : c'est pratique. Ensuite, il peut avoir des dettes de jeu ou simplement trouvé anormal que sa grand-tante offre autant d'argent à une étrangère. C'est une part en moins sur son héritage à venir.

— Oui, approuva le lieutenant Le Drennec. Mais cela ne fait pas forcément de lui un assassin.

Pourtant, en examinant les deux autres cas, les gendarmes se mirent d'accord : à leurs yeux, ni David Le Mansier, ni Félix Le Dréau qui avait d'autres soucis en tête que de s'amuser à jouer les cambrioleurs, ne leur paraissaient constituer des suspects plausibles. Or donc, si le vol était le mobile du meurtre, seul Stéphane Sauveterre possédait les conditions requises. Mais si, en revanche, ce mobile était tout autre, les donnes aussi changeaient, sans exclure, pour autant, la culpabilité du petit-neveu de Lucie.

— Alors quoi ? soupira le capitaine en actionnant la clef du tableau de bord. Haine ? Jalousie ? Vengeance ? À qui Lucie Sauveterre faisait-elle suffisamment peur pour qu'on décide de la supprimer ?

*
* *

« Enfin, ils s'en vont ! » murmura pour elle-même Hélène Sauveterre.

Dans la salle de bain, où elle s'était réfugiée, la femme quitta son poste de vigie et déboutonna le premier bouton de son chemisier. Elle étouffait. Le miroir lui réfléchit l'image honnie qu'elle se faisait d'elle. Des gouttelettes de transpiration perlaient sur le léger duvet qui ombrait sa bouche. Elle prit son visage entre les mains, essayant de lisser le surplus de peau vers les tempes.

— Mon Dieu… Ce que tu peux être laide, ma pauvre fille… Et avec le temps, ça ne s'arrange pas…

Elle ressentit le besoin, soudain, de renouer avec une vieille habitude perdue depuis vingt-cinq ans. Avant de se déshabiller, elle s'enferma à clef. À tout moment, Stéphane pouvait revenir à l'improviste.

Une douche… Une très, très longue douche… Tant pis pour la facture d'eau. Tant pis pour les économies d'énergie, pour le respect de la planète. Dans sa vie, elle n'avait jamais rien gaspillé, sinon l'eau, autrefois…

Hélène offrit au jet puissant et chaud son corps maigre. Dans une demi-heure environ, l'alchimie se produirait. Tout d'abord, la sensation de plaisir se transformerait progressivement en douleur. Sa peau, des millions de fois martelée, gémirait. Ses pores réclameraient grâce, s'entrouvriraient, vaincus… Alors débuterait l'œuvre purificatrice. Son corps se dissoudrait, charrié par l'eau. Elle fermerait les yeux, imaginerait cette chair liquéfiée s'écoulant par le siphon… Elle deviendrait courante, inodore et sans saveur.

Hélène resta sous la douche un très long moment. Quand elle se résolut, enfin, à fermer les robinets, elle se sentait exténuée. Son cerveau, semblable à une cuve récurée, allait commencer à se remplir à nouveau de tous ses miasmes. Elle savait l'amnistie de courte durée. Néanmoins, elle était plus calme. Tandis qu'elle se séchait dans l'opacité de l'air saturé de vapeur d'eau, elle repensa sans état d'âme particulier à son fils. Pour elle, la culpabilité de Stéphane ne faisait plus de doute. Par veulerie, il avait tué Lucie… Quelques malheureux billets avaient suffi de prétexte… Mais cet argent n'était pas le véritable mobile… Non. C'était la jalousie qui l'avait poussé à commettre une telle forfaiture, même s'il ne s'en rendait pas compte lui-même. Et dans cette tragédie, le plus terrible était qu'elle, Hélène, en toute naïveté, lui avait apporté sur un plateau d'argent le mode d'emploi pour parvenir à ses fins…

Elle se souvenait très bien de cette discussion… Elle avait eu lieu dans la cuisine, la semaine précédente. Elle faisait la vaisselle tandis que Stéphane la harcelait afin qu'elle parle à Lucie de la vente de la maison du bas… Elle, Hélène, ne voulait rien entendre de cette histoire… Si son fils avait pour projet de s'acheter une vedette, il n'avait qu'à se débrouiller par lui-même, comme tout le monde, et ne pas attendre, avec le bec ouvert d'un coucou, la manne providentielle d'un héritage… Face à cette attitude hostile, Stéphane l'avait défiée en allumant une cigarette… Ulcérée, Hélène lui avait ordonné de l'éteindre sur le champ, ajoutant qu'il n'allait tout de même pas asphyxier sa grand-tante !

Il l'avait prise au mot…

— Sois maudit ! murmura Hélène en se rhabillant. Un jour ou l'autre, ici-bas ou dans l'autre monde, tu paieras pour ton crime ! Le glaive de Dieu est suspendu au-dessus de ta tête !

Les cheveux mouillés et défaits, Hélène sortit de la salle de bain sans avoir pris le temps de les soumettre au chignon strict qu'elle s'imposait depuis des années. Après la chaleur de l'étuve, elle frissonna en se rendant, pieds nus, dans sa chambre. Il fallait qu'elle se débarrasse au plus vite de cet argent maudit. Le mieux était encore de le remettre à son destinataire initial, à savoir Sophie Le Mansier. Hélène irait voir la jeune femme chez elle et le lui donnerait de la main à la main.

Les dernières volontés de Lucie seraient ainsi respectées. Nul besoin de connaître la raison pour laquelle sa tante désirait aider cette mère de famille. La légitimité de son jugement suffisait.

Hélène souleva le premier étage de sa boîte à ouvrages où elle conservait quelques menus souvenirs et s'empara des liasses de billets qu'elle avait camouflées là. Elle jugeait cette cachette idéale car, bien en vue sur le guéridon, ouverte aux regards, elle n'offrait aucun intérêt. Stéphane n'avait d'ailleurs jamais eu l'idée de recoudre un bouton ou de ravauder une chemise. L'insignifiance de cette boîte était la garantie de son inviolabilité.

Hélène savait que Sophie Le Mansier restait souvent seule sur l'île avec ses enfants. Son mari ne revenait les voir que le mercredi. Ainsi donc, le souci d'une confidentialité possible serait vite résolu.

Quant à son fils, elle le laisserait avec sa conscience ! Mais il n'aurait rien ! Pas un centime ! Si elle répugnait à le dénoncer, elle ne l'aiderait pas pour autant.

Une fois les obsèques de Lucie terminées, elle avait l'intention de gagner un couvent et d'y rester jusqu'à la fin de ses jours.

Grâce à une vie consacrée à la prière, elle expierait peut-être les péchés de son fils… Une chose était sûre : elle ne le reverrait jamais !

*

*   *

Sophie Le Mansier s'apprêtait à aller chercher ses enfants chez une voisine lorsque son mari l'arrêta sur le seuil de la porte.

— Tu peux rester une minute, s'il te plaît ? Ce serait bien qu'on arrive à se parler…

Au cliquement de son trousseau de clefs, il avait surgi de sa chambre où il travaillait son changement de programme. Il ne gagnerait Vannes que le surlendemain. Le rapport que lui demandait la société n'exigeait pas sa présence physique sur place.

La main de Sophie enserrait encore la poignée quand elle se retourna vers lui.

— De quoi veux-tu discuter ? Il n'y a plus rien à dire… déclara-t-elle d'un air las.

David eut alors un geste qui surprit sa femme. Il la prit doucement par l'épaule et l'entraîna vers le canapé.

— Asseyons-nous ensemble tous les deux et parlons… Les enfants peuvent attendre un moment… Ils doivent être ravis de jouer avec les chatons de Mimie… Tu as une mine de papier mâché et tu n'as pas desserré les lèvres de toute la journée. Dis-moi ce qui ne va pas… C'est à cause de ton amie ? Je t'ai entendue sangloter dans ta chambre toute la nuit, mais je n'ai pas osé aller te voir…

Cette sollicitude nouvelle de la part de son mari déstabilisa la jeune femme. Des larmes jaillirent spontanément. Il les gomma du bout des doigts avec une maladresse teintée de tendresse, ce qui provoqua chez Sophie une réaction inverse à celle escompté. Ses pleurs décuplèrent d'intensité. Patient, il attendit alors qu'elle se calme toute seule.

Déjà, la veille, après le départ des gendarmes de leur domicile, l'attitude de David avait étonné Sophie. Trop bouleversée pour garder secrète l'annonce de la fin tragique de Lucie Sauveterre, elle l'avait dévoilée à son mari, devant les Masson. David, interloqué, avait ouvert la bouche pour la refermer aussitôt, sans proférer un mot. Sa stupéfaction avait paru sincère à Sophie. Malgré son antipathie notoire pour Lucie, il avait alors levé sur Sophie un regard chargé d'émotion, comme s'il mesurait l'impact de la nouvelle sur elle. Poliment, il avait même remis en place Babeth Masson dont les commentaires irrévérencieux risquaient de la choquer. Qui était cette bonne femme ? En quoi la mort d'une vieille dame grabataire était-elle un drame ? Sophie avait, au contraire, tout lieu d'être apaisée par ce décès ! Son amie rejoignait, enfin, un monde meilleur auquel elle aspirait et quittait une vie de misère.

La jeune femme n'avait pas pu en entendre davantage. Prétextant une migraine, elle avait planté là ses invités pour regagner sa chambre. David n'avait pas cherché à la retenir.

— Je ne suis pas ton ennemi, tu sais… Dis-moi ce que tu as sur le cœur.

Assise sur l'extrême bord du canapé, les bras croisés comme pour se protéger du froid, les jambes serrées, Sophie restait perdue dans la contemplation de ses chaussures.

— Pourquoi tu me frappes alors, si, soi-disant, tu ne me détestes pas !

C'était un cri, rauque, qui avait fusé de sa poitrine.

Son mari se releva. En silence, il arpenta la pièce, les mains dans les poches. En relevant un instant les yeux, la jeune femme put remarquer son expression torturée. Nonobstant, elle refusa de se laisser attendrir. La moindre parcelle de son corps aspirait au rejet. Au rejet et à la fureur…

— Pourquoi ? réitéra-t-elle avec une force qu'elle ne reconnaissait pas.

David faisait toujours les cent pas. Il haussa les épaules en signe d'impuissance.

— Je ne sais pas… murmura-t-il enfin. Je ne peux pas te donner d'explication… Parfois, ton mutisme et ton indifférence à mon égard m'exaspèrent… Alors, c'est vrai… j'ai levé la main sur toi… C'est inacceptable, je l'admets. Quand je ne sais plus de quelle façon t'atteindre, je peux devenir violent… Je te demande pardon… sincèrement, pardon…

Tout en prononçant ses derniers mots, il s'était approché d'elle. Il ébaucha le geste de lui effleurer la joue mais, rebelle, Sophie se déroba.

— C'est trop facile de regretter, après coup, déclara-t-elle, la voix chargée d'aigreur.

— Je sais… marmonna-t-il en baissant la tête. Qu'allons-nous devenir, alors ? Je ne veux pas que l'on se quitte ! Je ne pourrais pas vivre sans toi, Sophie… En dépit des apparences, je t'aime tant ! Si tu savais !

C'était la première fois que Sophie décelait des sanglots dans la voix de son mari. Elle lui fit l'aumône d'un regard. Il s'était assis non loin d'elle sur le même canapé mais respectait une certaine distance tacitement convenue. Elle examina un moment le profil de l'homme qu'elle avait épousé par amour et qu'elle avait perdu, au fil ténu du temps. Son menton tremblait légèrement. Elle ne remettait pas en cause l'évidence de son émotion. Mais celle-ci n'était-elle pas ponctuelle ? Se pouvait-il que la mort de Lucie l'ait fait réfléchir ? Qu'il se soit remis en question ?

Perplexe, Sophie resta sur la défensive mais déchargea sur lui un flot de griefs qu'elle contenait depuis de longs mois. David acquiesçait parfois ou réfutait les reproches évoqués. Toutefois, l'amorce d'un dialogue s'instaurait entre eux. C'était déjà un début…

— Pourquoi ne supportes-tu pas l'idée que j'aie des amis à moi ? Toi, tu m'imposes les tiens ! Les Masson, par exemple ! Tu sais fort bien que je ne peux pas les piffer et tu les invites à tire-larigot sans même me demander mon avis !

— Eh bien, tu n'as qu'à le dire ! rétorqua David. Taper du poing sur la table ! Réagir, enfin ! Je n'attends de toi qu'une chose ! Une réaction ! Mais, non ! Il faut toujours que tu prennes tes airs de martyr ! Ça m'énerve au plus haut point !

Au fur et à mesure de leur conversation, Sophie sentait ses résistances s'ébranler. Ses idées devenaient confuses. Elle s'était peut-être isolée dans sa tour d'ivoire, avait refusé de voir autre chose de son mari qu'un monstre d'égoïsme et de perversité… Sans qu'elle s'en rende compte, sa voix se fit plus amène…

— Avant-hier, tu m'as frappée parce que j'étais allée voir Lucie… C'est ça l'idée que tu te fais de la liberté ?

Toujours assis à ses côtés, David hocha la tête en signe de déni. Il croisa les doigts pour tenter de juguler leur tremblement.

— C'est vrai que, sans la connaître, je n'aimais pas ton amie, avoua-t-il. Je ne peux pas prétendre le contraire… Même si je ne l'ai jamais vue et si je ne sais pas à quoi elle ressemblait… Ta peine, hier, quand nous avons appris sa mort, m'a pourtant beaucoup touché… Tu avais l'air d'une petite fille perdue… Mais sache que, malgré son décès, je garde une dent contre cette femme. Elle t'a manipulée de bout en bout ! C'est à cause d'elle que tu es devenue anorexique !

— Quoi ! s'insurgea Sophie en se levant. Mais c'est entièrement faux ! Au contraire ! Qui t'a fourré cette idée dans le crâne ?

— Elle a grugé tout le monde ! Mais tout le monde, je m'en fous dès lors qu'il ne s'agit pas de toi ! Après tout, si des nigauds pensent qu'elle a pu vivre dix ans sans avaler une miette à part du pain bénit, libre à eux ! Seulement, si elle se sert de naïfs de ton espèce pour perpétrer sa secte et conduire ses prosélytes à une mort certaine, là je ne suis pas d'accord ! Ta bonne femme aura des comptes à rendre là-haut si tant est qu'il y ait quelqu'un !

Abasourdie, Sophie écarquillait les yeux en le regardant.

Elle aurait aimé trouver les mots afin de justifier et blanchir la mémoire de Lucie.

Ainsi donc, David imputait à l'influence de sa vieille amie sur elle, son début d'anorexie ! S'il était réellement persuadé d'une telle chose, évidemment, son aversion pour elle était compréhensible…

Comment lui faire admettre qu'il n'en était rien ? Que Lucie, au contraire, la suppliait d'aller consulter un médecin ?

— Tu te trompes du tout au tout, se contenta-t-elle de murmurer. Et puis, tu sais, si j'étais anorexique, je serais dégoûtée rien qu'à l'idée de cuisiner… Or, il n'en est rien… Je souffre, sans doute, d'un peu de dépression…

— Et c'est de ma faute, je suppose ? glapit-il en se levant pour aller chercher une bière dans le réfrigérateur.

Sa bouche avait pris un pli amer qui le vieillissait un peu.

Sophie aurait aimé apaiser, lisser de ses mains l'expression torturée de son visage. Sa souffrance, à lui aussi, était visible même si elle n'en percevait pas la nature.

— Je ne te dis pas cela, David… Chacun est responsable de soi et c'est déjà un lourd fardeau… Seulement, je pense que si je travaillais, si je reprenais mes études par exemple, j'irais mieux. J'ai toujours été habituée à la vie citadine. Alors, vois-tu, me retrouver confinée sur l'île, sans autre occupation que l'éducation des enfants, m'angoisse terriblement.

La jeune femme se tut. Ces mots qu'elle n'avait jamais osé proférer de façon aussi libre, cheminaient vers son mari. Il les prenait de plein fouet. Elle connaissait son idéal : vivre en autarcie dans l'étroitesse de la cellule familiale sublimée par un lieu clos. Le fait d'inviter à tout va des étrangers dans son antre exemplaire ne changeait rien à l'affaire. Au contraire. Elle s'attendait à une réaction immédiate de David. « Les enfants et moi, on ne te suffit plus ? Si tu travailles, qui s'occupera de l'éducation de Gaspard et Ninon ? »

Or, ces objections ne vinrent pas. Sa bouteille de

bière à la main, qu'il n'avait pas encore décapsulée, il se retourna vers sa femme.

— Soit ! Si tel est ton désir, Sophie, fais-le… Je t'aiderai dans la mesure du possible. On s'organisera différemment.

Cette capitulation laissa la jeune femme pantoise. Elle devinait l'effort surhumain de son mari sur lui-même. David renonçait à ses principes afin de ne pas la perdre… C'est donc qu'il l'aimait. Une bouffée de gratitude anima les joues de Sophie. Ses dernières défenses tombées, elle se précipita vers son mari pour l'enlacer.

— Oh, merci, David, merci…

Depuis des mois, ils ne s'étaient même pas effleurés. Quand elle l'embrassa, elle le sentit se contracter. Puis, très vite, ses muscles se détendirent. Les gestes de tendresse oubliée retrouvèrent leur rite. Leurs corps se reconnurent.

— Il faut que j'aille chercher les enfants… murmura Sophie sans grande conviction.

— Laisse-nous tranquilles… Ils peuvent attendre encore un peu.

Ils restaient debout, rivés l'un à l'autre, comme rescapés d'un naufrage, n'osant encore se dissoudre l'un dans l'autre. Soudain, David s'écarta doucement de sa femme et lui caressa les cheveux.

— Tu sais, Sophie, de quoi est morte ma maman ?

L'incongruité de la question à pareil moment, et

plus encore l'appellation enfantine qu'avait employée son mari, abasourdirent la jeune femme. Les épanchements de David au sujet de son passé étaient rarissimes. Aussi prêta-t-elle à ses propos une attention soutenue.

— Elle est décédé d'une crise cardiaque lorsque tu avais cinq ans, non ?

— Oui, chuchota-t-il en enfouissant à nouveau son visage dans la chevelure mousseuse de sa femme. Je garde d'elle un souvenir confus... Elle était belle, je crois... Du moins avant qu'elle ne perde ses cheveux...

Surprise, Sophie regarda son mari.

— C'est à la suite d'une chimiothérapie qu'elle a eu sa crise cardiaque ? Tu ne m'avais pas dit qu'elle était atteinte d'un cancer.

— Non... déclara David. Elle a fait un infarctus parce que, depuis de nombreuses années, elle était anorexique...

L'aveu tomba sur Sophie tel un couperet. Une barre, au niveau de l'estomac, lui bloqua la respiration. Lentement, les mots proférés prenaient corps, envahissant toute sa pensée.

La confession de David était terrible, pour elle comme pour lui.

Elle venait enfin de repérer l'une des pièces défectueuses dans l'engrenage de leur couple. Ainsi, la violence de David, inqualifiable, bien entendu, trouvait néanmoins là une amorce d'explication… Il ne supportait pas de la voir dépérir jour après jour… Face à ce constat d'échec, il se battait avec les armes d'un garçon de cinq ans : sa fureur et ses poings.

Une onde de pitié envahit la jeune femme. Elle serra très fort son mari contre elle et le berça. L'image mentale de ses propres enfants vint brouiller celle de David. Elle revoyait la gravité inquiète de son fils, la sollicitude un peu étouffante de Ninon, toujours en quête de câlins. Non ! La même histoire n'allait pas se répéter indéfiniment… Elle allait rompre cette maudite chaîne et se faire soigner…

Scellant un nouveau pacte de vie avec elle-même, Sophie embrassa son mari à corps perdu…

*

* *

Après avoir faxé à son journal un article habilement construit sur la mort de Lucie Sauveterre, Hanna Baron rejoignit Vincent Lambertin à son hôtel.

La journaliste espérait que cette chronique suffirait à calmer pour un temps l'appétit insatiable de son rédacteur en chef. Certes, il ne serait pas dupe de l'indigence des informations réellement transmises. Quand elle avait enfin réussi, au début de l'après-midi, à obtenir un bref rendez-vous avec le capitaine Lefort, il s'était réfugié derrière le secret de l'enquête et s'était montré aussi évasif qu'un premier ministre projetant un nouvel impôt.

De toute façon, Hanna n'attendait pas grand chose de cette entrevue. La langue de bois, elle en avait l'habitude !

Aussi, la jeune femme avait-elle façonné avec les moyens du bord un bijou du genre – ou comment tout dévoiler en paraphrasant ce que l'on sait déjà. Nonobstant, la journaliste avait apporté à son texte sa griffe personnelle : un portrait inédit de Lucie Sauveterre.

Quand Hanna retrouva Vincent, ce dernier s'apprêtait justement à l'appeler. Tous deux descendaient enlacés l'escalier de l'hôtel lorsque la jeune femme s'arrêta, attentive à la musique qui parvenait du bar attenant.

— Oh, Vincent ! Je n'avais pas entendu cette chanson, je crois, depuis mon enfance !

— Ce qui nous ramène à l'époque des crinolines, mémé… Dis donc, ma belle, ajouta-t-il en contrefaisant sa voix pour adopter celle, chevrotante, d'un barbon cacochyme, ce jeunot ne s'appelait pas Julien ?

— Si ! trépigna de joie Hanna. Julien Clerc ! Mon idole ! Mon amour d'adolescence ! Je me souviens encore que je voulais l'épouser !

— Tu n'étais pas très avancée pour ton âge ! constata Vincent d'un ton faussement sérieux. En tout cas, je suis très content que tu aies renoncé, finalement, à ce mariage ! Cela m'évitera les longues heures de planque sous ton lit ou dans ton armoire, ou encore les désagréments d'un inévitable duel !

— Oh si ! Bats-toi pour moi ! minauda Hanna en se jetant à son cou. C'est tellement romanesque ! J'adorerais ! Et puis, je te promets que si tu meurs, je porterai le deuil jusqu'à la fin de mes jours ! Le noir me va très bien, au fond…

Ils restèrent un moment à s'étreindre, heureux de ces bêtises puériles. Vincent humait le parfum d'Hanna comme un baume de jouvence. Il commençait sérieusement à s'attacher à elle, connaissait le diagnostic de cette maladie et en attendait les premiers symptômes.

Debout dans cet escalier d'hôtel, il ferma alors les yeux et invoqua la mémoire de Caroline. Quand il revit sa femme en esprit, il lui demanda, à cet instant-là, la permission solennelle d'aimer à nouveau… Il lui sembla qu'elle lui souriait…

*

*   *

Loin de ces dispositions d'esprit, le capitaine Lefort et son acolyte attendaient sur le quai de Port-Tudy l'arrivée du bateau. Renseignements pris, Félix Le Dréau, en ce début de soirée, revenait à Groix, seul. Son épouse Charlotte ainsi que leur fils Hugo restaient un jour de plus au CHU de Lorient où d'ultimes examens devaient être pratiqués sur l'enfant. Quand le courrier blanc accosterait, libérant en premier son lot de voitures, les gendarmes savaient que, du ventre du bateau, sortirait le véhicule funéraire qui rapatriait le corps de Lucie Sauveterre. Aussi, à l'autre bout du quai, Hélène, la nièce de la défunte, et son fils Stéphane se tenaient-ils debout, un peu à l'écart des voyageurs.

La sirène du Kreiz er Mor annonçait déjà l'entrée du bateau dans le port. Fasciné par l'étrange personnalité d'Hélène Sauveterre, le capitaine Lefort épiait les réactions de cette femme. Lorsque, deux heures plus tôt, les renseignements qu'il avait demandés, étaient tombés sur son fax, il ne s'attendait certes pas à une telle surprise… En revanche, l'enquête sur les antécédents judiciaires possibles de ses trois suspects potentiels, à savoir Stéphane Sauveterre, Félix Le Dréau et David Le Mansier, avait abouti au vide absolu. Aucun de ses hommes, de par le passé, n'avait eu maille à partir avec la police.

L'attention du capitaine fut un instant distraite par l'arrivée d'un couple qu'il qualifia “d'exotique”. Vêtus de façon peu appropriée pour des touristes lambda, ils semblaient revendiquer leur différence. D'ordinaire, les amoureux des îles arboraient ce qu'il croyaient être la tenue locale : ciré ou marinière, bottes bleues ou jaunes… Plus vrais que nature, on les reconnaissait justement à leur volonté de se fondre dans le moule autochtone grâce à leur panoplie du parfait breton.

Amusé, Jacques Lefort regarda passer devant lui ce couple curieusement assorti et qui faisait rouler une valise on ne pouvait plus citadine. Lui, un quinquagénaire au teint basané, osait faire prendre l'air à un costume bleu ciel. Elle, une jeune rousse incendiaire, aux jambes fuselées gainées de cuissardes blanches, marchait perchée sur des talons de huit centimètres.

Le gendarme suivait des yeux ces oiseaux chamarrés quand un autre manège capta son attention. Au bout du quai vers lequel se dirigeaient les drôles de tourtereaux, Hélène Sauveterre, stoïque jusqu'alors, sembla prise d'une crise de panique. Était-elle due à l'accostage imminent du bateau ? se demanda Jacques Lefort. Si personne ne paraissait la remarquer, lui, en revanche se déplaça afin de ne pas la perdre du regard dans la cohue des voyageurs qui se pressaient à présent.

— Mais qu'est-ce qu'elle fabrique ? murmura-t-il pour lui-même.

Tournant le dos au Kreiz er Mor qui manœuvrait pour l'accostage, Hélène Sauveterre s'assit près d'un garçonnet occupé à pêcher de l'autre côté du quai.

Jacques Lefort poussa du coude son lieutenant afin de lui montrer cet étrange spectacle.

— En voilà une façon bizarre d'accueillir dignement la dépouille de sa tante.

— Mouais... D'autant que le fourgon funéraire sera sûrement le premier à sortir...

Et, en effet, les passagers en partance pour Lorient, durent patienter encore pour monter à bord. Le Kreiz er Mor déversa d'abord sur le quai les sept véhicules qu'il contenait, puis ce fut au tour des piétons de descendre. Durant tout ce trafic, Hélène Sauveterre ne se retourna pas, même quand son fils lui tapota l'épaule, sans doute pour lui signifier que le conducteur du corbillard attendait, plus loin, des consignes.

Mais le capitaine Lefort n'eut pas le loisir de s'étendre davantage sur les extravagances de la nièce de Lucie. Félix Le Dréau, mal rasé et sans bagage, se dirigeait vers eux. Les représentants de la maréchaussée interceptèrent le père du petit Hugo qui n'offrit aucune résistance pour les accompagner, à pied, jusqu'à la gendarmerie toute proche.

*

* *

Félix Le Dréau accepta volontiers le gobelet de café que Jacques Lefort venait de lui proposer. Ses yeux cernés et ses traits tirés accusaient la fatigue de cet homme qui n'avait pas dû dormir depuis vingt quatre heures. Avec une sollicitude non feinte, le capitaine commença par lui demander des nouvelles de son fils. Le regard de Félix s'éclaira un instant à l'évocation d'Hugo.

— Il va beaucoup mieux… On ne peut pas dire le contraire. Le professeur Brémond, qui le suit, pense qu'il va s'en sortir. Il nous a expliqué que sa dernière chimio, après des effets pervers, a eu finalement raison de la maladie.

Le capitaine Lefort émit un signe de satisfaction.

— Vous savez, commenta-t-il, on ne pourra jamais empêcher les gens de jaser. Les bruits courent vite. Dans les commerces, on ne parle plus que de votre fils… Les insulaires prétendent qu'il s'agit d'une guérison surnaturelle…

Félix Le Dréau haussa les épaules.

— Un miracle ? Oui… Je suis au courant. Ma femme et mes parents n'ont que ce mot à la bouche. D'après le professeur Brémond, de telles rémissions spectaculaires existent, même si elles ne sont pas légion. L'organisme d'Hugo a enfin réagi. Si miracle il y a – et tant mieux pour nous – on le doit aux progrès de la médecine.

— Votre femme est d'accord avec vous sur ce point ?

— Non, bien sûr, soupira-t-il. Selon elle, Lucie Sauveterre, en mourant, a sauvé notre fils. Impossible de lui faire entendre raison…

Le gendarme amenait Félix Le Dréau là où il le voulait.

— A propos, Monsieur, où étiez-vous, dimanche, vers onze heures, au moment où Lucie Sauveterre est décédée ?

— C'est quoi cette question ? s'insurgea-t-il. Vous m'accusez ?

— Tsss, tsss... Calmez-vous. Vous êtes ici en qualité de témoin, c'est tout, répondit le capitaine d'une voix lénifiante. Vous n'ignorez pas – et votre réaction spontanée le prouve – que madame Sauveterre a été assassinée dans son lit. Nous recherchons des témoignages quant à d'éventuels allées et venues suspectes autour de la maison.

Jacques Lefort se cala dans son fauteuil et attendit, les bras croisés. Il pouvait facilement deviner, sur les traits mobiles de l'homme, le combat intérieur auquel celui-ci se livrait.

De deux choses l'une : ou Félix Le Dréau était sot et il inventerait n'importe quoi, ou il comprendrait tout de suite qu'on l'avait aperçu au village de Quelhuit.

— Je me baladais, maugréa-t-il en jouant avec son gobelet vide. Besoin de m'aérer la tête... La veille au soir, ma femme et mes parents parlaient comme si Hugo ne passerait pas la nuit... Je n'ai pas pu supporter... J'ai pété un câble et je suis sorti.

— Si je comprends bien, reprit le capitaine, vous n'êtes pas rentré chez vous de la nuit ? Qu'avez-vous fait durant tout ce temps.

— Marcher… Partout… Nulle part… Je me souviens d'être allé près du trou du Diable où j'ai dormi quelques heures.

— Et le matin, vers onze heures, se décida Jacques Lefort, qu'alliez-vous faire à Quelhuit ?

L'homme baissa la tête, marmottant de confuses paroles.

— Quoi ? Parlez plus fort ! Je ne vous entends pas.

— J'avais décidé de me rendre chez Lucie Sauveterre, articula-t-il, pour lui dire ma façon de penser. Je trouvais ça inhumain, de sa part, d'aller fourrer dans la tête de ma femme des idées pas possibles au sujet de la prière ! À ce moment-là, je croyais notre fils perdu et j'estimais dégueulasse le fait de vouloir à tout prix donner de l'espoir aux gens alors qu'il n'y a rien à attendre de là-haut ! ajouta-t-il en pointant le doigt vers le ciel.

— Vous aviez décidé ? reprit le gendarme en se gardant de tout commentaire. Pourquoi ? Vous ne l'avez pas fait finalement ?

— Non… Au dernier moment, j'ai changé d'avis. Sur le seuil de sa porte, je me suis trouvé bête. Qu'est-ce que j'allais raconter à cette bonne femme ? Elle allait encore m'embobiner, comme Charlotte ! Très peu pour moi ! Alors, j'ai fait demi-tour, voilà.

Jacques Lefort approuvait du chef. Aussi Félix Le Dréau se détendit-il.

— Vous avez eu là une sage initiative, dit le capitaine en se levant comme pour clore le débat. Ainsi, je ne vous embêterai pas davantage en vous demandant d'ôter vos chaussures pour y relever des traces de sang.

— Mais il n'y avait pas de…

— Traces de sang ? Vouliez-vous ajouter ? Non, en effet, monsieur Le Dréau, reprit le gendarme d'un ton doucereux. Seulement, vous allez m'expliquer comment vous le savez.

Un éclair de panique passa dans le regard de l'homme qui se ressaisit pourtant.

— Les journaux ont précisé qu'elle avait été asphyxiée ! plaida-t-il.

— Certes, Monsieur, certes… fit le capitaine sans se départir de son flegme. Mais, voyez-vous, c'est votre formulation spontanée qui me dérange… Vous auriez pu réagir différemment en prononçant une phrase-type : « Ah bon ! J'avais cru comprendre qu'on l'avait étouffée… »

Le capitaine jouait serré et il ne l'ignorait pas. Il comptait néanmoins sur la mauvaise conscience de son vis-à-vis… Tuer de cette façon augurait sans doute d'un esprit colérique, prompt à s'échauffer. Il était raisonnable de penser que le meurtrier n'avait pas prémédité son crime. Il s'était servi de ce qui lui tombait sous la main… Un assassin, quant à lui, aurait apporté une arme…

Félix Le Dréau continuait à fixer le plancher, l'œil éteint.

— Bien ! Nous allons donc recommencer ce petit entretien à partir de zéro ! Quant à moi, j'ai tout mon temps ! Vous pourrez passer un coup de fil à votre épouse dans la soirée…

La fatigue accumulée ou alors la désagréable perspective de ne pas rentrer chez lui de sitôt eut raison de la faible résistance de l'homme.

Il s'ébouriffa les cheveux d'un geste nerveux puis se massa le nez.

— C'est bon ! Stop ! C'est vrai. Je suis allé chez madame Sauveterre… La porte était restée entrouverte. J'ai appelé dans la cuisine. Personne n'a répondu. Alors, j'ai toqué à la porte de sa chambre… Et je suis rentré. Elle était déjà morte. Je vous le jure. J'ai pris peur et je me suis enfui. Voilà !

— Avez-vous touché à quelque chose ?

— Non, fit-il, penaud.

Le capitaine Lefort soupira. Un détail, dans ce récit au demeurant plausible, le chagrinait. Il tapota de l'ongle le métal de son bureau puis se pencha vers lui.

— Une chose m'échappe, Monsieur. Vous êtes un marin, n'est-ce pas ? En général, les hommes de votre espèce n'ont pas des nerfs de midinette. Je ne m'explique pas votre panique devant le spectacle d'une vieille dame trouvée morte dans son lit. N'importe qui, dans votre cas, aurait appelé le médecin ou la gendarmerie afin de faire constater le décès !

Le malaise de l'homme était perceptible. Pourtant, le capitaine Lefort ne fit aucune tentative pour l'aider. Les secondes, pesantes, s'égrenèrent en silence.

— C'était par rapport à mon fils... bredouilla-t-il enfin. J'ai cru voir là, un signe de mauvaise augure.

— Expliquez-vous mieux, exigea le gendarme d'une voix devenue autoritaire.

Excédé, le ton de l'homme monta d'un cran.

— Je ne sais pas moi ! J'ai eu une réaction stupide, mais c'est comme ça ! Chez moi, tout le monde parlait de Lucie Sauveterre comme d'une sainte ! Aux dires de ma femme, elle seule avait le pouvoir d'aider notre fils à s'en sortir. Alors, quand je l'ai vue là, étendue sur son lit, sans vie, j'ai pensé qu'Hugo était mort aussi... J'avais l'impression bizarre que leurs destins étaient liés... Je suis sorti en courant avec en tête une seule envie : rentrer et serrer dans mes bras le corps de mon petit...

Le capitaine Lefort s'éclaircit la gorge.

— Soit, mais tout à l'heure, quand nous avons évoqué l'éventualité d'un pseudo miracle au sujet de votre enfant vous m'avez paru raisonnable, non enclin au mysticisme ou toute autre superstition... Or, ce dont vous venez de me parler paraît contredire vos convictions... Reprenons tout depuis le début, si vous le voulez bien...

*
*   *

Le repas du soir mijotait sur le feu doux. Sophie Le Mansier avait l'intention de faire dîner sa petite famille plus tôt que d'habitude car elle voulait assister à la veillée funèbre organisée par Hélène Sauveterre aux environs de 20 heures 30. Les enfants jouaient dans leur chambre et David était sorti suite à un appel au secours d'un voisin qui venait de planter son ordinateur.

Sophie profita donc de ce moment de répit pour téléphoner à Jeanne, la tante de son mari. Celle-ci, veuve d'un colonel de l'armée de l'air, vivait à présent à Toulouse. Dans le passé, Jeanne s'était beaucoup occupée de son neveu, le fils de sa sœur cadette, surtout d'ailleurs lorsque David avait perdu sa mère. Sophie aimait bien "Tante Jeanne", une femme gaie et généreuse, même si les occasions de la rencontrer se faisaient rares.

Tout en composant le numéro, la jeune femme ignorait encore de quelle façon elle parviendrait à aiguiller la conversation sur le sujet qui lui importait. Tantôt, la réaction de David à propos de l'anorexie de sa mère l'avait bouleversée et Sophie désirait en savoir davantage. C'était peut-être là une piste à suivre pour tenter de sauver son couple de l'enlisement dans lequel il se fourvoyait depuis de longs mois.

— Allô ! Tante Jeanne ! Non, ce n'est pas Alice… Mais Sophie… Oui, c'est une bonne surprise. Depuis le temps que je devais vous appeler ! Oui, David va bien… Les enfants aussi, merci…

Au gré de Sophie, les préliminaires n'en finissaient pas. Il fallut palabrer encore sur la clémence de la saison à Toulouse, sur la vaccination de mademoiselle Rose, la nouvelle chatte de Tante Jeanne, s'apitoyer un instant sur le sort de Mac Mahon, un vieux matou édenté. Le pauvre ne pouvait plus se nourrir ! Sophie se saisit alors de ce prétexte farfelu et bénit feu Mac Mahon de l'occasion offerte. Elle aussi éprouvait des difficultés à manger… Non, il ne s'agissait pas d'un problème dentaire… De gros fil blanc en aiguille, la jeune femme parvint à ses fins. Le mieux était encore d'approcher la vérité sans toutefois avouer la gravité de son état. Oui, elle manquait d'appétit, ce qui inquiétait un peu son mari… Il exagérait, bien sûr, mais semblait avoir la phobie de l'anorexie… Dès lors, les wagons furent accrochés à l'énorme locomotive… Tante Jeanne fut intarissable sur le sujet. Sophie ignorait-elle l'histoire de Christine, sa jeune sœur, la mère de David ?

Attentive, elle écouta le récit de cette triste fin. Christine, ancien mannequin, n'avait pas supporté une prise de poids consécutive à sa maternité.

Après avoir accouché de David, elle avait essayé plusieurs régimes. Aucun ne la satisfaisait vraiment.

Des problèmes hormonaux l'empêchaient de maigrir de façon efficace mais la jeune femme ne voulait pas admettre la modification de son métabolisme. Et ce, jusqu'au jour où elle lut un article sur un nouveau régime révolutionnaire adapté à son cas. Elle en usa et abusa. Durant trois ans, elle se nourrit exclusivement d'une soupe à base de chou, de céleri et de poivrons. Certes, le résultat fut spectaculaire mais la jeune femme s'était installée dans le processus pervers de l'anorexie.

Obnubilée uniquement par son poids, elle refusait de voir les effets secondaires de cette diète drastique, dont la chute des cheveux, édifiante mais bénigne, comparée aux complications cardiaques et rénales. Elle finit par mourir d'un infarctus. Elle n'avait que trente-deux ans.

Après avoir écouté ce récit pitoyable, Sophie fut parcourue de frissons.

— Et David ? Comme il a dû souffrir de voir sa mère dépérir jour après jour ! Il avait cinq ans, à l'époque, je crois…

— Oui, soupira Tante Jeanne, cinq ans et demi pour être plus précise. Le pauvre petit… C'est lui qui a découvert le corps de sa mère, tombée dans le jardin. Il faut dire qu'il la suivait partout… Il hurlait que son médicament avait tué sa maman…

— Quoi ? réagit aussitôt Sophie. Qu'est-ce que c'est cette histoire ?

— La veille du décès de sa maman, David avait déniché dans l'armoire à pharmacie de la maison une boîte de bicarbonate de soude. Il avoua après coup à son père en avoir délayé un peu dans la casserole de soupe de sa mère. Dans son esprit d'enfant, c'était “le médicament” qui allait sauver Christine, étant donné qu'elle refusait de se soigner.

— Mais c'est atroce ! ne put s'empêcher de réagir Sophie, les larmes aux yeux. Vous rendez-vous compte du sentiment de culpabilité qu'a dû éprouver David à l'époque ? Il a été suivi, j'espère par un psychologue ?

— Non… répondit Tante Jeanne. Il y a une trentaine d'années on ne se souciait guère de ce type de problème. Les cellules psychologiques mises en place aujourd'hui pour un rien n'existaient pas. Mais n'allez pas croire, Sophie, qu'on a laissé cet enfant en proie à ses tourments ! Son père ainsi que le médecin de famille lui ont bien expliqué qu'il n'était pas responsable de la mort de sa mère. D'ailleurs, le petit s'est calmé aussitôt que le docteur, devant lui, a avalé une pincée de bicarbonate de soude pour lui démontrer l'insignifiance de ce produit. Après cela, David n'a plus jamais évoqué cette affaire.

Sophie approuva la sage initiative du médecin et bavarda un instant encore de sujets plus anodins avant de raccrocher.

Songeuse, elle resta immobile, près du téléphone.

L'affreuse expérience subie par son mari dans sa plus tendre enfance expliquait bien des choses sur son comportement actuel…

À quel moment avait-il commencé à lever la main sur elle ? Elle réfléchit… C'était un dimanche soir, après un pique-nique en famille mémorable où elle avait oublié le panier de sandwichs à la maison… Par dessus le marché, il s'était mis à pleuvoir et David était rentré d'une humeur massacrante. Il n'avait pas desserré les lèvres durant le trajet et, une fois à la maison, s'était installé devant la télévision et un verre de whisky… Il s'était levé et l'avait plaquée contre le mur.

Quand un peu plus tard, elle lui avait demandé en toute innocence s'il désirait qu'elle lui prépare quelque chose de spécial pour le repas du soir… elle avait évité une gifle de justesse.

Si la virulence de son mari restait inexcusable, en revanche, aujourd'hui, elle comprenait mieux l'origine de cette agressivité. Aussi ne réfléchit-elle pas longtemps avant de composer un autre numéro : celui du docteur Jean-Paul Béhart. La fin tragique de Christine Le Dréau la terrorisait. Sophie ne voulait pas subir le même sort que sa belle-mère. Il devait y avoir une solution.

*

*   *

À pas de loup, Stéphane Sauveterre monta l’escalier qui conduisait aux chambres. C’était le moment ou jamais, à supposer qu’il ne fût pas déjà trop tard… Quatre voisins venaient d’arriver afin de se recueillir devant le cercueil fermé de Lucie.

Quelle idée morbide ! se disait-il. Si encore il était ouvert, ils auraient pu gloser sur le sourire énigmatique ou la mine cireuse de la grand-tante ! Bof, après tout, à chacun son trip… Le principal était que sa mère serait occupée un petit moment à évoquer des souvenirs avec ces gens…

La porte de la chambre grinça quand il l’entrouvrit. Il attendit, aux aguets. Sa mère avait l’ouïe fine. Déjà qu’elle lui battait froid depuis deux jours… Elle n’hésiterait pas à crier au scandale si elle se rendait compte qu’il avait fouillé sa chambre… De toute façon, elle le saurait tôt ou tard… Quand il aurait trouvé l’argent, elle pourrait gueuler tout son saoul… L’important était de remettre la main sur ce fichu fric et de le donner aussitôt à son futur partenaire en gage de sa bonne foi. Ainsi l’avait exigé Gauthier Maréchal. D’ailleurs, c’était de bonne guerre ! Gauthier avait déjà avancé pour eux deux un max d’oseille pour les démarches administratives. N’achète pas un promène-couillons qui veut.

Il inspecta la pièce d’un regard circulaire en tentant de se mettre à la place de sa mère. La chambre, sobre et peu meublée, n’offrait pas de nombreuses cachettes. Il avait exploré le reste de la maison, en vain. Elle l'avait planqué là, sûr et certain !

Stéphane avisa sur un guéridon la boîte à ouvrages de sa mère. Aucun intérêt… Elle la trimbalait de pièce en pièce dès qu'elle avait un moment de libre. L'oisiveté était pour Hélène un vice, presque un péché mortel ! La seule maison de Groix où l'on reprisât les chaussettes était la leur ! La petite bibliothèque, bien sûr ! Elle avait dû diviser la liasse et disséminer les billets dans les bouquins ! Il souleva les livres quatre à quatre. Les titres de ces ouvrages indigestes ne l'auraient jamais incité à en feuilleter un seul, ne fût-ce pour la bonne cause !

— Quel pied peut-elle prendre avec ces trucs ? murmura-t-il pour lui-même. Entre la conversion de sainte Bidule, les dialogues avec les Anges et quelques futilités du père Claudel, il y avait le choix ! Hélas, le "Soulier de Satin" était aussi vide que son bas de laine…

Stéphane délaissa la bibliothèque pour une visite du lit. Les vieilles cachettes font toujours recette chez les personnes dénuées d'imagination… Soudain, la sonnerie du téléphone retentit au rez-de-chaussée. Stéphane se releva et, sur la pointe des pieds, s'approcha de la porte. Si le coup de fil était pour lui, sa mère risquait de l'appeler, voire de monter…

Fausse alerte. Des bribes confuses d'une conversation parvenaient jusqu'à lui. Le jeune homme reprit sa tâche, un peu plus découragé néanmoins. Sa mère ne serait pas allée jusqu'à découdre le tissu d'un fauteuil pour y fourrer l'argent…

Son regard heurta à nouveau la boîte à ouvrages. Après tout, pourquoi pas ? C'était un bric-à-brac de bobines, d'aiguilles à coudre ou à tricoter, de boutons, de paires de ciseaux et de pelotes de laine… Pour une femme qui se targuait d'être ordonnée, il y aurait eu à redire ! Stéphane plongea la main jusqu'au fond de la boîte où il palpa du papier.

— Yes ! Bingo !

Il fourrait la liasse de billets dans la poche de sa veste lorsqu'il aperçut une vieille photographie qui s'y était glissée. Sa mère avait pourtant une ancienne boîte de crêpes-dentelles où elle rangeait toutes ses photos… Machinalement, il y jeta un coup d'œil et resta saisi de stupéfaction.

— Mais c'est elle, là à gauche à côté de la blonde !… Ça alors, ce n'est pas croyable…

— Tu peux m'expliquer ce que tu fiches là ?

De saisissement, Stéphane laissa tomber la photo à terre. Sa mère se tenait sur le pas de la porte. Jamais encore, il n'avait remarqué une telle dureté dans ses traits.

Il essaya de crâner, seule parade acceptable lorsque, de toute façon, on aura l'air idiot.

— Je suis venu rechercher ce que tu m'as pris dans ma chambre, décréta-t-il, la bouche sèche.

Livide, Hélène Sauveterre tendit le bras en direction de son fils et fit claquer ses doigts.

— Redonne-moi immédiatement cet argent ! Il n'est pas à toi.

— Il n'en est pas question ! J'en ai besoin.

Sa mère fit deux pas vers lui et réitéra sa demande.

La lutte s'annonçait sportive. D'instinct, Stéphane posa le pied sur la photographie qu'Hélène ne semblait pas avoir remarquée. Il détenait là une arme explosive et n'hésiterait pas à l'utiliser contre elle, le cas échéant.

— Tu n'es qu'une petite frappe ! siffla-t-elle, les dents serrées. Assassin et voleur en plus !

— Ça fait beaucoup pour un seul homme, tu ne crois pas ? Merci, en tout cas, de l'estime que tu as pour moi ! Voilà comment, de nos jours, une mère parle à son enfant unique ! C'est pas joli, joli…

— Tes sarcasmes à la noix ne m'intéressent pas du tout ! A propos, sais-tu qui vient de me téléphoner ? Maître Roguin ! Il s'inquiétait, à juste titre, de connaître ma décision. Comment as-tu osé, aujourd'hui même, passer à l'étude pour mettre en vente la maison du bas ? Triple buse ! Tu ignores donc qu'il faut ma signature ? Ce n'est pas toi qui hérites des biens de Lucie, mais moi ! Et cet argent, tu ne l'auras jamais, ja-mais ! Tu entends ? J'en ferai don à un couvent ! Tu ne toucheras pas un centime, même après ma mort !

Le discours véhément de sa mère avait ébranlé le jeune homme. Il la jaugea, d'un œil mauvais… Elle était capable de mettre ses menaces à exécution ; il ne se faisait pas d'illusion sur ce point. Stéphane prit alors une longue inspiration et décida de jouer son va-tout. Aujourd'hui, le bon Dieu de sa mère la cocufierait… Il serait à ses côtés.

— À ta place, ma chère maman, ironisa-t-il, je mettrais mon orgueil dans ma poche. J'ai trouvé un document te concernant… Dis donc, tu étais plutôt pas mal à l'époque…

La réaction d'Hélène ne se fit pas attendre. Telle une furie, elle bondit sur son fils et lui frappa la poitrine de ses poings maigrelets. Stéphane, et pour cause, ne bougea pas. Cependant, il n'eut pas de mal à maîtriser sa mère en lui tordant les bras.

— Salaud ! vitupéra-t-elle. Rends-moi ma photo !

— Calme-toi, s'il te plaît ! Tes "invités", en bas, pourraient nous entendre ! Moi, remarque, je m'en fous… Mais toi ? Malheur à celui par qui le scandale arrive ! C'est pas ça la phrase ?

Le teint gris et le nez pincé de sa mère procurèrent à Stéphane un regain d'assurance. Elle crevait de peur… C'était l'évidence même. Aussi décida-t-il de bluffer. Il fallait absolument qu'elle quitte la pièce avant lui pour qu'il puisse mettre la photo en lieu sûr. Elle se tenait si proche de lui qu'il sentait son souffle court sur sa peau.

— Tu m'as toujours pris pour un âne… Mais je ne suis pas assez idiot pour avoir gardé ce cliché sur moi ! Ça fait un bail que je l'ai déniché, tout au fond de ta boîte à couture ! C'est pour ça que je venais voir si tu n'avais pas planqué là le fric aussi ! Tu manques d'imagination… Mais je suis grand seigneur et je te propose un marché. Les mille sept cents euros, je me les garde, bien entendu… Quant au notaire, tu iras le voir dès demain et tu signeras les papiers de la vente de la maison du bas. Je ne suis pas un chien… Tu pourras conserver celle-ci, pour un temps, du moins… L'air des îles est mauvais pour tes bronches… Tu auras sûrement droit à des aides sociales pour t'installer dans une H.L.M. du continent… Il faut bien qu'un futur chef d'entreprise vive sur son lieu de travail, non ? Et tu en conviendras, la cohabitation entre nous va devenir impossible… De toute façon, tu ne m'as jamais aimé… Tu vas donc payer mon manque d'éducation sentimentale au prix fort !

— Sinon ? répliqua-t-elle sans chercher à dissimuler son dédain.

— Sinon, dans deux ou trois jours, ton adorable minois circulera sur Internet. Je ne me fais pas de bile ! Même avec les années, les Groisillons te reconnaîtront ! Ça va en faire des gorges chaudes ! Une grenouille lavée dans un bénitier et qui sort d'un cloaque ! Et puis, qui sait ? Peut-être qu'un vieux cochon te fera à nouveau des propositions ?

S'il ressentit la brûlure cuisante de la gifle sur la joue, Stéphane ne cilla pas. Goguenard, il continua à affronter sa mère du regard.

— Maudit soit le jour où j'ai croisé sur ma route ton violeur de géniteur ! persifla-t-elle. Tel père, tel fils ! Sale vengeance ! Mais je ne me laisserai pas faire ! Ah, ça, non ! Moi aussi, il me reste une botte secrète ! Dès que Lucie sera inhumée, j'irai voir les flics et te dénoncerai pour meurtre !

Stéphane se pencha vers elle. Même s'il ne le montrait pas, ce dernier coup bas de sa mère avait porté… C'était la première fois de sa vie qu'elle faisait allusion à son père. Elle s'était toujours tue à ce sujet, même lorsque, quelques années plus tôt, il la harcelait de questions. À présent, il était fixé… Dès lors, sa rancœur pour elle se transforma en haine.

— Essaie un peu, ma p'tite vieille ! Avec le pedigree que tu te trimballes, cela m'étonnerait beaucoup qu'on te croie sur parole ! Il va te falloir trouver des preuves ! Tu n'y arriveras pas !

— Oh que si ! hoqueta-t-elle en reculant. J'y consacrerai tout mon temps libre !

Stéphane avait gagné ce premier round par K.O. Sa mère, à court d'arguments sans doute, quittait le ring. Il regarda s'éloigner pour toujours l'étincelle d'espoir qu'il conservait jusqu'alors de voir s'améliorer leurs difficiles relations. Ce lien ténu était rompu, définitivement…

Avant qu'elle ne sorte de la chambre et de sa vie, il ne put s'empêcher de la piétiner.

— A propos, pour une femme qui s'est toujours cru plus maligne que les autres, tu n'as pas assuré sur ce coup-là ! C'était crétin de ta part de vouloir conserver une telle pièce à conviction, tu ne crois pas ? De la nostalgie, peut-être ? Remarque que, de la pute à la sainte, il n'y a qu'un pas ! Confer Marie-Madeleine ! Là, tu es en pays de connaissance, hein ? Et puis, dernière chose, tu devrais te reteindre en rousse… Ça te va pas mal, finalement…

Hélène n'entendit pas cet ultime sarcasme. Elle venait de claquer la porte derrière elle.

*

*   *

Au bout d'une heure et demie d'interrogatoire, le capitaine Lefort s'était finalement décidé à renvoyer Félix Le Dréau dans ses foyers… Le témoignage de l'homme n'avait pas bougé d'un yota. Le marin s'était contenté de répéter à plusieurs reprises sa version des faits. Oui, il était entré chez Lucie Sauveterre, avait découvert le cadavre allongé dans le lit et s'était sauvé pour les raisons qu'il avait déjà évoquées. Après avoir avoué cela, il ne s'était plus jamais recoupé. Faute de pouvoir prouver le contraire, le capitaine se voyait mal garder au frais, durant vingt quatre heures, ce père de famille déjà fortement ébranlé.

Dans les locaux de la gendarmerie située à Port-Tudy, le capitaine Lefort faisait le point avec trois de ses hommes.

— Il n'est pourtant pas clair, le Félix, insistait Pierrot Deltail, un gendarme au teint sanguin. Moi, je ne le sens pas…

Agacé, le lieutenant Jean-Yves Le Drennec haussa les épaules.

— Arrête de nous seriner avec ton flair, Pierrot ! T'as autant d'intuition qu'un tourteau devant un court-bouillon ! Tu ne peux pas piffer Félix Le Dréau parce que, dans le temps, t'avais des visées sur sa bourgeoise, c'est tout !

— Allons, Messieurs, stop ! ordonna Lefort. Vous vous égarez !

De la brigade des gendarmes, seuls Deltail et Le Drennec étaient originaires de Groix, ce qui, parfois, allégeait la tâche de leur capitaine ou, au contraire, la compliquait, étant donné l'émulation zélée qui opposait les deux hommes.

José Rodriguez, natif de Marseille mais de tempérament plus calme que les deux Bretons, interpella son chef :

— Mon capitaine, et si on s'était trompé de piste dès le départ ? Si aucun de nos trois suspects possibles n'était coupable ? On peut imaginer qu'un étranger ait pris le bateau pour tuer Lucie Sauveterre et soit reparti juste après avoir commis le meurtre…

Cette thèse ne souleva pas un très grand enthousiasme auprès de Jacques Lefort.

Il argua du fait que la personnalité charismatique de la victime évoquait davantage un crime de proximité.

— Les gens qui la côtoyaient, ajouta-t-il, affirment qu'elle possédait un don de voyance. On peut donc penser que quelqu'un a craint qu'elle ne divulgue son secret à un tiers... Un individu extérieur à notre microcosme se ficherait du tiers comme du quart qu'une infirme de l'île de Groix ait appris sur lui quelque chose d'ennuyeux pour sa réputation !

— Mais on a déjà fouillé le passé de Félix Le Dréau, de David Le Mansier et de Stéphane Sauveterre, insista Rodriguez. Rien ! Macache ! À part des contredanses non payées pour le deuxième ! Pas de quoi fouetter un chat !

Jacques Lefort eu un sourire énigmatique.

— En tout cas, une autre personne, sur l'île, détient un terrible secret, et pas le moindre : Hélène Sauveterre !

— Ça va pas, non ? réagit aussitôt Pierrot Deltail. Oh pardon, mon capitaine ! Sauf votre respect, mon capitaine, je connais Hélène depuis que je suis haut comme trois pommes ! C'est une chic fille ! Un peu bonne sœur sur les bords, mais bon ! Chacun son truc ! Et puis, elle adorait sa tante comme si c'était la Madone ! Toute sa vie, elle s'est dévouée à Lucie !

— Méfions-nous des grands sacrifices… commenta le capitaine Lefort. Et vous voyez, Deltail, Hélène Sauveterre fait tellement partie de votre paysage, que vous ne parvenez pas à l'observer d'un regard neuf ! Bon ! Passons ! J'irai ce soir rendre une petite visite à cette dame qui ne m'a pas en odeur de sainteté…

— Mais, c'est impossible, ce soir, mon capitaine ! s'exclama alors le second Groisillon. C'est la veillée mortuaire ! Ma mère y va !

— Si votre mère s'y rend, c'est un argument de poids, en effet… plaisanta le capitaine Lefort, pince-sans-rire. Le bonheur, dans les îles ou dans les petits villages reculés, c'est que les renseignements viennent à vous sans que vous soyez obligés de vous déplacer ! J'ai donc appris – et vous aussi peut-être, Messieurs, par vos mamans respectives – qu'Hélène Sauveterre a brusquement quitté l'église, dimanche, avant la fin de la messe… J'aimerais beaucoup l'entendre à ce sujet, quoique, depuis cet après-midi, j'ai ma petite idée sur la question… A propos, Le Drennec, un détail me chiffonne. Il s'agit de notre témoin de Quelhuit… Vous étiez avec moi. Pourriez-vous me rappeler, mot pour mot, ce qu'il a dit ?

Jean-Yves Le Drennec se gratta l'oreille et fit une moue dubitative.

— Roger Le Bonze, le marin de commerce ? Je ne sais plus, moi ! Au sujet de qui ? De Félix Le Dréau ? De David Le Mansier ou de Stéphane Sauveterre ?

— Je l'ignore, soupira le capitaine… Il a prononcé une petite phrase qui m'a titillé sur l'instant… Puis, il est passé à autre chose et j'ai perdu le fil. Essayez, voulez-vous ?

Le lieutenant Le Drennec obéit et rapporta la conversation dans ses grandes lignes. Si les faits ne manquaient ni de clarté ni de concision, rien en revanche ne rappela au capitaine la petite phrase oubliée.

— Ça ne fait rien, Le Drennec. Merci. Elle me reviendra à un moment ou à un autre. Enfin, je l'espère…

VIII

Il était onze heure du matin lorsque Charlotte Le Dréau fit irruption dans la chambre où sommeillait son mari.

Énergique, la jeune femme écarta les rideaux pour laisser la lumière couler à flots dans la pièce.

— Allons ! Debout, paresseux ! Il est plus que temps de te lever !

— Charlotte ? fit-il d'une voix pâteuse. Qu'est-ce que tu fiches ici ? Tu n'es pas à l'hôpital avec Hugo ? Le petit ! s'inquiéta-t-il soudain. Il va bien ?

Charlotte s'assit au chevet de son mari, déboutonna sa veste et lui frictionna la tête.

— Oui… Ne t'en fais pas. Il va on ne peut mieux… Quand je l'ai quitté, il y a une heure, il s'amusait dans la salle de jeux avec une infirmière du service de pédiatrie. Il semble en pleine forme… Enfin, je touche du bois…

Félix Le Dréau se redressa sur les coudes et chercha à attirer sa femme vers lui.

— C'est parce que tu ne peux plus te passer de moi que tu es revenue ? fit-il d'un air gourmand.

— Pas même dans tes rêves, Barbe Bleue ! rit-elle en se dégageant de son étreinte. Je ne fais qu'un aller-retour. L'équipe médicale a besoin des examens qu'on avait faits à Hugo l'an dernier, à Paris. Dans l'affolement, avant-hier, je n'ai pas pensé à prendre le dossier… Mais ne fais pas cette tête-là ! Ils veulent juste comprendre pourquoi ses dernières analyses sont aussi bonnes. Un docteur m'a même dit, ce matin, qu'on s'était peut-être trompé de diagnostic au départ ! Tu parles ! Ils crèveraient tous la gueule ouverte plutôt que d'admettre le pur et simple miracle !

— Hum ! rétorqua Félix en usant de diplomatie. À chacun sa vérité, non ?

Charlotte ne répondit pas et partit fouiller le premier tiroir de la commode où elle rangeait ses papiers.

Son mari admirait sa jolie silhouette à contre-jour. Depuis la maladie du petit, c'est à peine s'ils avaient fait l'amour deux ou trois fois… Chacun d'eux, replié sur sa propre douleur, ne pouvait communiquer à l'autre que son angoisse désespérée. D'ailleurs, Charlotte ne supportait plus le moindre contact de sa peau. Pour elle, un couple ne pouvait pas survivre amoureusement à la mort de son enfant.

Un homme reste néanmoins un homme… pensa Félix en soupirant.

— Arrête de me reluquer comme ça ! fit Charlotte sans se retourner.

— Mais… protesta son mari. Comment tu sais ?

— Je te connais par cœur, mon amour ! Et le genre masculin n'est pas très difficile à deviner… Ce que j'ignore, par contre, ajouta-t-elle en revenant vers lui, un dossier dans les bras, c'est ce que te voulaient les flics hier, quand tu es rentré…

La libido de son mari fondit aussitôt tel un soufflé manqué…

— Qui t'a raconté ça ? grommela-t-il. Ça n'a aucun intérêt !

— Tes parents… Alors ?

— Bof… Ils cherchent à savoir qui a pu tuer Lucie Sauveterre.

Mais Charlotte ne se contenta pas de cet amuse-bouche. Elle voulut connaître, par le menu, le déroulement de l'interrogatoire.

Félix remarqua de l'inquiétude dans son regard quand il lui avoua être rentré chez la vieille dame afin de discuter avec elle.

— On n'a même pas eu le temps d'en parler tous les deux, murmura-t-elle.

Elle eut soudain le visage si triste que Félix quitta son lit pour la prendre dans ses bras.

— Allons, ma puce, crut-il la consoler. Je sais que tu as du chagrin d'avoir perdu le soutien de cette femme, mais je suis là, moi !

Charlotte s'écarta de lui une nouvelle fois. Son air grave et douloureux agaça un peu son mari. Il ne comprenait pas ce revirement soudain d'humeur.

D'une voix de petite fille perdue, elle lui confia enfin ses doutes :

— J'ai peur, Félix. Peur que le bonheur joue encore à cache-cache avec nous… Peur que si le destin nous offre un miracle, il nous demande un sacrifice en échange… Peur de ce que tu as dit dimanche matin, lorsque tu es rentré en t'exclamant : « Mon Dieu, qu'ai-je fait ? » Explique-moi, Félix, ce que tu entendais par là…

— Je ne sais pas, moi ! Je pensais à ma réaction violente de la veille quand je vous ai tous laissés en plan…

Du bout des doigts, Charlotte effleura la joue de son mari.

— Jure-moi, Félix. Jure-moi que tu n'as pas tué Lucie…

— Mais tu deviens folle ! s'écria-t-il.

*

*   *

Telle une figure de proue miraculeusement conservée au fond d'un cimetière de bateaux, Hélène Sauveterre se tenait droite sur sa chaise au pied du cercueil de sa tante. Austère, la dame de Quelhuit n'avait pas voulu déroger aux ancestrales traditions qui exigeaient qu'on veillât un corps toute la nuit. La veille, après les prières d'usage, chacun était rentré chez soi. Même le curé, ami et confident de Lucie, ne s'était pas attardé. À la lueur des cierges sentinelles, Hélène était restée à son poste jusqu'à l'aube où elle avait reçu la visite d'un voisin insomniaque qui, sous prétexte de lui apporter les premiers croissants sortis du four, recherchait un peu de compagnie pour gommer ses angoisses nocturnes. Puis, vers 9 heures 30, deux cousines à elle étaient arrivées par le premier bateau. Toutes trois ensemble avaient récité un chapelet. Ensuite, l'une d'elles avait proposé à Hélène d'aller se reposer un peu. Ayant reçu la promesse que ses parents d'Alençon ne quitteraient pas Lucie, Hélène avait accepté.

Cependant, elle ne monta pas dans sa chambre. Un autre devoir l'attendait : obéir aux dernières volontés de sa tante et ce, sans plus ample atermoiement. Hélène avait donc appelé un taxi pour se faire conduire au bourg. À la banque, elle avait vidé son compte-épargne. Comme la somme réunie ne suffisait pas, elle avait aussi dû piocher dans son compte courant. Puis, forte des 1700 euros qu'elle tenait serrés dans son sac à main, Hélène avait hésité. N'était-il pas trop tôt pour aller sonner au domicile de Sophie Le Mansier ? Pas question, pourtant, de rapporter autant d'argent à la maison… Le "charognard" l'aurait senti… Pour une fois depuis longtemps, le hasard lui fut favorable. Alors qu'elle regagnait son taxi, elle croisa sur la place du marché Sophie Le Mansier sortie faire ses courses. Elle héla la jeune femme puis, après quelques mots d'explication, se débarrassa une fois pour toutes de cette maudite somme.

Hélène rentrait enfin chez elle, apaisée. Sur le chemin qui la ramenait à Quelhuit, elle croisa la voiture de son fils. Selon son habitude, il roulait à tombeau ouvert. Où pouvait-il être allé si tôt ? Bah ! Ce n'était plus son problème… Leur rupture était consommée, définitivement. On divorçait bien d'un mari, pourquoi pas d'un enfant ? D'ailleurs, en toute honnêteté, elle n'avait jamais considéré Stéphane comme la chair de sa chair. Elle se sentait, sur terre, dépositaire de sa vie, un point c'est tout… Curieusement, alors qu'elle regardait par la vitre du taxi défiler le paysage champêtre, un souvenir pourtant enfoui dans sa mémoire lui revint. Elle venait d'accoucher. La sage-femme, souriante, lui présentait son bébé. « Vous avez là un magnifique garçon, Madame ! Comment s'appelle ce jeune homme ? » Écartelée comme une pièce de viande morte, Hélène s'était sentie bête… Elle n'avait pas songé à ce détail… Elle s'était alors rattrapée, avait demandé à avoir le calendrier. Le saint du jour ferait l'affaire… Il se nommerait Stéphane…

Hélène souffla sur la vitre et dessina un nuage dans le halo de buée. Ses rapports avec cet être auraient-ils été différents si elle avait accouché normalement, comme n'importe quelle femme ? Si les deux matons qui la conduisaient à l'hôpital militaire en fourgon cellulaire n'avaient pas exigé, par la suite, qu'elle reste menottée durant tout le travail ?

Une surprise désagréable attendait Hélène à son arrivée. Après avoir payé le chauffeur, elle rejoignit, la bouche sèche, le capitaine Lefort et le lieutenant Rodriguez debout dans la courette. Jacques Lefort salua la femme d'un bref signe de tête.

— Nous devons avoir ensemble, Madame, un petit entretien.

— Comment ? Ici ? Maintenant ? essaya de tergiverser Hélène. Mais c'est impossible ! Le corps de ma tante repose dans la maison et…

— Nous irons donc dans le jardin, la coupa le capitaine, péremptoire. Pouvez-vous nous montrer le chemin ? On passe par cette petite barrière bleue ?

« Comme s'il l'ignorait, cet oiseau de malheur », songea la femme en précédant les deux hommes de mauvaise grâce.

Le petit jardin manquait d'entretien et aurait demandé à être tondu. Stéphane répugnait à cette tâche et Hélène devait le solliciter huit jours à l'avance pour qu'il daigne enfin pousser l'antique tondeuse, peu maniable et trop lourde pour elle. Les herbes folles, parsemées de pissenlits et d'orties, étouffaient les massifs de zinnias. Les branches des rosiers-buissons vagabondaient à l'envi, ahanant sous le poids des fleurs fanées. Seuls, les longs arômes aux calices guindés dominaient cet enchevêtrement végétal.

Hélène conduisit les gendarmes sous une vieille tonnelle, plusieurs fois rafistolée et dont la dernière couche de peinture verte s'écaillait, laissant voir qu'à l'origine, elle avait été blanche, puis bleue. D'office, elle s'assit sur le banc incertain. Après un coup d'œil à son chef, le lieutenant Rodriguez préféra rester debout.

— Madame Sauveterre, attaqua d'emblée le capitaine Lefort, vous nous avez caché certains faits relatifs à votre passé…

Le dos de la femme se voûta très légèrement. Du moins, telle fut l'impression du gendarme qui l'observait. Pourtant, son regard fier résistait.

— Puisque vous savez, répondit-elle d'un ton sec, inutile de m'ennuyer avec ça !

Tout en parlant, Hélène se surprenait elle-même. La veille encore, elle aurait fait n'importe quoi pour que personne ne connaisse son secret, si bien scellé depuis tant d'années !

À présent, ni son sort ni même sa réputation ne l'intéressaient. Étrangère à elle-même, elle se sentait par conséquent libre.

Sa métamorphose était-elle due à la nuit de prière passée auprès de la seule personne qu'elle eût aimée vraiment ?

— Tout de même, Madame, reprit le capitaine Lefort, il y a vingt-cinq ans, vous avez écopé de deux ans de prison pour tentative de meurtre !

Hélène avait la désagréable impression qu'il suçait sa phrase comme s'il se fût agi d'un bonbon…

— Primo, j'ai payé ma dette à la société. Secundo, j'ai été relâchée pour bonne conduite au bout de douze mois. Tertio, le salaud en question n'est pas mort, la preuve… Et quarto, je vous emmerde !

— Je ferai comme si je n'avais pas entendu le dernier point, Madame, poursuivit l'autre de sa voix doucereuse. Revenons à votre victime… Antonio Ruiz, c'est ça ? Votre “patron”, à l'époque, je crois…

Hélène, comme pour se calmer, souffla dans ses mains jointes.

— Mon patron ? Vous plaisantez ? Mon souteneur, oui ! Mon maquereau, mon dos bleu, ou mon demi-sel… Ce ne sont pas les termes qui manquent pour ce genre de type ! Et arrêtez de finasser avec moi, s'il vous plaît !

— Soit ! Passons à ce qui nous préoccupe, Madame. Dimanche dernier, d'après divers témoins, vous avez précipitamment quitté l'église avant la fin de l'office, n'est-ce pas ? Était-ce une prémonition ? Votre tante est décédée à peu près à ce moment-là…

Hélène ouvrit grand la bouche, écarquilla les yeux et, contre toute attente, fut prise d'un fou rire incoercible. Elle mit un long moment à pouvoir se calmer.

L'air ahuri du lieutenant Rodriguez, chaque fois qu'elle levait le regard sur lui, redoublait son hilarité.

— Excusez-moi, c'est nerveux… parvint-elle enfin à prononcer. Vos insinuations sont tellement rocambolesques ! Vous croyez vraiment que si je suis partie avant la fin de la messe, c'était pour aller tuer ma tante ? Vous êtes idiot ou quoi ?

La moutarde chatouilla le nez du capitaine. Il lui signifia que si elle émettait encore une nouvelle insulte, il la coffrait immédiatement. Le visage d'Hélène se referma aussitôt.

— Hier aussi, Madame, je vous observais sur le quai. À l'arrivée du bateau, vous avez paru prise de panique ! J'attends vos explications !

— J'ai aperçu quelqu'un que je voulais éviter à tout prix, se décida-t-elle enfin.

— Un revenant, hein ? Antonio Ruiz ? J'ai compulsé la liste des réservations… Il vous recherche ?

Hélène frotta les paumes de ses mains l'une contre l'autre.

— Si vous le savez, pourquoi me persécutez-vous ? implora-t-elle. Je ne sais pas s'il me recherche ou si sa présence à Groix n'est que le fruit du hasard… Je ne pense pas qu'il m'ait reconnue… J'ai beaucoup changé en vingt-cinq ans… C'est lui, aussi, qui visitait l'église dimanche, en plein office. Il était accompagné d'une fille… J'ai eu très peur.

Un instant de silence accueillit ses aveux.

Puis, d'un ton adouci, le capitaine Lefort insista :

— J'aimerais vous comprendre, Madame. Qu'est-ce qu'une femme telle que vous fabriquait avec un individu pareil ? Vous n'avez pourtant pas l'allure d'une…

— Pute ? Allez-y ! Je ne crains pas les mots… Ils ont le mérite de dire ce que sont réellement les choses… Oui, j'ai été pute pendant plusieurs années. Et rien n'y changera… J'avais dix-huit ans à l'époque et je venais d'obtenir mon BEP de couturière. Naïve comme une oie blanche…

Et Hélène se mit à raconter l'histoire de sa vie, banale selon ses propres termes. Issue d'une famille conventionnelle, la jeune fille, diplôme en poche, désire voler de ses propres ailes. Elle trouve du travail à Rennes dans une fabrique de linge de maison. Durant la pause-déjeuner, quelques ouvrières, dont elle, ont l'habitude de se retrouver dans un petit café qui jouxte l'usine. Là, entre copines, elles refont le monde. Un jour, un inconnu pénètre dans le bar. C'est un homme séduisant, jeune et très bien habillé. Aussitôt, Hélène est subjuguée. Ses quatre amies la poussent du coude, se moquent gentiment d'elle… Le lendemain, il revient et, du tabouret où il est assis, lui sourit. Même émoi… Le jeune homme doit évidemment se rendre compte de l'intérêt qu'il suscite mais ne cherche pas à l'aborder… Ce manège durera environ une semaine. Puis, un samedi férié, Hélène se rend seule dans le café, dans l'espoir de le revoir. Il est là, en effet, fidèle à son poste. Par l'intermédiaire du barman, il lui offre son sandwich favori. Émue jusqu'aux larmes, la jeune fille, qui n'a pas l'habitude de recevoir des hommages masculins, se sent enfin digne d'intérêt. Elle le remercie d'un signe de tête, l'encourageant ainsi à lier connaissance. L'étau se resserre… Le soir même, Antonio Ruiz, l'invite dans un très grand restaurant, puis en boîte de nuit. Vers trois heures du matin, il la reconduit jusqu'à la porte de son immeuble où elle loue une chambre de bonne. Bien élevé, il attend qu'elle soit rentrée avant de repartir dans sa voiture de sport. L'inévitable arrive le surlendemain. Éperdue de reconnaissance, elle devient sa maîtresse. Antonio est homme d'affaires. Il possède, entre autres, un atelier de confection à Paris. Pourquoi ne le suivrait-elle pas là-bas ? Elle pourrait ainsi travailler à ses côtés, en tant que collaboratrice ! Sous les regards envieux de ses copines, Hélène n'hésite pas longtemps… Elle déchantera très vite… Dans l'atelier en question, les filles semblent désœuvrées. De plus, elles ont des horaires bizarres, s'absentent plusieurs fois au cours de la journée. Ce premier soir, Antonio invite un ami, chez lui, à dîner. Ce sera l'unique fois où elle pénétrera dans son luxueux appartement. Ils la font boire… Ivre morte, elle sera offerte en pâture à l'individu en question. Au petit matin, avilie, alors qu'elle cherche à s'enfuir, elle s'apercevra que ses papiers ont disparu… Elle est à la merci de ces deux hommes, pieds et poings liés. Ils la menacent et l'effraient. Si elle refuse de coopérer, elle sera brûlée à l'acide. Alors commence le long calvaire. Crûment, Antonio lui signale que, comme elle n'est ni jolie ni douée, elle tapinera dans la rue avec les filles de basse qualité. Elles seront huit à se partager trois chambres d'hôtel. Cette vie de misère durera des années. Heureusement, elle a Lili, une fille du Jura, enrôlée de la même façon qu'elle. Lili est douce et gentille. Elle deviendra son amie de cœur. Un client, un brave type dans le fond, les photographiera un jour devant l'hôtel. Hélène conservera ce cliché, unique souvenir de Lili, qui se suicidera quelques mois plus tard.

À ce moment du récit d'Hélène, le capitaine Lefort l'interrompit :

— Madame Sauveterre, je conçois votre souffrance. Mais, j'aimerais savoir… C'est pour venger votre amie Lili que vous avez poignardé ce proxénète ?

Le regard perdu vers le fond du jardin, Hélène haussa les épaules.

— Même pas… Lili était encore vivante quand tout s'est passé… À l'époque, voyez-vous, on commençait à parler du sida comme d'une épidémie qui ne touchait pas seulement les homosexuels mais aussi les hétéros. Les filles posaient des questions et craignaient pour leur santé. Un jour, j'ai refusé un rapport non protégé de la part d'un client qui me proposait pourtant de tripler le prix de la passe habituelle. Ruiz l'a appris par une nouvelle qui voulait se faire bien voir de lui… Il a voulu me donner une leçon. Il trouvait, en outre, que j'avais une mauvaise influence sur les filles. Ma "punition" fut donc exemplaire. Vous connaissez sûrement l'expression : ce soir, on rase gratis…

Le capitaine Lefort opina du chef. Hélène confirma alors ce qu'il venait de deviner.

— J'ai été condamnée à quatre heures et demie d'abattage… Enfermée dans une pièce du sous-sol… Ruiz avait "invité" vingt-sept types qui rôdaient dans le quartier. Vingt-sept ! L'un après l'autre ! La plupart d'entre eux étaient si misérables qu'ils n'auraient jamais pu se payer une pute… Je suis sortie de cet enfer en sang, complètement disloquée… Les filles ont eu le droit de me soigner avec les moyens du bord. De cette façon, elles avaient sous les yeux l'exemple à ne pas suivre si elles ne voulaient pas subir le même sort. Cinq jours plus tard, j'étais sur pied. Anéantie… mais debout ! Je me suis saisie d'un couteau de cuisine et j'ai poignardé Ruiz en pleine rue… En tombant, il m'a regardée d'un air étonné… Voilà ! Bien sûr, j'ai été maîtrisée aussitôt par des badauds qui ont appelé les flics. C'est peut-être cela qui m'a sauvé la vie, d'ailleurs.

— Ruiz s'en est sorti ? demanda Rodriguez pour la première fois.

— Oui… Deux mois d'hôpital… Trois autres de prison avec sursis pour proxénétisme. Il bénéficiait de nombreux appuis dans le milieu.

— Et vous, Madame ?

— Oh, moi… fit-elle désabusée… Au bout de mon incarcération, je me trouvais plutôt bien… Jusqu'au jour où je me suis aperçue que je gardais des séquelles de cette horrible histoire… Je veux dire : j'étais enceinte… L'œuvre de l'un de mes vingt-sept violeurs ! L'aumônier de la prison m'a aidé à supporter ce nouveau coup du sort. À ma sortie aussi, je dois dire… Il m'a caché quelques jours au cas où Ruiz aurait passé un contrat sur ma tête. Puis, il a téléphoné à ma tante, lui a demandé de prendre soin de moi… Elle a accepté tout de suite, sans aucune explication. Par la suite, Tante Lucie a raconté une histoire à mes parents à qui je n'osais plus donner de mes nouvelles… Et j'ai débarqué à Groix, avec l'enfant… Fin de parcours.

Après ce récit, Hélène, altière, regarda le capitaine de ses yeux secs.

— J'évite de jurer, Monsieur… Aussi vous le dis-je solennellement : je n'ai pas tué ma tante.

— Je vous crois, Madame. Je vous crois. Quant à cette discussion, nous ne l'avons pas eue. N'est-ce pas Rodriguez ?

*

* *

La vie insulaire est rythmée par l'arrivée ou le départ des bateaux. Débarquer sur une île n'a rien d'anodin. Le visiteur se sent désorienté, fragilisé, livré à lui-même. Il retrouve cette parcelle d'enfance perdue qui quémande de l'aide et ne se rend pas compte que l'autochtone pourrait passer le plus clair de son temps à faire la navette entre le port et sa maison.

C'est ainsi qu'Hanna, sur le quai, assistait à une scène entre une jeune îlienne et son fiancé venu la voir. Le garçon était déjà planté là avec cadeaux et bagages lorsque la journaliste arrivait pour prendre son bateau.

Quand la belle insouciante daigna récupérer son bien, ce fut l'explosion. Le garçon refusa de l'embrasser.

— Ah ! Te voilà enfin ! Ça fait une demi-heure que j'attends.

— Mais enfin, Gabriel ! tenta de se disculper l'écervelée, ce que tu peux être godiche tout de même ! Moi aussi, je guettais le taxi ! Pourquoi ne l'as-tu pas pris ? Tu connais l'adresse, non ?

Hanna ne sut pas la fin des aventures trépidantes de "Pinpin et Pimpette".

Sur le quai, Vincent venait vers elle au pas de course.

— J'ai eu peur de te rater avant l'embarquement, dit-il, le souffle court.

— Tu as eu le temps d'envoyer tes faxes ?

— Oui, c'est bon ! Tu me donnes le double de tes clefs ou je passerai te prendre au journal ?

— Je préfère que tu ailles directement chez moi. Je risque de terminer tard…

Vincent Lambertin devait reprendre son poste à Nantes, le lendemain matin. Aussi dormirait-il à Lorient, dans le petit appartement que la jeune femme louait. Ils auraient pu quitter l'île ensemble mais Vincent tenait à assister, dans l'après-midi, aux obsèques de Lucie Sauveterre.

La corne du bateau vrombit, faisant s'envoler un peu plus loin quelques irréductibles goélands.

Vincent prit Hanna dans ses bras et l'enlaça très fort.

— J'ignore encore si je vais te laisser partir… lui murmura-t-il en lui mordillant l'oreille.

— Quel dilemme ! soupira la jeune femme. Vierge folle ou Vierge sage ?

— Pardon ? Tu peux être plus explicite ?

— Ton signe astrologique ! Vas-tu céder à tes pulsions de satyre assoiffé de sexe ou seras-tu raisonnable ? plaisanta-t-elle.

— L'avenir nous le dira ! Mais je pencherais pour la première hypothèse ! J'espère que tu es vaillante !

— Prétentieux va… répondit-elle en fermant les yeux pour l'embrasser.

Ils restèrent ainsi blottis l'un contre l'autre, insoucieux du rappel à l'ordre du bateau. Au fond de sa poche, Vincent sentait la présence du petit objet en cristal de roche que lui avait offert Simon, le jour de son départ. Il s'agissait d'un angelot aux ailes déployées… Depuis lors, le médecin le conservait toujours sur lui, attentif au message de son ami aveugle : « Où que tu ailles, quoi que tu fasses, ton ange gardien est là et veille sur toi. »

« Puisses-tu avoir raison, Simon », pensa le médecin en rendant son baiser à Hanna. « Le bonheur est quelque chose de si effrayant ! »

*

*   *

— Chérie ? Je peux fouiller dans ton sac à main et essayer avec tes clefs ? Le coffre de la voiture est encore bloqué. Impossible de l'ouvrir avec les miennes !

— Oui… Je t'en prie, répondit la voix de l'autre côté de la cloison. David fit jouer la fermeture du sac de Sophie et resta un instant saisi de stupeur.

— Tu as trouvé ? reprit la voix de la salle de bain.

— …

Lorsque Sophie, la chevelure mouillée enrubannée dans une serviette éponge, pénétra dans la pièce, elle aperçut son mari assis sur le canapé. Devant lui, s'étalaient des liasses de billets de banque que David comptait.

Le cœur de la jeune femme battit plus vite. Elle se pinça les lèvres, pestant contre elle-même. Toute à sa joie d'avoir eu le courage, ce matin-là, de pousser la porte du cabinet médical et de parler au docteur de ses problèmes, elle avait oublié de retirer l'argent du sac…

— Tu peux m'expliquer ? fit-il d'une voix rude. Pourquoi as-tu vidé notre compte courant ?

— Mais non… balbutia Sophie. Cette somme, on me l'a donnée aujourd'hui.

— De mieux en mieux ! répliqua David, acerbe. Un mystérieux admirateur offre mille sept cents euros à ma femme ! En vertu de quoi, je te prie ? De tes bons et loyaux services ?

— Ne sois pas stupide, David… Je n'ai pas d'amant.

— À d'autres ! On ne me la fait pas, à moi !

Sur le tapis où jouaient les enfants un peu plus loin, Ninon poussa du coude son frère.

— Viens dans ma chambre, Gaspard ! Ils vont encore se disputer, murmura la fillette.

— Non ! répondit le garçon, buté. S'il tape maman, je veux la protéger.

— Les enfants ! Dans votre chambre ! hurla alors David.

Ninon obtempéra aussitôt, suivie de Gaspard, tête basse et poings serrés.

Bras croisés, Sophie suivit des yeux la fuite en

avant de ses enfants. Une vieille connaissance, cette sourde douleur qui lui nouait l'estomac, revint la taquiner. La jalousie morbide de David frisait le ridicule.

Sophie décida de se jeter à l'eau. Vaille que vaille…

— J'ai croisé Hélène Sauveterre ce matin au marché. Elle sortait de la banque et projetait de venir me remettre cette somme ici. C'est Lucie qui me la lègue.

D'un bond, David fut sur sa femme qu'il empoigna par le col de son peignoir. D'instinct, Sophie fit de son bras un rempart pour parer à l'éventuel coup au visage. Ce réflexe dut faire réfléchir son mari car il la relâcha aussitôt. Elle n'en fut pas pour le moins quitte de sa fureur.

— Tu n'as pas honte ! vociféra-t-il. Accepter l'argent d'une étrangère ! Je ne te nourris pas, peut-être !

L'expression était mal choisie mais Sophie se garda bien de le lui signifier.

— Et pourquoi ces largesses ?

— Je ne sais pas… bredouilla la jeune femme. Je te jure ! J'ignorais tout de ce legs… En plus, je sais qu'elle n'avait pas beaucoup d'argent…

Bon Dieu ! Pourquoi avait-elle ajouté cette phrase ! Quelle idiote… D'où venait ce besoin incessant de devoir tout justifier auprès de lui ?

Les mains dans les poches, David arpentait la pièce de long en large.

— Ah ! J'avais raison de me méfier de cette bonne femme ! Je t'imagine bien pleurnicher auprès du lit de cette vieille toquée ! Entre son crucifix mastoc et son super héros qui découvre son cœur sanguinolent ! Pouah ! Il ne manque plus que le dentier dans le verre d'eau ! Et toi ! Espèce de gnangnan ! « Hélas Lucie », minauda-t-il pour tenter d'imiter sa femme, « j'ai dû arrêter mes études quand j'ai rencontré mon mari… Comme je le regrette à présent ! Si vous me donniez à votre mort vos petits sous, je saurais quoi en faire ! »

— Arrête David… Je t'en prie, arrête ! C'est indigne !

— C'est toi qui es indigne ! Pauvre cloche ! Tout ce que tu sais faire, c'est geindre ! Remarque, ça paie ! La preuve ! Ça t'a coûté quoi pour amasser ce fric ? Hein ? Radoter des prières à côté d'une vioque qui pue ?

Sophie en eut assez d'entendre son mari vomir des injures. Elle passait devant lui pour regagner sa chambre quand il la poussa avec violence. Déstabilisée, elle tomba en se heurtant au bois d'un fauteuil. Malgré une douleur aiguë à la hanche, elle se releva et, en boitillant, parvint jusqu'à la porte. Derrière elle, la voix de David éructait toujours :

— Et je te préviens ! Tu vas me faire le plaisir d'aller rendre ton pourboire de bonniche à ses propriétaires ! Sinon, c'est moi qui m'en charge !

Après avoir verrouillé la porte de sa chambre, Sophie s'affala sur son lit. Puis elle se recroquevilla en position fœtale. En écartant un pan de son peignoir, elle découvrit un hématome en haut de la cuisse. Elle était si maigre que le moindre choc marquait.

Dans la douceur de son oreiller de plumes, témoin de tant de chagrins, la jeune femme laissa alors couler ses larmes.

La veille encore, elle avait cru à une rédemption… David s'était montré gentil. Ils avaient même fait l'amour, pour la première fois depuis si longtemps…

Et puis voilà que l'enfer recommençait. Il ne changerait jamais… Aussi, pourquoi avait-elle accepté cet argent ? Sophie devait se l'avouer, passé le premier instant de surprise, elle avait ressenti une joie tout enfantine lorsqu'Hélène lui avait remis la somme. Un pécule à elle ! Pas besoin de rendre des comptes si elle avait envie de s'acheter des bêtises ! Et puis, plus important, Lucie avait pensé à elle… Quelqu'un au monde, se souciait d'elle, Sophie ! Ô Lucie… Sa bienveillance allait lui manquer !

La jeune femme ferma ses yeux gonflés de larmes. L'image mentale de Lucie s'imposa à elle.

Son regard empreint de bonté… Cette joie intérieure qui irradiait de son visage malgré les souffrances physiques…

— Donne-moi un peu de ta force, Lucie… murmura-t-elle.

Des mots prononcés par sa vieille amie, lui revinrent en mémoire. « Ma petite Sophie, le bon Dieu aime qu'on soit heureux. Il n'attend pas de nous des sacrifices. C'est un tort de croire cela ! »

— Mais vous, Lucie, avait-elle répliqué alors, vos douleurs vous ont persécutée tout au long de votre vie ! N'est-ce pas le sacrifice suprême ?

— Non pas, ma petite… Je lui ai fait don de moi-même ! C'est tout à fait différent…

— Je ne comprends pas bien, Lucie…

La vieille dame avait alors ouvert grand ses yeux ensoleillés.

— Moi aussi, j'ignore les desseins divins. Il ne me laisse entrevoir qu'un rai de lumière… Toutefois, je conçois une chose. Si certains êtres acceptent de porter sur terre un surcroît de fardeau, c'est pour la rédemption de tous. Moi, j'ai choisi cette voie, ma petite. Pas vous. Vous vous devez d'être heureuse ici-bas, Sophie. Vous comprenez ? C'est un devoir ! Et je m'y emploierai…

À l'évocation de cette conversation, les sanglots de Sophie s'estompèrent.

— C'est promis, Lucie… confia-t-elle à son oreiller.

« Je m'y emploierai… Je m'y emploierai… » Ces derniers mots résonnaient encore dans l'esprit de Sophie. Quel était le projet de Lucie ? Lui procurer de l'argent, certes, mais dans quel but ? La jeune femme changea de position et s'allongea sur le dos, les bras croisés sous la nuque. Tout à l'heure, elle avait proféré un demi-mensonge devant son mari quand elle jurait ne rien savoir sur les intentions de Lucie. Au fond d'elle-même, si elle était honnête, elle avait bien une petite idée sur la question… Seulement, voilà ! En aurait-elle le courage ?

*

*   *

Au même moment, Vincent Lambertin passait devant la maison de Sophie. Il remontait, à pied, la rue pentue de Port-Tudy en direction du bourg. Le cœur léger, le médecin se demandait ce que lui réservait l'avenir. Sans le vouloir, il s'était attaché à Hanna. Pourtant, leur relation, si elle durait – et il l'espérait de toutes ses forces – soulèverait des problèmes d'ordre pratique. Hanna vivait le plus clair de son temps à Lorient, lui à Nantes.

Tous deux aimaient leur travail. Comment feraient-ils pour se retrouver ? Établiraient-ils un lien solide s'ils se voyaient, à la sauvette, tantôt chez l'un, tantôt chez l'autre ?

« Bah ! » pensa-t-il. « Ces soucis domestiques ne sont pas à l'ordre du jour… Laissons le temps au temps… »

Le médecin parvenait à hauteur du "Cinéma des

Familles" quand il se mit à siffloter de façon machinale un air perdu dans un coin de sa mémoire. Puis, les paroles de la chanson lui revinrent aussi. Il les fredonna, saluant d'un signe de tête les passants qu'il croisait et qui souriaient de sa bonne humeur.

Soudain, il s'arrêta, pris d'un vertige. Cette chanson… Le cinéma… Lucie… Caroline. Les pièces du puzzle commençaient à s'emboîter les unes les autres. Mon Dieu ! Était-ce possible ? Il devait absolument parler à une vieille personne de l'île. Mélanie Baron ! La grand-mère d'Hanna !

*

*   *

Comme ils revenaient de Quelhuit, le lieutenant Rodriguez, assis à la place du passager, gardait le silence. C'est le capitaine qui, selon son habitude, conduisait. Lui aussi semblait morose. À dire vrai, l'entretien avec Hélène Sauveterre les avait un peu ébranlés. Partagés entre une espèce de pitié pour cette femme et un sentiment de respect, ils se sentaient impuissants devant ce monolithe de froideur à qui ils n'auraient jamais osé adresser un mot de compassion. Cherchait-elle d'ailleurs à susciter de l'apitoiement sur son sort ? Le capitaine Lefort en doutait…

Comme tout le monde, Hélène Sauveterre devait avoir son talon d'Achille. Il espérait seulement ne pas avoir à annoncer un jour à cette femme déjà malmenée par la vie que son fils unique était un criminel…

Un panneau triangulaire annonçant des travaux les fit ralentir. D'ailleurs, ils suivaient depuis quelques minutes un camion poussif chargé de gravillon. Comme ce dernier manœuvrait pour déverser son contenu sur le bord de la chaussée, ils durent patienter.

— Vous ne pensez pas, chef, que, le gamin, tout à l'heure, nous a sentis venir de loin ? Que c'est pour ça qu'il a filé sans demander son reste ?

— Réaction infantile, mais oui… J'ai eu la même idée… Je n'aimerais pas avoir à le coffrer celui-là…

Devant eux, un cantonnier tenait mollement un drapeau rouge. De temps à autre il se "dévissait" la tête pour regarder son compère de l'autre côté du camion.

Lefort résista à l'envie de klaxonner. Sur la route en lacets, la visibilité était réduite.

— Vain Dieu ! Mais qu'est-ce qu'il fout, ce type ! Ah ! Pour ça, il n'est pas énervé ! Enfin, bougre d'animal, tu vois bien qu'il n'y a personne en face ! Agite ton drapeau vert et laisse-nous passer !

— Ne vous énervez pas, Capitaine ! Encore un qui n'aime pas les poulets… Regardez son air… Je crois qu'il s'amuse… En plus, je ne vois que deux nids-de-poule sur cette route. Qu'est-ce qu'ils vont faire de tout ce gravier !

Le capitaine Lefort lâcha les mains du volant et se tourna vers son coéquipier.

— Répétez ce que vous venez de dire, Rodriguez ! fit-il d'une voix blanche.

— Moi ? Ben rien… J'essayais de faire un jeu de mots entre “poulets” et “nids-de-poule” mais je n'ai jamais été fortiche en matière de plaisanterie…

— Vous êtes génial, Rodriguez ! Rappelez-moi de vous le répéter, un de ces jours, répondit le capitaine en actionnant la marche arrière.

— Hein ? Qu'est-ce que vous faites ?

— Retour à Quelhuit ! Nouvelle petite visite à notre ami, le marin de commerce ! Je viens de trouver ce qui me turlupinait ! Encore, bravo, Rodriguez !

— Heu… Oui… Merci ! Je vais la refaire à ma femme, ce soir…

*

*   *

Sophie Le Mansier avait séché ses larmes. Dans sa chambre, la jeune femme préparait ses bagages. Peu avant midi, David, croyant la punir sans doute, avait décrété qu'il repartait sur le champ à Vannes et qu'il ne reviendrait qu'à la fin de la semaine… Théâtral, il avait pris les enfants à témoin. « Votre mère est une incapable ! Elle fait n'importe quoi ! »

C'en était trop… La coupe était pleine. Soit elle

le quittait, soit elle dégringolerait les marches de la dépression…

Elle venait de mettre au courant Gaspard et Ninon de sa décision. Pour l'instant, ils ne réagissaient pas trop mal et prenaient cette fuite comme un voyage improvisé. Leurs maîtres respectifs étaient en grève. Elle téléphonerait à l'école jeudi… Sophie ne voulait pas trop longtemps réfléchir aux conséquences de son acte. Tout choix implique des sacrifices, y compris pour les autres.

Ninon fit irruption dans la chambre.

— Maman, je peux emporter ma doudoune neuve ?

— Non, ma chérie… Je te l'ai déjà dit. Juste le nécessaire. Le coffre est encore bloqué et on ne peut pas encombrer la voiture de sacs superflus. Tu as déjà cette veste. La doudoune est trop chaude pour la saison.

— Ben, alors j'emporte ma Barbie avec sa mallette ! tenta de marchander la fillette.

— Si tu veux, mais dépêche-toi. Et n'oublie pas ton pyjama. Je viendrai vérifier tout à l'heure vos sacs… Il faut d'abord que je téléphone à mamie, pour la prévenir de notre arrivée…

En fourrant son vieux pull-over si confortable dans la valise, Sophie ignorait la façon dont réagirait sa mère. Pour la préserver, elle ne l'avait jamais mise au courant vraiment de ses déboires conjugaux. Qui plus est, David, à ses yeux, était auréolé de toutes les vertus... Il avait su se montrer charmant avec les autres...

Depuis leur dernière algarade, le conseil de Lucie ne cessait de trotter dans l'esprit de la jeune femme, comme un leitmotiv. « Le bon Dieu n'attend pas de nous des sacrifices... » Par peur, jusqu'à présent, Sophie n'avait pas voulu approfondir cette phrase. Lorsque l'on creuse une dent cariée, on risque de tomber sur le nerf, à vif... Mais pourtant ! La vieille dame ne parlait jamais pour ne rien dire... De plus, elle lisait dans le cœur des gens, était dotée du don de double vue... Qu'avait-elle ressenti à son sujet ? Que craignait-elle, au juste, pour Sophie ?

Malgré la température clémente, la jeune femme frissonna et s'assit un instant sur son lit. Chargée de famille, elle n'avait plus le droit de se voiler la face... Sacrifices... Sur quel autel serait-elle sacrifiée ? David et Sophie s'étaient mariés à l'église... Lucie le savait... Comment, la fervente catholique qu'elle était pouvait-elle lui suggérer de rompre ce lien indéfectible du mariage ? Quel en était l'enjeu ? Sa vieille amie, en tout état de cause, aurait dû lui recommander la patience, une mutuelle compréhension, voire l'espérance ! De plus, pourquoi lui avait-elle légué ses économies ? David gagnait fort bien sa vie...

Sophie rongea le dernier ongle qui lui restait. Elle s'était pourtant juré de le laisser tranquille... « La vérité en face, ma fille ! Lucie t'a donné cet argent pour te permettre de fuir David ! Il n'y a pas d'autre alternative… Peut-être s'est-elle dit que, dans une crise de paranoïa, il finirait par te tuer ? »

Forte de cette réflexion qui arrangeait sa conscience, la jeune femme se releva et finit ses bagages.

Le visage de son mari la hantait… Comment allait-il réagir ? Viendrait-il les rechercher ? S'excuserait-il ? Malgré l'hypertrophie de son ego – David n'avouait jamais ses torts – il restait quelqu'un de fragile, au fond… Non ! Ne pas penser à cela ! Se souvenir plutôt des insultes dont il l'avait abreuvée pas plus tard que tout à l'heure… Elle, et cette pauvre Lucie aussi ! De quoi l'avait-il traitée ? De vieille toquée allongée entre un crucifix mastoc et son super héros – Jésus, en l'occurrence – qui exhibait son cœur sanguinolent… ! Non, mais quel salaud ! Blasphémer ainsi sur le Sacré-Cœur ! Et puis, cette allusion au dentier nageant dans un verre d'eau ! Si Lucie gardait toujours un verre sur sa table de chevet, c'était pour lui permettre d'avaler l'hostie qu'elle prenait tous les matins…

Énervée, Sophie s'acharnait sur la fermeture-éclair de sa valise qui refusait de glisser, quand elle fut prise d'un vertige. Sa main tremblait. Exsangue, elle s'appuya contre le mur…

— Oh, non… murmura-t-elle. Mon Dieu ! Faites qu'il y ait une autre explication…

Pourtant, l'évidence était là, qui la narguait. Comment David, sous l'effet d'une incontrôlable colère, avait-il pu donner des détails sur la chambre de Lucie si, soi-disant, il n'avait jamais mis les pieds chez elle ?

*

* *

Les gendarmes trouvèrent Roger Le Bonze dans sa cuisine. L'homme, au son d'une radio, épluchait des pommes de terre pour le repas de midi. Il ne parut d'ailleurs pas mécontent d'échapper à sa corvée pour suivre le capitaine Lefort jusqu'au potager. Son épouse, en revanche, maugréa lorsqu'il décrocha sa casquette de la patère.

— T'as pas besoin d'elle, Roger, pour cinq minutes ! Il y a encore les carottes à finir !

— Ne vous inquiétez pas, Madame. Nous vous rendons votre mari dès que possible.

La douce moitié haussa les épaules, fataliste.

Lefort entraîna le retraité jusqu'au fond de son potager, là où il l'avait rencontré la première fois. Il se pencha par-dessus le muret. En contrebas, sur la berme herbeuse, était garée la voiture de la gendarmerie. Plus haut, sur la route, se détachait derrière une haie de lauriers la maison Sauveterre.

— Monsieur Le Bonze, juste une confirmation… Dimanche dernier, lorsque David Le Mansier est venu vous acheter du bar, sa voiture était-elle stationnée ainsi ? Réfléchissez… Prenez votre temps…

Comme pour se remémorer la scène, le retraité ferma les yeux.

— Oui, à cet endroit-là… Mais tournée de l'autre côté. En direction du bourg.

Le capitaine s'adressa alors à son lieutenant.

— Rodriguez, veuillez déplacer la nôtre, s'il vous plaît, comme vous l'indique Monsieur.

Pendant que le gendarme descendait le petit escalier de pierre pour exécuter les ordres de son chef, ce dernier s'intéressa à nouveau à son témoin.

— Monsieur Le Bonze, l'autre jour, vous m'avez bien dit que David Le Mansier adorait le poisson et qu'il vous en achetait à l'occasion ?

— Ça, pour sûr ! s'exclama le colosse, jovial. Une sacrée fine gueule ! Rien que du beau ! Rien que du très frais !

— Donc, d'après vous, poursuivit le capitaine, ce monsieur n'est pas du genre à conserver du poisson dans son congélateur ?

— Ben… Écoutez… J'ai jamais fourré mon nez dans son réfrigérateur, mais ça m'étonnerait ! Pourquoi voulez-vous, s'il peut avoir celui du jour à la demande ?

Le capitaine acquiesça d'un mouvement de tête.

— C'est bien un bar de 1 kilogramme 800 qu'il désirait, non ? Lorsque vous servez un poisson de ce poids, à votre avis, combien de convives peuvent se le partager ?

— Hou ! Vous en avez de drôles de questions, vous, pour un gendarme ! Je suis pas poissonnier, mais 300 grammes par personne, ça me semble raisonnable…

— Et que l'on vous commande un bar de cette taille, cela vous étonne ?

— Ben non ! Si on a des invités, c'est normal !

Sur ces entrefaites, le lieutenant Rodriguez rejoignit les deux hommes. Le capitaine le gratifia d'un sourire.

— Monsieur Le Bonze, reprit-il, lorsque nous sommes venus vous interroger, la dernière fois, vous avez paru interloqué par la quantité de poisson que vous demandait David Le Mansier. Je me rappelle… Vous vous êtes écrié et je vous cite : « je me demande bien ce qu'il compte faire de tout ce *pesket* ! »

L'homme ôta sa casquette et se gratta la tête, signe peut-être chez lui de réflexion.

— Ah oui ? fit-il mollement. Ça m'est sorti comme ça, sans doute.

Le capitaine Lefort ne fit pas montre de sa déception.

Il insista en entraînant le marin de commerce vers le bord du muret.

— Essayez de vous souvenir, Monsieur, c'est important… David Le Mansier vous hèle… Il sort de la voiture ?

— Non… Il entrouvre sa portière pour me parler.

Le marin, pour montrer sa bonne volonté, se pencha vers la route, surplombant ainsi le véhicule des gendarmes.

— Ah ! J'y suis maintenant ! se ravisa-t-il, la mine épanouie. Regardez votre dossier sur la lunette arrière ! C'était pareil ! Monsieur Le Mansier avait déjà la queue d'un bar qui sortait d'un pochon plastique !

Le gendarme soupira d'aise.

— Vous voulez dire qu'il avait déjà acheté son bar à un autre pêcheur ?

— Sans doute, vu qu'il était là ! Un beau, pour sûr !

Ravi, le capitaine remercia l'homme en lui tapotant l'épaule d'un geste familier. Puis, il l'invita à se tourner vers la maison de Lucie.

— Une dernière chose… Remarquez-vous un objet sur le rebord de la fenêtre de madame Sauveterre ?

L'homme ne prit pas la peine de regarder.

— Ah oui ! Un magnifique pot de géraniums rouges. C'est moi qui avait donné les boutures à Hélène !

— Soit… Mais à côté du pot ?

L'homme cligna des yeux et mit quelques secondes avant de répondre.

— Un tee-shirt bleu ? J'ai du mal à voir de loin, s'excusa-t-il.

— Un seau, Monsieur, rectifia le gendarme. Bleu, en effet… Mais c'est sans importance. Ah ! Cette saloperie de diabète ! C'est terrible quand ça vous tombe sur les yeux, hein ? En tout cas, merci pour tout ! Vous nous avez été d'aide précieuse !

Alors que le capitaine redémarrait après avoir adressé un dernier salut de la main au marin, le lieutenant Rodriguez se retourna ver lui, intrigué.

— Est-ce un témoin fiable ? fit-il dubitatif. Vous l'avez remarqué vous-même, notre type est bigleux !

— Il voit mal de loin. Nuance, Rodriguez ! La preuve qu'il se contente de sa vision : il ne porte pas de lunettes.

Pour autant, le lieutenant Rodriguez ne suivait pas les méandres de la pensée de son chef. Ce dernier, d'excellente humeur à présent, dut lui expliquer le cheminement de sa démonstration. Lorsqu'il s'était rendu au domicile des Le Mansier, le dimanche précédent, l'informaticien et sa femme finissaient de déjeuner en compagnie de leurs enfants et d'un couple d'invités. D'ailleurs, sur la table de desserte, le capitaine avait remarqué les reliefs d'un poisson. Aussi, pour quelle raison, David Le Mansier, sorti vers onze heures faire ses courses, s'était-il arrêté devant le jardin du marin de commerce afin de lui demander un bar s'il en avait déjà un ?

— Supposons, poursuivit le capitaine, que David Le Mansier ait tué Lucie Sauveterre. Il a pris ses précautions, caché sa voiture plus haut dans un fourré… Mais en sortant de chez la vieille dame, il aperçoit notre homme qui jardine dans son potager. Roger Le Bonze se fatigue vite et fait souvent des pauses, le nez en l'air. Il voit mal de loin, mais ce détail, David Le Mansier l'ignore. Deux assurances valent mieux qu'une. Craignant que le retraité ne l'ait remarqué, il prend les devants et l'aborde. Il a un prétexte tout trouvé : l'achat d'un bar.

— Mais pourquoi, objecta Rodriguez, aurait-il fichu le poisson qu'il avait déjà sur la lunette arrière de sa bagnole ? Ça pue ! Moi, je le mettrais dans mon coffre !

— J'avoue que ce détail m'intrigue aussi... Eh bien ! On va aller le lui demander ?

Vous pensez que c'est lui le coupable ?

— Je n'ai pas de preuve contre lui. Juste de fortes présomptions...

IX

Une agence immobilière peu pointilleuse aurait pu prétendre que l'appartement d'Hanna jouissait d'une vue sur mer.

De la fenêtre du cinquième étage d'un immeuble sans grand intérêt architectural, Vincent Lambertin observait en effet le bleu laqué de l'horizon strié de grandes lignes verticales : grues, docks et entrepôts portuaires.

Le ciel, d'un rouge flamboyant, incendiait çà et là vitres et métaux.

La journaliste venait de l'appeler sur son portable. Qu'il s'installe, fasse comme chez lui… Elle arrivait mais passait d'abord par la supérette du quartier. Le frigo était vide et elle se disait contente de lui faire la dînette ce soir, plutôt que d'aller au restaurant.

L'intérieur de la jeune femme reflétait sans doute ses goûts éclectiques.

Des photographies de reportages, pour la plupart, tapissaient les murs. Parfois, le regard rencontrait un objet insolite, vestige d'une terre lointaine, statuette d'art primitif, fantoche asiatique ou masque africain. Un service à thé contemporain décorait la table basse.

Dans tous les coins de la pièce principale s'empilaient des livres. La petite bibliothèque ne suffisait pas à les engranger.

L'ensemble, dominé par des teintes épicées, ne manquait pas de chaleur.

Vincent regardait les photos quand l'une d'elles, posée dans son cadre sur le bureau, le fit réagir. Se croyant le jouet d'une illusion, il la prit et l'emporta à la lumière d'une lampe de chevet. Elle représentait un soldat. Il posait, souriant à l'objectif… Le casque bleu qu'il portait ne parvenait pas dissimuler ses traits.

— Ça alors… murmura-t-il, chamboulé. C'est incroyable !

Le bruit des clefs dans la serrure dissipa son malaise naissant. Vincent remit le cliché à sa place et attendit la jeune femme au milieu de la pièce.

Les bras chargés d'un sac de victuailles, Hanna fit claquer la porte d'entrée d'un coup de talon. Il s'avança vers elle pour la délivrer de son fardeau et le porter dans la minuscule cuisine.

— Ouf ! C'était lourd. Comme je suis contente de te voir ici ! trépigna-t-elle de joie en l'enlaçant. Tu as faim ?

— Pas très…

Vincent eut un geste qui déstabilisa la jeunc fcm-me : il la saisit doucement par le bras pour se dégager de son étreinte.

— Écoute, puisque tu as fait les courses, je reste dîner avec toi. Ensuite, je filerai sur Nantes…

— Mais pourquoi ? répondit-elle, dépitée. Je croyais que…

— Inutile de prolonger cette comédie, Hanna… Ou plutôt, devrais-je dire : Venise ?

Blême, la journaliste baissa les yeux.

— Ah… fit-cllc désabuséc. Tu sais…

— Oui, depuis tout à l'heure… Et je crois que je mérite une petite explication. Qu'en penses-tu ?

Le visage bouleversé d'Hanna ne fit pas fléchir la détermination du médecin. Sa sensibilité anesthésiée, il décréta, avec dureté :

— Tu vas commencer par me donner les cartes postales de Caroline. Il en reste une flopée, je présume ? Non… pas d'objections ! Je les veux immédiatement ! Je ne sais pas où tu les caches mais sache que je n'ai pas eu l'inélégance de fouiller ton appartement.

Telle une automate, Hanna quitta la pièce pour revenir, quelques secondes plus tard, avec, dans les mains, un carton à chaussures qu'elle tendit, timide, à son amant.

— Comment as-tu pu me jouer une telle comédie ? C'est indigne !… répliqua-t-il en guise de remerciement.

— C'est Caroline… elle me l'a fait jurer. J'ai essayé de l'en dissuader mais tu la connaissais…

— Moins bien que toi ! Il me semble ! la coupa Vincent, acerbe. Et maintenant, dis-moi où elle se trouve ! Qu'est-il arrivé à ma femme ?

Il avait appuyé sur le dernier mot pour lui faire mal.

Les yeux brillant de larmes, Hanna hocha la tête.

— Je l'ignore… je te le promets… Enfin, je ne sais pas où est son corps. La dernière fois que je l'ai vue, Caroline m'a fait part de sa décision. Elle allait se suicider… c'était irrévocable… mais elle ne voulait pas qu'on la retrouve. Son ultime coquetterie… Elle avait déjà pris un billet d'avion pour l'étranger.

Malgré sa volonté de froideur, Vincent perdit contenance.

— Mais pourquoi ? cria-t-il. Que lui avais-je fait de mal ? Elle avait quelqu'un d'autre dans sa vie ?

Assise à deux mètres de lui, Hanna se massait nerveusement le dos de la main.

— Non… Caroline t'aimait. D'un amour exclusif. C'est pour cela que j'ai voulu plus tard te connaître… m'intéresser à tes travaux et te rencontrer.

— Je me fous de tes intentions, Hanna ! répondit-il, cinglant. Parle-moi d'elle ! Pourquoi s'est-elle suicidée ?

— Elle était malade, très malade… cancer de l'utérus, comme sa mère au même âge. C'était fichu…

— Non ! s'insurgea Vincent violemment en se levant. Ce n'est pas possible ! Je l'aurais deviné tout de même ! Je suis médecin ! Ô, ma Caroline… éclata-t-il en sanglots. Pardon, mon amour…

— Elle a tout fait pour te le cacher, reprit la jeune femme avec courage. Elle prétextait des courses à Paris pour filer voir le cancérologue qui la suivait… Comme elle maigrissait beaucoup, elle prétendait suivre un régime. L'ablation de l'utérus n'était plus praticable. Elle a refusé toute chimiothérapie de confort. Caroline se savait condamnée. Quand elle avait treize ans, sa mère est décédée du même mal. Une seule chose lui importait. Que tu gardes d'elle l'image de la femme fatale et énigmatique qui t'avait tant plu lors de votre rencontre…

— Je ne sais rien d'elle… sanglotait Vincent. S'il te plaît, explique-moi qui était ma femme… j'ai besoin… Elle m'a menti…

Directement visée, Hanna ne releva pas cette dernière assertion.

— Au sujet de Caroline, ce n'est pas le verbe que j'emploierais… Elle a essayé d'embellir sa vie… Elle a toujours agi ainsi, même petite. Il faut dire que ce n'était pas gagné d'avance…

Et Hanna se mit à raconter l'amitié qui la liait à Caroline.

Elles s'étaient connues à l'âge de onze ans. La mère de Caroline avait épousé un maçon de Lorient.

La malheureuse jeune femme commençait à souffrir du mal qui l'emporterait deux ans plus tard. Par commodité, Caroline fut mise en pension dès la sixième. Sa mère n'avait plus la force nécessaire pour veiller à son éducation. C'est au cours de cette rentrée au collège qu'Hanna, pensionnaire elle aussi dans le même établissement lorientais, rencontra sa "sœur d'armes".

Toujours en voyage, ses parents avaient opté pour la solution de l'internat. Tous les week-ends, Hanna partait chez sa grand-mère à Groix tandis que Caroline revenait dans sa famille.

Cette situation affective un peu instable rapprocha les fillettes.

— Elle avait prétendu, coupa Vincent, que ses parents étaient attachés d'ambassade. C'étaient les tiens, hein ?

— Oui, avoua Hanna. Caroline trouvait ma vie plus "jolie" que la sienne. Aussi m'en a-t-elle "emprunté" quelques épisodes… j'ai compris la raison de ce travestissement deux ans plus tard, en fin de quatrième.

— Que s'est-il passé ? demanda Vincent en remarquant sur le visage de la journaliste une infinie mélancolie.

— C'était un week-end de mai. Nous n'étions que trois filles à être restées à l'internat. Pour ma part, je n'avais pas le choix. Mélanie s'était fait une entorse au genou et ne pouvait pas me prendre. Caroline souffrait d'une gastro-entérite et comme sa mère n'était pas bien du tout après une énième chimio, d'elle-même, elle a préféré rester pour ne pas lui infliger ses microbes. Je devais connaître la vérité quelques heures plus tard. Bref, la journée du samedi s'étirait, morose. Nous étions dans la salle d'étude, l'élève de troisième et nous deux, livrées à nous-mêmes. Parfois, la seule surveillante de garde passait dans le couloir, entrouvrait la porte puis repartait. Le collège, déserté, nous appartenait en quelque sorte. Caroline avait des maux de ventre terribles. Elle est sortie au milieu de l'après-midi pour se rendre aux toilettes. Au bout d'une demi-heure, ne la voyant pas revenir, je me suis inquiétée. Et je suis partie à sa recherche.

Regardant droit devant elle, la journaliste raconta la suite de son récit sans ciller. Derrière la porte des toilettes réservées aux élèves, l'adolescente entend son amie gémir.

Hanna supplie Caroline de lui ouvrir. La jeune fille résiste un instant puis, comme Hanna la prévient qu'elle va chercher du secours à la conciergerie, Caroline cède.

— Ce fut le spectacle le plus désolant de toute ma vie. Mon amie accroupie, les cuisses maculées de sang. Pour ne pas crier, elle avait enlevé son tee-shirt et l'avait mis en boule, dans sa bouche, comme un bâillon. Caroline était en train d'accoucher… la tête du bébé sortait déjà…

— Quoi ! s'exclama Vincent, anéanti. Caroline était enceinte ? Personne ne l'avait remarqué ?

— Non… Elle se serrait le ventre avec des bandelettes et portait des vêtements amples. Elle a réussi à garder son secret jusqu'au bout… Personne ne l'a su. Même après…

Vincent déglutit avec peine tant son émotion était forte.

À présent, il voulait tout savoir. Comment Hanna avait-elle réagi ? Qu'était devenu le bébé ?

— Je t'avoue qu'à ce moment-là, j'ai failli prendre la fuite… j'étais terrorisée… Et puis, Caroline m'a supplié de ne rien dire. Il y avait tant de désespoir dans son regard ! Alors, je l'ai aidée, comme j'ai pu. J'ai réussi à faire sortir l'enfant. Il était tout petit… le plus difficile a été de couper le cordon ombilical. J'ai couru jusqu'à l'étude, laissant là Caroline. J'ai pris dans mon casier ma paire de ciseaux de couture et je suis revenue.

— L'enfant était mort ?

— Non… Je l'ai lavé au lavabo et essuyé avec le papier des toilettes. Ensuite, je suis partie à nouveau au dortoir, j'ai pris une couverture et mon sac de sport…

— Qu'en as-tu fait ? demanda Vincent, rongé d'inquiétude.

— J'ai enveloppé le petit garçon dans la couverture et je l'ai déposé dans le sac en prenant soin de ne pas le refermer complètement pour laisser respirer le bébé. Ensuite, j'ai suivi les directives de Caroline. J'ai quitté le collège en passant par le stade. Je me suis rendue à l'église la plus proche et j'ai déposé l'enfant au pied de l'autel. Caroline m'avait demandé de reprendre le sac de sport pour qu'on ne puisse pas remonter jusqu'à notre piste. Je lui ai obéi et j'ai téléphoné au presbytère d'une cabine afin qu'on vienne chercher le bébé. Voilà… Vingt minutes plus tard, je me trouvais à nouveau à l'étude…

— D'après toi, tout paraît simple. Mais enfin ! On n'accouche pas si facilement ! s'exclama le médecin. Et la délivrance de Caroline ? Qu'avez-vous fait du placenta ?

— C'est elle qui s'en est chargé… Les poubelles du réfectoire…

— Qui était le père de l'enfant ?

Hanna soupira.

— Ça, Vincent, c'était le hic…

La jeune femme lui expliqua alors la tragédie de Caroline.

Très attachée à sa mère, l'adolescente était dans l'incapacité de lui faire comprendre l'attitude délictueuse de son mari qui lui tournait autour depuis la maladie de sa femme.

Sous la contrainte, ce beau-père, à maintes reprises,

avait abusé d'elle. Caroline acceptait ses assauts répugnants car il la menaçait de raconter à sa mère sa version des faits, le dévergondage de l'adolescente.

Caroline connaissait l'amour aveugle de sa mère pour ce manipulateur et ne voulait pas lui gâcher, par un aveu, les derniers mois qui lui restaient à vivre.

— Quelle horreur ! commenta Vincent… Je m'explique maintenant la raison pour laquelle elle refusait de se marier et d'avoir un enfant !

— Ce dernier point, oui, surtout… D'autant plus qu'elle craignait de donner naissance à une fille. Sa grand-mère maternelle avait été emportée par la même maladie que celle de sa mère…

— Mais, sais-tu ce qu'est devenu son fils ?

— À l'époque, les journaux ont beaucoup parlé de l'affaire. Puis, au fil des semaines, on a cessé de s'intéresser à cette mystérieuse mère. Le bébé a été adopté. Il devrait avoir vingt ans aujourd'hui…

Hanna se leva et esquissa un geste tendre vers Vincent mais celui-ci l'esquiva.

— Non, Hanna… C'est fini. Tu m'as joué la comédie. Tu m'as laissé me dépêtrer dans mon désarroi. Je n'ai plus confiance en toi.

— J'ai essayé de te prévenir, dès notre première rencontre, tenta-t-elle de se justifier. Et je n'ai pas osé… Plus le temps passait, plus c'était difficile. Pourtant, si tu t'en souviens, ajouta-t-elle, des sanglots dans la voix, c'est moi qui t'ai conduit devant le mur du cinéma où nous avions gravé nos noms, Caro et moi. Je voulais que tu les remarques…

— Ah ! Ton fameux surnom ! riposta Vincent désabusé. Veux-tu savoir comment j'ai découvert le pot aux roses ? Ce matin, après ton départ, je remontais vers le bourg. Machinalement, devant le cinéma en question, j'ai fredonné une chanson : « Elle voulait qu'on l'appelle Venise… » C'est toi-même qui m'a avoué adorer Julien Clerc ! J'ai fait le rapprochement et je me suis souvenu alors d'un autre détail. Comment pouvais-tu savoir que j'étais du signe de la Vierge ? Je ne te l'avais pas dit ! J'ai commencé à avoir de sérieux doutes et j'ai téléphoné à Nantes à ma femme de ménage qui relève mon courrier. C'était mon anniversaire, il y a quatre jours ! Or, je n'ai pas reçu cette fois-ci de carte postale ! Bizarre, hein ! Tu n'as pas osé, je suppose ?

La jeune femme pleurait à chaudes larmes. Vincent prit son silence pour un aveu.

— Le reste, ajouta-t-il sans un regard de pitié, je le dois à ta grand-mère. Mélanie, en toute innocence d'ailleurs, m'a confié ce que je savais déjà. À l'époque où tu étais pensionnaire à Lorient, tu invitais parfois, le week-end, une amie prénommée Caroline. Elle, curieusement, t'appelait Venise. Voilà…

Durant toute la conversation, Vincent n'avait pas ôté sa veste.

Il marcha vers son sac qu'il prit et se tourna vers Hanna.

— Y a-t-il une dernière chose que je doive savoir avant de mourir idiot ? Tu communiquais avec Caroline, par exemple, lorsque nous vivions ensemble ?

— Non… balbutia la jeune femme. Après le bac, nous nous sommes engagées sur des voies différentes. Lorsqu'elle t'a connu, elle a cessé de correspondre avec moi. Je crois qu'elle gardait jalousement son bonheur… Pour la première fois de sa vie, elle se sentait vraiment heureuse. Caroline ne m'a recontactée qu'au moment où elle est tombée malade.

Le cœur serré, Hanna regardait l'homme qu'elle aimait s'éloigner d'elle à tout jamais.

Avant de franchir le seuil, il caressa du bout des doigts un portrait.

— Qui est ce garçon habillé en soldat ?

— Adrien, mon ancien fiancé. Je t'ai déjà parlé de lui. Il était casque bleu quand il est mort.

— Oui, je m'en souviens… Caroline l'a-t-elle déjà rencontré ?

Hanna parut surprise de la question.

— Non, ce n'est pas possible. Tu vivais avec elle lorsque j'ai fait la connaissance d'Adrien à Paris. Pourquoi ?

— C'est étrange, répondit Vincent. Lorsque j'ai subi mon expérience de mort imminente, c'est lui qui accompagnait Caroline dans le tunnel…

— Qu'est-ce que ça veut dire ? fit Hanna en frissonnant.

— Je pense qu'il s'agissait d'un message d'amour… Caroline et Adrien s'unissaient pour nous donner leur bénédiction… Mais les défunts n'ont pas toujours raison ; hein, Hanna ?

Vincent sortit de l'appartement après cette ultime parole.

ÉPILOGUE

Trois mois après ces évènements, Mélanie Baron avait, non pas invité, mais convoqué les “apatrides” à venir fêter Noël chez elle. Bien entendu, Hanna n’avait eu d’autre choix que de se rendre à Groix également et de passer quelques jours en compagnie de ses parents. La journaliste avait si peu d’occasions de les rencontrer ! Déjà, Gabrielle et Jacques Baron repartiraient en Afrique pour le Nouvel An et la jeune femme savourait ces moments si rares…

Cependant, la cohabitation n’était pas de tout repos… Mélanie invectivait son fiston comme s’il eût été en culottes courtes. C’était d’ailleurs le cas présentement, Jacques Baron, juché sur un escabeau décorait le sapin sous le regard assassin de sa mère.

— Je t’ai déjà dit que l’étoile devait être en haut ! vitupérait-elle. Faire de grandes études pour être un empoté pareil !

— Ne t’énerve pas, maman… Je fais ce que je peux…

Un peu à l’écart, Gabrielle et sa fille disposaient le couvert sur la nappe brodée sortie pour l’occasion.

— Comment parviens-tu à la supporter ?… chuchota Gabrielle à l'oreille d'Hanna. À la place de Jacques, je te l'enverrais paître !

— Elle a ses qualités, maman, répondit la jeune femme, prudente.

L'œil de Moscou se retourna vers elles.

— Gabrielle, je vous ai dit : cinq assiettes ! Mon ami doit venir dîner. Et toi, fifille, va passer une belle robe. Je veux que vous lui fassiez honneur !

Telle était la nouvelle lubie de la vieille dame. Elle avait dégoté, on ne sait où, un prince charmant sur le retour d'âge et tenait à le présenter à sa famille en ce soir de réveillon…

— Et vous serez gentils avec lui ! poursuivit-elle. Il a le cœur fragile !

— De mieux en mieux… bougonna son fils, toujours empêtré avec son étoile. Les filles, remplissez sa flûte de champagne et de pilules !

Hanna et Gabrielle gloussèrent. Puis cette dernière considéra sa fille avec une infinie tendresse.

— Je suis si contente de te revoir sourire, Hanna… Tu vas mieux ? Avec l'autre despote, on n'a même pas le temps de discuter ensemble, toutes les deux…

— Oui ma petite maman, ça ira…

La jeune femme venait de passer par une période très difficile. Sa rupture avec Vincent l'avait beaucoup affectée. De tempérament solide, elle avait néanmoins connu une phase de dépression. Le mois précédent,

Hanna avait adressé au médecin une longue lettre explicative dans laquelle elle tentait de justifier sa conduite. Vincent lui avait répondu, mais de façon laconique… Depuis lors, elle tentait d'oublier son chagrin par un surcroît de travail.

Sophie Le Mansier l'aidait beaucoup aussi. Les deux femmes s'étaient rencontrées après l'arrestation de David et avaient tissé de réels liens d'amitié. Elles se soutenaient mutuellement. Sophie avait repris ses études d'infirmière à Lorient où elle vivait à présent, dans le même quartier qu'Hanna. Elle attendait, sans joie, le procès de son mari qui aurait lieu en mars.

Au bout de vingt-quatre heures de garde à vue, David Le Mansier avait avoué le meurtre de Lucie Sauveterre. Les gendarmes avaient paru surpris de son mobile. L'homme ne supportait pas l'influence que la vieille dame exerçait sur sa femme. N'avait-il pas – selon ses dires – droit de vie ou droit de mort sur l'épouse qu'il s'était choisie et avait façonné à sa guise ?

Le psychiatre qui suivait David Le Mansier en prison avait diagnostiqué chez lui une paranoïa sévère dont l'origine remontait à l'enfance. Profondément convaincu d'avoir empoisonné sa mère anorexique, l'homme faisait payer à sa femme sa propre culpabilité.

Nonobstant, en regard de la loi, il restait responsable de ses actes.

Stéphane Sauveterre et son associé venaient d'acheter une vedette flambant neuve et proposaient aux touristes le tour commenté de Groix ou une partie de pêche en mer. En effet, convaincue de l'innocence de son fils, Hélène avait vendu tous ses biens avant de se retirer dans un couvent.

— Jacques ! Arrête de jouer avec cette étoile et va plutôt ouvrir les huîtres ! Il va être l'heure de passer à table !

— Mais maman, riposta l'autre, il n'est que huit heures moins le quart ! Un réveillon se fête à minuit !

— Tu es fou ou quoi ! glapit la matrone : j'ai faim, moi ! Les filles ! Allez chercher vos cadeaux pour les mettre sous le sapin ! Il n'a l'air de rien… mais tant pis ! C'est l'œuvre de ton père, Hanna.

Gabrielle levait au ciel des yeux exaspérés quand un coup de sonnette retentit. Excitée comme une jouvencelle, Mélanie trottina jusqu'à la porte.

— C'est mon cadeau ! glapit-elle. Laissez-moi lui ouvrir ! Au moins, il n'est pas en retard, lui !

Quand il apparut, souriant timidement au bras de Mélanie, Hanna crut défaillir et s'appuya contre le bord de la table.

Il s'avança aussitôt vers elle et l'enlaça.

— Je te demande pardon, Hanna… J'ai été stupide… Ces longues semaines à ne penser qu'à toi… Tu te rappelles, ma chérie, il faut laisser le temps au temps… Aime-moi, s'il te plaît ! Ô oui… aime-moi !

Blottie dans les bras de Vincent, Hanna ferma les yeux et sanglota.

Derrière la porte vitrée, les trois comploteurs attendaient le moment propice pour revenir.

— Je vous l'avais dit, les enfants… chuchota Mélanie. Ils sont faits l'un pour l'autre ! Et même si ce n'était pas le cas, ne put-elle s'empêcher d'ajouter, il est plus que temps que la petite se marie pour me faire un arrière-petit-fils. Le reste est secondaire !

— Oh maman ! Tu exagères !

FIN

Quadri Signe - Editions Alain Bargain
125, Vieille Route de Rosporden - 29000 Quimper
E-mail : editions.alain.bargain@wanadoo.fr
Site Internet : perso.wanadoo.fr/editions.bargain

Dépôt légal n°14 - 3e trimestre 2007
ISBN 978-2-35550-002-2 — ISSN 1281-7813
N° d'impression : 707235
Imprimé en France